國家社科基金重大委托項目“《子海》整理與研究”成果

山東省社科規劃重大委托項目成果

子海精華編

主編 王承略 副主編 聶濟冬

續博物志疏證

（宋）李石 撰 （清）陳逢衡 疏證 唐子恒 點校

鳳凰出版社

圖書在版編目（CIP）數據

續博物志疏證 /（宋）李石撰 ;（清）陳逢衡疏證 ; 唐子恒點校. -- 南京 : 鳳凰出版社, 2017.10
（子海精華編 / 王承略主編）
ISBN 978-7-5506-2666-9

Ⅰ. ①續… Ⅱ. ①陳… ②唐… Ⅲ. ①筆記小説－小説集－中國－宋代②《續博物志》－研究 Ⅳ. ①I242.1

中國版本圖書館CIP數據核字(2017)第245820號

書　　名	續博物志疏證
著　　者	(宋)李石 撰　(清)陳逢衡 疏證　唐子恒 點校
責任編輯	吴　瓊
出版發行	鳳凰出版社(原江蘇古籍出版社) 發行部電話025-83223462
出版社地址	南京市中央路165號,郵編:210009
出版社網址	http://www.fhcbs.com
照　　排	江蘇鳳凰製版有限公司
印　　刷	南通印刷總廠有限公司 南通市通州經濟開發區朝霞路180號,郵編:226300
開　　本	890×1240毫米　1/32
印　　張	8.5
字　　數	177千字
版　　次	2017年10月第1版　2017年10月第1次印刷
標準書號	ISBN 978-7-5506-2666-9
定　　價	56.00圓

(本書凡印裝錯誤可向承印廠調换,電話:0513-80237871)

國家社科基金重大委托項目“《子海》整理與研究”成果之一

《子海精華編》

執行編纂（按姓氏筆畫排列）：

王成厚　王　娜　尹思琦　曲娟娟　李　兵　宋恩來

苗　露　柏　雲　柳湘瑜　張雨霏　賈　兵　蘇運蕾

編　　務：張　櫻　劉　端　孫紅苑　沈　虎

本書審稿專家：吴慶峰

《子海精華編》出版説明

“子海”，即“子書淵海”的簡稱。“《子海》整理與研究”課題係國家社科基金重大委托項目、山東省社科規劃重大委托項目。該課題分《珍本編》、《精華編》、《研究編》、《翻譯編》四個版塊，力圖把子部珍稀文獻、精華文獻進行深層次的整理、研究和譯介，挖掘子部文獻的價值，促進子學研究的發展。

山東大學向來以文史見長。古籍整理與子學研究，是其中的傳統研究方向。“《子海》整理與研究”，是在山東大學前輩學者高亨先生積 30 年之力陸續做成的《先秦諸子研究文獻目録》的基础上，由已故著名古籍整理與研究專家董治安先生參與策劃、設計的大型綜合研究課題。課題立項後，得到了中宣部、教育部、財政部、山東省政府和山東大學的大力支持，學界同仁踴躍參與。《精華編》的整理研究團隊近 200 人，來自海内外 48 所高校和研究機構。在組織管理上，《精華編》努力探索傳統文化研究協同創新的新體制、新機制，現已呈現出活力和實效。

華夏文明是由多元文化構築而成的。中國古代子部典籍，以歷代士人個性化作品的形式，系統性地展示了華夏民族的世界觀和方法論，立體性地反映了中華民族對世界文明發展的貢獻。其中，無論是宏篇大論，還是叢殘小語，都激蕩著歷史的聲音，閃爍著智慧的光芒，構成中國古代思想、藝術、科技和生活方式的主體内容。《精華編》通過對子部最优秀的典籍的整理，一方面擷英取粹，爲華夏文明的傳播提供可靠的資源和文本；另一方面以古鑒今，爲當下社會的發展提供智力支持和精神支撑。并希望進而梳理中華傳統文化的多元結構，繼承中華優秀傳統文化的一貫文脈。

根據漢代以後子學發展和子部典籍的實際情況，參照官私目録的分類與著録，《精華編》選取先秦諸子、儒學、兵家、法家、農家、醫家、曆算、術數、藝術、雜家、小説家、譜録、釋道、類書等十四個類目的要籍幾百種，編爲目録，作爲整理的依據，而在成果展現上則不出現具體的類目。爲統一體例，便於工作，《精華編》編有詳細的《整理細則》，并有簡明的《整理要則》，供整理者遵循使用。

《精華編》整理原則是，對每種子書的整理，突出學術性、資料性和創新性，力求吸納已有的整理成果，推出更具參考價值、更方便閱讀的整理文本。所採用的整理方式，大體有三種：一、部頭較大且前人未曾整理者，採用標點、校勘的方式整理；二、前人曾經標點、校勘者，或採用抽换更好或别具學術特色底本的方式整理，或採用集校、集注的方式整理，或採用校箋、疏證的方式整理，或綜合使用以上方式；三、前人已有較好的注本者，則採用集注、彙評、補正等方式整理。

《精華編》採用五次校審、遞進推動的管理程式，即：一、初校全稿。子海編纂中心組織碩、博研究生，修改文稿錯别字，規範異體字，調整格式，發現并標明校點中的不妥之處。二、初審文稿。子海編纂中心的編纂人員根據情况，解决初校時發現的問題，并判斷書稿的整體質量。三、匿名評審。

聘請資深教授通審全稿，全面進行學術把關，消滅硬傷，寫出審稿意見。四、修改文稿。子海編纂中心及時把專家審稿意見反饋給整理者。整理者根據審稿意見修改，做出新文稿。五、終審文稿。待新文稿返回子海編纂中心後，總編纂作最後的學術質量把關。五步程序完成後，將文稿交付出版社。

五次校審的目的是爲了保證學術質量，提高整理水平，減少錯訛硬傷。但校書如掃塵埃落葉，隨掃隨有，《精華編》雖經多道程序嚴加把關，仍難免有錯，懇請方家不吝指教。子海編纂中心將及時總結經驗，吸取教訓，把工作做得更好，以實現課題設計的初衷。

目　録

① 原目注"共二十九則",正文卷四實有三十則。本書重新編目,原目不列出。

① 原目注"共三十七則",正文卷八實有三十八則。

整理説明

《續博物志》十卷，明吴琯所校《古今逸史》本題晋李石撰，明胡文焕校本及所刻《格致叢書》本題唐李石撰，明賀志同刊本則題宋李石撰。《四庫全書總目·子部·小説家·續博物志》提要云："然第二卷稱'今上於前朝作鎮睢陽，洎開國號大宋'，是宋太祖時人矣。而又稱'曾公亮得龍之脊，王安石得龍之睛'，全摭陸佃《埤雅》之説，又引《子華子》、陳正敏《遁齋閒覽》、曾慥《集仙傳》，均南北宋間之書，則並非北宋初人。别本末有其門人迪功郎眉山簿黄宗泰跋，稱爲方舟先生。方舟爲宋李石之號，所作《詩如例》已著録經部中，則稱晋李石者，誤也。然石爲紹興、乾道間人，亦不應稱太祖爲今上，殆亦剽掇説部以爲之，仍其舊文，未及削改歟？"

舊本將《續博物志》的作者誤題爲晋李石或唐李石，原因之一可能是姓名爲李石的古代名人較多。晋代確有李石，但他不可能是《續博物志》的作者，上面所引《四庫全書總目》提要已經説得很清楚了。唐代也有李石，字仲玉，隴西人，文宗時曾任中書侍郎。遼代李石，又名安弼，爲天祚帝乾統七年(1107)狀元，做過翰林學士，入宋，曾官徽猷閣待制。金代又有李石，字子堅，爲貞懿皇后弟，曾任户部尚書、參知政事。這些李石與《續博物志》均無關係。

如上所述，《續博物志》的作者李石爲北宋末南宋初人，字知幾，號方舟，資中（今四川資中）人。陸游《老學庵筆記》卷二説他原名“知幾”，少時曾乞夢於神，感於夢兆，改名爲“石”，而以“知幾”爲字。李石生於徽宗大觀二年（1108）。陸心源《宋史翼・李石傳》載，王淮爲相，與李石有舊交，方欲除官，而李石卒，可見李石去世應當在王淮爲相不久。《宋史・王淮傳》載，王淮於孝宗淳熙八年（1181）拜右丞相兼樞密院事，次年拜左丞相。則李石卒年當在公元1181年或稍後。

據李石所撰《先君墓志銘》（《方舟集》卷十六），李石的父親李嗣宗“於書藝多通”而“家無夙儲”，可知李石出生在一個並不富裕但愛好讀書的家庭中。可能是因爲自幼受到這樣的家風熏陶，他幼承家學，酷好讀書，且終生不懈。鄧椿《畫繼》卷三説他“少負才名”，博覽群書可能是他贏得才名的原因之一。

高宗紹興二十一年（1151），李石中進士，任成都户掾。紹興二十七年，因同鄉、起居郎趙逵舉薦爲左迪功郎，次年升爲太學博士。不久即因“芝草事件”遭到罷黜。紹興二十八年，武成王廟生芝草，衆官員以爲是祥瑞之兆，紛紛稱賀。而李石則以爲兵兆，並作《次張益州芝草十二韻》，其中有“將軍鷹揚兆異气，弄兵往往憂潢池”之句。此舉觸怒了高宗及主和派官員，李石因此被罷職，回到故鄉。

次年初，朝廷又授李石成都府學教授。在任期間，他整頓學風，鼓勵學子刻苦讀書。初主石室，就學者如雲，連閩越等地的學子也不遠千里而來，“刻石題諸生名幾千人”，使蜀學的興旺達到了高峰。

後不久，李石因性情耿直，不附權貴，遭人陷害，被調任彭州通判，又歷知黎州、合州、眉州，還做過都官員外郎、成都路轉運判官等，但始終受到壓制。

晚年的李石罷官在家，生活貧困。王淮爲相後，因賞識李石的才華，想讓他復出爲官，但因李石病逝而未能實現。

李石一生坎坷，特别是中年以後仕途很不順利，但他頗有才華，在治學方面造詣很深，著述也很豐富。除了《續博物志》以外，後人輯有《方舟經學》六卷，包括《周易十例略》、《周易互體例》、《易體互例》、《象統》、《詩補遺》、《左氏卦例》、《左氏詩如例》、《左氏君子例》、《左氏聖語例》等。其中《周易十例略》、《周易互體例》、《易體互例》又被另編成《方舟易學》二卷。此外他還有《易外疏》、《論語集傳》、《世系手記》等著作，今已亡佚。除經學、史學方面的著述外，李石多才多藝，在詩詞、散文創作方面也頗有成就。他的弟子後學將其部分詩詞、文稿集爲《方舟集》五十卷、《方舟後集》二十卷。其中《後集》包括《方舟詩集》和《方舟詩餘》。《方舟詩集》中的詩作今收入《全宋詩》，《方舟詩餘》中的詞作今收入《全宋詞》。還有些未見於《方舟集》及《後集》的詩、詞、文等散見於周密《絶妙好詞》、朱彝尊《詞綜》以及《永樂大典》、《宋代蜀詩輯存》、《宋代蜀文輯存》等書之中。李石還擅長作畫，鄧椿《畫繼》卷三説他“時作小筆，風調遠俗”。

《續博物志》是受了張華《博物志》的影響而作的。該書卷一開篇即云：

> 張華述地理，自以禹所未志，且天官所遺多矣。經所不載，以天包地，象緯之學，亦華所甚惜也。雖然，華仿《山海經》而作，故略。或曰：武帝以華志繁，俾芟而略之。余所志，視華歲時綿歷，其有取於天而首以冠其篇。次第仿華説一事續一事，不苟於搜索，與世之類書者小異，而比華所志加詳。

從這段話可以看出，李石認爲張華《博物志》過於簡略，而自己則在原來的基礎上有所增益。

《續博物志》内容極其廣泛。作者廣徵博引，彙集了自先秦至北宋年間的許多博物知識和傳説，包括天象、曆法、氣候、占候、物候、山川水文、動物、植物、農耕、冶金、礦物、度量衡、貨幣、煮鹽、釀酒、製茶、造紙、食品加工、手工工藝、脂粉製造、文房四寶、書畫碑刻、珠寶古玩、神話傳説、奇聞異事、各地風俗、古籍流傳等等，涉及數學、物理、化學、天文、地理、建築、生物、醫藥、歷史、考古、語言文字、音樂、圍棋、文獻、典故等諸多學科，在内容的廣度和深度上都大大超過了《博物志》。

《續博物志疏證》十卷《補遺》一卷，清陳逢衡撰。陳逢衡，字履長，號穆堂，江蘇江都人，生於乾隆四十三年(1778)，卒於道光二十八年(1848)，一説卒於咸豐五年(1855)。其父陳本禮,喜收藏典籍,築“瓠室”爲藏書樓,所貯數萬卷。陳逢衡早慧,四歲入塾,讀書過目成誦。及長,爲諸生,博覽群書,有才名。道光初,舉孝廉方正,力辭不就。中年開讀騷樓,招致東南文學之士。又嘗北至曲阜,出居庸關,遊燕薊之地。晚年應江蘇甘泉黄奭之請,爲其教授子弟,并校刻《漢學堂經解》。除《續博物志疏證》及《補遺》之外,陳逢衡還著有《竹書紀年集證》五十卷,《逸周書補注》二十四卷,《穆天子傳補正》六十四卷,《讀騷樓詩》初集、二集、三集等。

《上海圖書館未刊古籍稿本·續博物志疏證》黄曙輝《解題》云:

> 是本以春、夏、秋、冬分標四册,首頁題“秘册宜珍”四大字,不知誰人手筆。迭經常熟張蓉鏡雙芙閣、吴興劉承幹嘉業堂遞藏,鈐記有張氏“張蓉鏡印”白文方印、“曾藏張蓉鏡家”朱文方印、“淨照”朱文方印、“凡百吉羊”朱文方印,劉氏“吴興劉氏嘉業堂藏書記”朱文長方印等。後歸合衆圖書館,最後入於上海圖書館。
>
> 書首有自序,後爲《集説》一篇,全録《四庫全書·續博物志》提要及趙士吉《寄園寄所寄》論李石年代一文。次爲《補遺》一卷,據《佩文韻府》等書輯得佚文三十二條。次爲《凡例》四條及《目録》兩頁。全書正文每半頁十一行,每行二十字。《續志》原文頂格書,疏證則低一格。工楷鈔録,俱施句讀,間有圈點。書眉略有批語,作行草書,多有鈎乙塗抹,間有“衡案”兩字,審其内容,當

爲逢衡親筆所書無疑。

逢衡言所見《續博物志》有明弘治衢州賀志同刻本、萬曆商濬《稗海》本及清康熙間汪星漢《秘書廿一種》本三種，而卷首載汪氏康熙七年（一六六八）刻書序，則《疏證》所據當爲汪刻。《續志》徵引魏晋隋唐及北宋間奇聞異事，頭緒繁雜，大多未言所自，令人難以尋索。逢衡一一爲之標明出處，依據原文，加以校訂，誤者正之，脱者補之，使文字無不畢貫，頗爲精洽。逢衡因家富藏書，足供其漁獵獺祭，詳贍兩字，實爲逢衡一切著作之特色。觀其於《續志》一書，每事必羅列異説，詳爲辯論，旁推交通，正訛糾繆，皆極精核。宋人一短書，而疏證發明至於十五萬言之夥，雖稍有繁蕪瑣碎之病，然原原本本，考據條貫，要爲説部注釋之佳構。

逢衡所輯《續志》佚文，亦頗審慎，《埤雅》"土龍"一條所引，斷其出唐林登《續博物志》，而非李石書，其説甚確。惟旁徵稍濫，吴任臣《山海經廣注》、殷元勛《才調集補注》與《佩文韻府》均爲晚近之書，今皆從其中搜輯佚文，不能溯源，未免有所不妥。

據黄曙輝《解題》介紹，該本迭經常熟張蓉鏡雙芙閣、吴興劉承幹嘉業堂遞藏，後歸合衆圖書館，最後入於上海圖書館。其書首爲自序及清康熙七年（1668）汪星漢序；次爲《集説》，録《四庫全書·續博物志》提要及趙士吉《寄園寄所寄》論李石年代文；次爲《補遺》，自《佩文韻府》等書輯得《續博物志》佚文三十二條;次爲《凡例》及《目録》。據該書《凡例》,陳逢衡所見的《續博物志》有明弘治衢州賀志同本、萬曆商濬《稗海》本和清康熙間汪星漢《秘書廿一種》本。而《疏證》卷首載汪氏序,則所據當爲汪刻。陳氏對《續博物志》徵引的每條材料均標明出處,依據原文,加以校訂,又根據材料内容廣征博引,羅列異説,參照求證。

《續博物志》現存較早的版本有明吴琯校刻的《古今逸史》本、明胡文焕校刻的《格致叢書》本、明商濬校刻的《稗海》本等。清代刻本有康熙七年汪星漢校刻的《秘書廿一種》本、光緒元年湖北崇文書局刊刻的《百子全書》本等。今人整理本則有巴蜀书社 1991 年李之亮先生点校本。在明代刻本中,《古今逸史》本和《稗海》本錯誤較少,《古今逸史》本刻工尤精。清代刻本則以汪刻《秘書廿一種》校勘最優。所以李之亮先生點校即以汪本爲底本,陳逢衡《疏證》中的《續博物志》原文也根據汪本。

此次整理陳逢衡《疏證》,即以《上海圖書館未刊古籍稿本》(第三十一册)《續博物志疏證》十卷《補遺》一卷爲依據,所含各部分材料及次序基本依照原樣,並加校語及簡注。其中《續博物志》原文亦以陳逢衡疏證本所抄録爲底本,校以吴琯校《古今逸史》(標"古今逸史本")及《四庫全書》(標"四庫本")。陳氏《疏證》用小字,冠以"【疏證】"字樣。對原書中陳逢衡所加雙行小字注文,均保留在正文中原位置,以小字標識;所加天頭眉批等,均移至所批注文字後方,亦以小字標識。與許多古代著述一樣,李石引書只重大意而不拘於字句,與被徵引的典籍文字差别較大,陳逢衡疏證引書也與所引原書文字有出入。對此,此次整理一般不做增删校改,儘量保持底本原樣,對李石及陳逢衡疏證中引文省略的部分亦不加删節號。

序

予考訂茂先《博物志》時，隨手檢閱李氏之書，自道光丙申年，專意注此。日積月累，凡有詮釋，輒附於上。己亥二月，始寫有底本。惟考證李志較難於張志。茂先，西晋人，自漢魏以前，書策尚簡，不難搜索。方舟係南宋時人，其中徵引唐及五代、北宋人説頗多，零星瑣碎，尋覓維難，兼之藏書散盡，是以考證僅得十之八九。嗟以炳燭之年，蹉跎歲月，未知補足在何日也。道光二十四年甲辰冬十月，江都陳逢衡識於郡城黄氏寓齋。

道光二十四年檢閲《四庫全書總目·易類存目一》：《方舟易學》二卷，宋李石撰。石字知幾，資陽人。陸游《老學庵筆記》載其本名知幾，後感夢兆，改名石，而以知幾爲字。《宋史》不爲立傳。《資川志》載其舉進士高第，紹興末以薦任太學博士，黜成都學官。乾道中再入爲郎。後歷知合州、黎州、眉州，皆以論罷，終於成都轉運判官。然後得知李石本末。《總目》又云：《書録解題》載李石《方舟集》五十卷、《後集》二十卷。而《永樂大典》所載《左氏君子例》、《詩如例》、《詩補遺》及此書，皆題曰李石《方舟集》，則是四書皆其集中所載。今《方舟集》已於《永樂大典》中裒輯成帙，此四書亦仍其舊例，併入集中，故不復重録云云。然則方舟蓋南宋時一學者，故有集至七十卷之多，其《續博物志》又在七十卷之外。後人失考，誤以爲唐人，但以新舊《唐書》皆載有李石名，而不一考書中徵引宋人事迹，並采述陸佃《埤雅》、沈括《筆談》，止以其名姓偶同，而目之爲唐人，貽誤甚矣。

汪序

案張華《博物志》書四百篇，武帝恐涉浮妄，令更芟截，分爲十卷，蓋不以博爲博，而以約爲博也。李石又從而續之，不幾又涉繁蕪乎？然華所志者，仿《山海經》，而以地理爲編；石所志者，取《天官書》，而以象緯爲冠。庶幾由天地以及山海，由山海以及人物，固無之或遺矣。合二書而卷牘無多，則尤從約而博爾。吴興董氏又廣之，而爲五十卷，則又在博物者之更爲考核，衡案，吴興董斯張《廣博物志》直是類書，與二書體例迥別。兹則仍二篇之舊，各書十卷，令觀者便於采覽，尤不失博物之意焉。康熙戊申一陽月望日，星源汪士漢識。

集説

《欽定四庫全書總目·子部·小説類》:"《續博物志》十卷,舊本題晋李石撰。然第二卷稱'今上於前朝作鎮睢陽,洎開國號大宋',是宋太祖時人矣。而又稱'曾公亮得龍之脊,王安石得龍之睛',全摭陸佃《埤雅》之説,又引《子華子》、陳正敏《遁齊閒覽》、曾慥《集仙傳》,均南北宋間之書,則并非北宋初人。别本末有其門人迪功郎眉山簿黄宗泰跋,稱爲方舟先生。方舟爲宋李石之號,所作《詩如例》已著録經部中,則稱晋李石者,誤也。然石爲紹興、乾道間人,亦不應稱太祖爲今上,殆亦剽掇説部以爲之,仍其舊文,未及削改歟?其書以補張華所未備,惟華書首地理,此首天象,體例小異。其餘雖不分門目,然大致略同。故自序謂'次第仿華説一事續一事'。然'龜巢蓮葉'一條與華説複出,竟不及檢。又王士禎《香祖筆記》摘其既云劉亮合仙丹,得白蝙蝠,服之立死;又云陳子真得蝙蝠,大如鵶,食之,一夕大泄而死;乃更云丹水石穴蝙蝠,百歲者倒懸,得而服之,使人神仙,自相矛盾。又摘其以文帝使掌故歐陽生受伏生《尚書》,以伏生墓爲在潔水,以磻溪爲在汲郡,皆附會舛誤。特以宋人舊笈,軼聞瑣語,間有存者,姑録以備參考云爾。"

趙吉士《寄園寄所寄·豕渡寄》引《雲谷卧餘》云:"嘗見

小説載一婦人内室亡金，詰群婢不承，欲買狼巾治之，一婢驚懼欲逃，遂獲。予不知狼巾爲何物，且何以能察盜。一日偶閲《續博物志》曰：唐武宗四年，官市狼巾，有疑爲狼筋者。有老僧云：貧僧昔曾以一千於賈胡市得三枚，狀如巨蛹，兩頭光帶黄色。涇帥段祐宅失銀器十餘，集奴婢環庭炙之，蟲慓動，衡案，疑是蠕動。有一女奴臉唇瞤動，乃竊器者云。乃知作小説者淹博乃爾，人不讀，雖小説亦有所不曉，學可已乎哉？《續博物志》稱爲晋李石撰，然中載有南唐元宗事及開寶年號，豈晋人而至宋尚存，書或成於宋代歟？”

續博物志補遺

江都陳逢衡輯

《佩文韻府》

二蕭"畫妖"下引《續博物志》:"後魏元兆能行法治病,有軍士女爲物所憑,兆曰此畫妖也。"

【疏證】此見林登《博物志》。案,《太平廣記》二百十引:"後魏孝文帝登位初,有魏城人元兆,能以九天法禁絶妖怪。先,鄴中有軍士女,年十四,患妖病累年,治者數十人,並無據。一日,其家以女來謁元兆所止,謁兆。兆曰:'此疾非狐狸之魅,是妖畫也。吾何以知?今天下有至神之妖,有至靈之怪,有在陸之精,有在水之魅,吾皆知之矣。汝但述疾狀,是佛寺中壁畫四天神部落中魅也。此言如何?'其女之父曰:'某前於雲門黄花寺中東壁畫東方神下乞恩,常携此女到其下。又女常懼此畫之神,因夜驚魘,夢惡鬼來持女而笑,由此得疾。'兆大笑曰:'故無差。'因忽與空中人語,左右亦聞空中有應對之音。良久,兆向庭嗔責之,云:'何不速曳亟持來!'左右聞空中云:'春方大神傳語元大行,惡神吾自當罪戮,安見大行?'兆怒向空中語曰:'汝以我誠達春方,必請致之,我爲暫責,請速鎖致之。'言訖,又向空中語曰:'召二雙牙、八赤眉往要,不去聞東方。'左右咸聞有風雨之聲乃至。兆大笑曰:'汝無形相,畫之妍致耳,有何恃而魅生人也?'兆謂其女曰:'汝自辨其狀形。'兆令見形,左右見三神,皆丈餘,各有雙牙,長三尺，露於唇口外，衣青赤衣。又見八神俱衣赤，眼眉並殷色。共扼其神，直逼軒下，蓬首赤目，大鼻方口，牙齒俱出，手甲如鳥，兩足皆有長毛，衣若豹鞟。其家人謂兆曰：'此正女常見者。'兆令前曰：'爾本虚空而畫之所作耳，奈何有此妖形？'其神應曰：'形本是畫，畫以象真，真之所示，即乃有神。況所畫之上，精靈有凭可通。此臣所以有感，感之幻化，臣實有罪。'兆大怒，命侍童取罐瓶受水淋之，盡而惡神之色不衰。兆更怒，命煎湯以淋。須臾神化，如一空囊，然後令擲去空野。其女於座即愈，而父載歸鄴。復於黄花寺尋所畫之處，如水之洗。因而駭嘆稱異。僧雲敬見而問曰：'汝此來见畫嘆稱，必有異耶，可言之。'其人曰：'我女患疾，爲神所擾，今元先生稱是此寺畫作妖。'乃指畫處所洗之神。僧大驚曰：'汝亦異人也。此寺前月中一日晝晦，忽有惡風玄雲，聲如雷震，繞寺良久。聞畫處如擒捉之聲。有一人云：勢力不如元大行，不如速去。言訖，風埃乃散，寺中朗然，晚見此處一神如洗。究汝所説，正符其事。'兆即寇謙之師也。"下注云："出林登《博物志》。"案，林登《博物志》亦稱《續博物志》，見高似孫《緯略》四引林登《續博物志》云"劉學儀謂北狄爲氈鄉"，故書名相混。然林氏之書雖名"博物志"，其體例迥不相符。據《太平廣記》三百三十九引博陵崔書生往長安事，四百七十引唐元和天水趙平原事，亦云出《博物志》，雖不云是林登，按其文義正是一類。又所云皆唐人事，斷不出自茂先。此書引在李昉北宋初，則其人爲唐末人。又方舟李氏采書，每多撮取，此條則本之林登，故林登作"妖畫"，此作"畫妖"，居然可見。

十一尤"蝸牛"下引《續博物志》："蝸牛，小螺也，又名附蠃。"

十三覃"金蠶"下引《續博物志》："南方人畜金蠶，飼以蜀錦，取其遺矢雜飲食毒人。多以金銀置蠶其中，投路隅，人或收之，蠶隨往，俗謂之嫁金蠶。"

又“石蠶”下引《續博物志》:“石蠶附生水中石上,作絲繭如釵股,長寸許,以蔽其身。形似蠶,細小有角,節青黑色,一名石下新。”

又“地蠶”下引《續博物志》:“地蠶一名土蛹,生麥野中。方莖,狹葉有齒,根連珠狀,似老蠶。可葅可茹,味甘如甘露子。”

【疏證】《佩文韻府》一書浩繁,未能遍閲,姑以涉獵所及,摘録於此。

陸佃《埤雅》

“鼉”引《續博物志》云:“鼉長一丈,一名土龍,鱗甲黑色,能横飛,不能上騰,其聲如鼓。”案,所引是林登《續博物志》。

曾慥《類説》引《續博物志》

《河圖記》曰:“百代之後,地高天下;千代之後,天可倚杵。”

仲長統曰:“春雲爲輿,秋風爲駟。”

京房《易占》曰:“雲二色曰矞,瑞雲也。”荀卿言雲友風子雨。

孫樵謂史書曰墨兵。

楊雄謂刑法曰金條玉科。

槐生五日曰兔目,十日曰鼠耳,葉如此也。

《高堂賦》子規一曰姊歸。[①] 幽州方言黃鳥曰黃鶯。

《後漢・西域傳》注氈曰毛席。劉孝儀謂狄爲氈鄉。

司空圖謂鏡曰容成侯、金炯,又曰壽光先生。

---

① 《高堂賦》,當爲《高唐賦》。

枚叔總稱面曰大宅，眉目間曰青陽。王元長謂國子學曰虎圍。

王元長曰小兒五歲曰鳩車之戲，七歲曰竹馬之游。

《後漢·顯宗紀》注以糖作狻猊形號猊糖。

潘岳謂刁斗曰金柝，金之銅器也。案，“金之”，金當作今。

陸機賦：掌漏官曰壺郎。

楊雄謂目瞳子曰清㢝，揚眉曰揚衡。

皇甫湜稱奇文曰穿天心，出月脅。

《世説》：羊祜鎮荊州，江陵澤中出鶴，取以教舞，甚馴，名澤鶴。

《春秋元命苞》：文王體四乳。

《續漢儀》：賜老人杖，杖端刻鳩，取其不噎。

《七發》云：“孤子之鈎以爲軫，九寡之珥以爲徽。”取孤寡之物以裝琴，要有悲聲。九寡者，九爲寡婦也。衡按，“九寡”謂九子之寡母，此解甚混。

何平叔謂屋角梁曰陽馬。

鄒子曰：中國者，天下八十分之一，有海環之，如此者九。又有大瀛海環，總曰八極。

後魏元兆能行治病。有軍士女爲物所憑，兆曰：“天下有至神之妖，有至靈之妖，有在陸之精，有在水之魅。”以法治之，乃黄化寺壁画鬼祟。以上宋曾慥《類説》所采，《續博物志》俱不見。今所傳本按所引“劉孝儀謂狄爲氈鄉”及末尾一條，據《太平廣記》及高似孫《緯略》，皆作“林登《博物志》”。則曾氏《類説》所載是林書而非李書矣，①因曾氏未曾標出林登，故備録于此。

---

① “類説”，原誤作“數説”。

《委宛餘編》

仙人名王母，函山鳥亦名王母；句踐名越王，海味似蜮者亦名越王；仲由字子路，熊亦名子路。見《續博物志》。

元鮮于樞《紙箋譜》

《博物志》云：王右軍寫《蘭亭序》用蠶繭紙。又會稽庫中有紙九萬番，悉以乞謝安。案，林登《博物志》，世無此書，此疑引李石《續博物志》。

陳元龍《格致鏡原》

"水族類"引《續博物志》：鼉一名土龍，鱗甲黑色，能横飛不能上騰。此即《埤雅》所引者。

又引《續博物志》：陶隱居云：鰒魚甲大者如手，明耀五色，内亦含珠。

吴任臣《山海經廣注》

《海外南經》"不死民"下引李石《續博物志》：日支國有活人草，人死者捋草覆面即活。

殷元勛《才調集補注》

白居易《東南行》注引《續博物志》：鼉長一丈，一名土龍，其聲如鼓。此即《埤雅》所引者。

凡例

一、李石是南宋紹興時人，舊刻《古今逸史》明吴琯本題"唐李石"，[①]百名家書明胡文煥本及所刻《格致叢書》題"唐李石"，《唐宋叢書》明鍾人傑、張遂辰本題"唐李石"，《稗海》明商濬本題"唐李石"，均誤。惟明賀志同本、國朝汪星漢本題"宋李石"不誤。予所見惟商本、賀本、汪本，餘俱未見。

一、諸本題唐李石。案，唐李石見新舊《唐書》列傳，字中玉，元和中進士；又《雲笈七籤》亦有李石，有病鶴付以眼睫照人事，唐玄宗時人，皆非此李石也。以書中所引多宋人語，定是南宋人。

一、《寄園寄所寄》謂是晋李石撰此。所謂晋，蓋指石敬塘石晋而言也。案此書多引沈括《筆談》。沈括在宋神宗熙寧年間知制誥，則由石敬塘天福元年順數至英宗四年，共歷一百二十八年，然後至神宗熙寧。而此書引用又在其後，其非晋人可知。

---

① "唐"，當爲"晋"字之誤。吴琯校《古今逸史》本《續博物志》題"晋李石撰"。

一、或據《埤雅》卷一"鼉"引《續博物志》一條,謂李石在陸佃前,非也。此所引《續博物志》蓋是唐末林登所著。案《埤雅》引用書籍,多不出人名姓,非若《太平廣記》有標明"林登《博物志》"者。據高似孫《緯略》四引"劉學儀謂北狄爲氈鄉"出"林登《續博物志》",可爲《埤雅》《續博物志》之證。蓋林登作於茂先之後,故謂之續,其書在宋李石前。又案陸佃《埤雅》作於神宗元豐、哲宗元祐年間,蓋與沈括《筆談》相距不遠,益信乎李用陸書,非陸用李説也。書中用《埤雅》説最多,故特表之。

續博物志卷一

宋李石撰　江都陳逢衡疏證

1.1　張華述地理，自以禹所未志，且天官所遺多矣。經所不載，以天包地，象緯之學，亦華所甚惜也。雖然，華仿《山海經》而作，故略。或曰：武帝以華志繁，俾芟而略之。余所志，視華歲時綿歷，其有取於天而首以冠其篇。次第仿華說一事續一事，不苟於搜索，與世之類書者小異，而比華所志加詳。

【疏證】此李氏敘說作《志》之由，與張華首一條異。張氏"余視《山海經》及《禹貢》"云云，第爲地理略之敘略，李氏則包舉全書而言。又云"次第仿華説一事續一事"，亦不盡然。

1.2　《爾雅》既曰"釋天"，不得不略言其趣，凡有六等：一曰蓋天，文見《周髀》，如蓋在上；二曰渾天，形如彈丸，地在其中，天包其外，猶如雞卵白之繞黃，楊雄、桓譚、張衡、蔡邕、陸績、王肅、鄭玄之徒，並所依用；三曰宣夜，舊說云殷代之制；四曰昕天，昕讀爲軒，言天北高南下，若車之軒，吴時姚信所說；五曰穹天，云穹隆在上，虞氏所說；六曰安天，晋時虞喜所論。鄭注《考靈曜》云："天者純陽，清明無形，聖人則之，制璿璣玉衡以度其象。”如鄭此言，則天是太虛，本無形體，但指諸星運轉以爲天耳。

【疏證】《爾雅·釋天》邢昺疏曰：“天之爲體，中包乎地，日月星辰屬焉。然天地有高下之形，四時有升降之理，日月有運行之度，星辰有次舍之常。既曰釋天，不得不略言其趣，故其形狀之殊，凡有六等：一曰蓋天，文見《周髀》，如蓋在上；二曰渾天，形如彈丸，地在其中，天包其外，猶如雞卵白之繞黄，楊雄、桓譚、張衡、蔡邕、陸績、王肅、鄭玄之徒，並所依用；三曰宣夜，舊説殷代之制，其形體事義無所出以言之；四曰昕天，昕讀爲軒，言天北高南下，若車之軒，是吴時姚信所説；五曰穹天，云穹隆在上，虞氏所説，不知其名也；六曰安天，是晉時虞喜所論。案鄭注《考靈耀》云：‘天者純陽，清明無形，聖人則之，制璿璣玉衡以度其象。’如鄭此言，則天是太虛，本無形體，但指諸星之運轉以爲天耳。”衡案，李石是邢昺以後人，首數條皆本《爾雅疏》。《舜典》“在璿璣玉衡”正義曰：“璣爲轉運，衡爲横簫。運璣使動於下，以衡望之，是王者正天文之器。漢世以來，謂之渾天儀者是也。馬融云渾天儀可旋轉，故曰璣衡。其横簫所以視星宿也。蔡邕《天文志》云：‘言天體者有三家：一曰《周髀》，二曰《宣夜》，三曰《渾天》。《宣夜》絶無師説；《周髀》術數具在，考驗天象，多所違失，故史官不用；惟《渾天》近得其情。今史所用候臺銅儀，則其法也。’虞喜云：‘宣明也，夜幽也，幽明之數，其術兼之，故曰《宣夜》。’絶無師説，不知其狀如何。《周髀》之術，以爲天似覆盆蓋，以斗極爲中，中高而四邊下，日月旁行繞之。日近而見之爲晝，日遠而不見爲夜。《渾天》者，以爲地在其中，天周其外。日月初登於天，後入於地，晝則日在地上，夜則日入地下。王蕃《渾天説》曰：‘天之形狀似鳥卵，天包地外，猶卵之裹黄，圓如彈丸，故曰渾天，言其形體渾渾然也。’楊子《法言》云：‘或問渾天曰落下閎營之，鮮于妄人度之，耿中丞象之，幾乎幾乎莫之能違也。’後漢張衡作《靈憲》以説其狀。蔡邕、鄭玄、陸績，吴時王蕃，晋世姜岌、张衡、葛洪，皆論《渾天》之義，並以渾説爲長。”此《尚書正義》，又邢疏所本也。案，蓋天文見《周髀》者，《晉·天文志》云："《周髀》即蓋天也，其本庖犧氏立周天曆度，其所傳則周人受於殷商，周人志之，故曰《周髀》。其言天似蓋笠，地法覆盤，天地各中高外下。北極之下，爲天地之中，其地最高而滂沱四潰，三光隱映，以爲晝夜。又《周髀》家云：天圜如張蓋，地方如棋局。天旁轉如推磨而左行，日月右行，隨天左轉，譬之於蟻行磨石之上，磨左旋而蟻右去。磨疾蟻遲，故不得不隨磨以左旋焉。"渾天形如彈丸者，吴王蕃之論也。王蕃字永元，傳劉洪乾象術，依乾象法制渾儀。立論曰："前儒舊説天地之體，狀如鳥卵，天包地外，猶殼之裹黄也。周旋無端，其形渾渾然，曰渾天也。周天三百六十五度五百八十九分度之百四十五，半露地上，半在地下，其二端謂之南極、北極。"説見《三國志》本傳，及《晉·天文志》。《北堂書鈔·儀飾部》引桓譚《新論》云："楊子雲好天文，問洛下黄閎以渾天之説。"又《太平御覽》引桓譚《新論》云："楊雄曾難蓋天八事，以通渾天。"文具見《漢書》本傳及《隋·天文志》。桓譚字君山，學於子雲，故亦渾天爲然也。張衡字平子，善機巧，漢安帝時爲太史令，作渾天儀，著《靈憲》、《算罔論》。渾儀、《靈憲》具見《續漢書·律曆志》。案章懷太子《天文志》注稱《衡集》無《算罔論》，或謂《九章算術》注云：張衡又謂立方爲質，立圓爲渾，即《算罔論》之遺。今之言儀象者，咸祖述焉。蔡邕字伯喈，其論《宣夜》、《周髀》、《渾天》，已見《書》疏。陸績字公紀，推《渾天》意造渾象形如鳥卵，作《渾天圖注》，見《宋·天文志》。康成始從京兆第五元，通《三統曆》、《九章算術》，又受劉洪《乾象曆》，加注釋焉，又著《天文七政論》，見《後漢》本傳及《晋書·律曆志》。《宣夜》舊説云殷代之制，見《月令》疏。姚信字元直，一字德祐，爲吴太常，嘗作《昕天論》一卷，云人爲靈蟲，形最似天。今人頤前多臨胸而項不能覆背。近取諸身，故知天之體，南低入地，北則偏高，見《三國志》注、《晋·天文志》、《宋·天文志》。晋虞聳，虞喜族祖也，作《穹天論》，云天形穹隆，如雞子幕其際，周接四海之表，浮於元氣之上。譬如覆奩，以抑水而不没者，氣充其中故也。日繞辰極，没西而還東,不出入地中。天之有極,如蓋之有斗也。天北下於地三十度,極之傾在地卯酉之北亦三十度,人在卯酉之南十餘萬里。故斗極之下,不爲地中,當對天地卯酉之位耳。日行黄道繞極,極北去黄道百一十五度,南去黄道六十七度,二至之所舍,以爲长短也。虞喜字仲華,成帝咸康中因《宣夜》之説,作《安天論》,以難渾蓋。以爲天高窮於無窮,地深測於不測。天確乎在上,有常安之形;地魄焉在下,有居静之體,常相覆冒。方則俱方,圓則俱圓,無方圓不同之義也。其光曜布列,各自運行,猶江海之有潮汐,萬品之有行藏也。古曆日有長度,天周爲歲終,故久而益差。喜覺之,使天爲天,歲爲歲,乃立差以追其度,使五十年退一度。見《晋書·儒林傳》、《天文志》、《唐書·曆志》。鄭氏《考靈曜》注天者純陽云云,又見《禮·月令》正義。

1.3 天圍圜三百六十五度四分度之一。案《考靈曜》云:一度二千九百三十二里千四百六十一分里之三百四十八。周天百七萬一千里者,是天圜周之里數也。以圍三徑一言之,則直徑三十五萬七千里,此爲二十八宿周迴直徑之數也。然二十八宿之外,上下東西各有萬五千里,是爲四遊之極,謂之四表。四表之内,并星宿内,總有三十八萬七千里。然則天之中央上下正半之處,則一十九萬三千五百里。地在於中,是地去天之數也。

【疏證】此亦本《爾雅·釋天》疏文。蓋補張氏《志》"地有四遊"而申言之也。然張説但以證地,此則專論天耳。

1.4 日有九道,故《考靈曜》云:"萬世不失九道。"鄭注引《河圖帝覽嬉》云:黄道一,青道二出黄道東,赤道二出黄道南,白道二出黄道西,黑道二出黄道北。日春東從青道,夏南從赤道,秋西從白道,冬北從黑道。"日春"當作"月春"。

【疏證】此亦《釋天》邢疏文也。案《月令正義》及《爾雅》疏引《考靈曜》俱云"萬世不失九道謀","萬世"亦作"萬里",此脱"謀"字。《漢書·天文志》云:"日有中道,月有九行。""九行者,黑道二出黄道北,赤道二出黄道南,白道二出黄道西,青道二出黄道東。立春、春分,東從青道;立秋、秋分,西從白道;立冬、冬至,北從黑道;立夏、夏至,南從赤道。"《唐·天文志》云:凡月合朔所交,冬在陰曆,夏在陽曆,月行青道;冬在陽曆,夏在陰曆,月行白道;春在陽曆,秋在陰曆,月行朱道;春在陰曆,秋在陽曆,月行黑道。四序離爲八節,至陰陽之所交行與黄道會,故月有九行。凡日以赤道内爲陰,外爲陽;月以黄道内爲陰,外爲陽。

1.5 《律曆志》云:角一十二度,亢九,氐十五,房五,心五,尾十八,箕十一,邢疏引《漢志》下有"東方七十五度"六字。斗二十六,牛八,女十二,虚十,危十七,營室十六,壁九,邢疏下有"北方九十八度"六字。奎十六,婁十二,胃十四,昴十一,畢十六,觜二,參九,邢疏下有"西方八十度"五字。井三十三,鬼四,柳十五,星七,張十八,翼十七,軫十七。邢疏下有"南方一百一十二度"八字。此三百六十五度,"六十"二字舊缺。二十八宿之度也。

【疏證】此亦邢疏引《漢·律曆志》文也。

1.6 丑爲星紀,初斗十二度,終於婺女七度。子爲玄枵,初婺女八度,終於危十五度。亥爲娵訾,初危十六度,終於奎四度。戌爲降婁,①初奎五度,終於胃六度。酉爲大梁,初胃七度,終於畢十一度。申爲實沈,初畢十二度,終於井十五度。未爲鶉首,初井十六度,終於柳八度。午爲鶉火,初柳

① "戌",原誤作"戍"。

九度,終於張十七度。巳爲鶉尾,初張十八度,終於軫十一度。辰爲壽星,初軫十二度,終於氐四度。卯爲大火,初氐五度,終於尾九度。寅爲析木,初尾十度,終於斗十一度。

【疏證】此亦邢疏引《漢・律曆志》文也。案《漢志》:"星紀,初斗十二度,大雪。中牽牛初,冬至。終於婺女七度。玄枵,初婺女八度,小寒。中危初,大寒。終於危十五度。諏訾,初危十六度,立春。中營室十四度,驚蟄。今日雨水。終於奎四度。降婁,初奎五度,雨水。今日驚蟄。中婁四度,春分。終於胃六度。大梁,初胃七度,穀雨。今日清明。中昴八度,清明。今日穀雨。終於畢十一度。實沈,初畢十二度,立夏。中井初,小滿。終於井十五度。鶉首,初井十六度,芒種。中井三十一度,夏至。終於柳八度。鶉火,初柳九度,小暑。中張三度,大暑。終於張十七度。鶉尾,張十八度,立秋。中翼十五度,處暑。終於軫十一度。壽星,初軫十二度,白露。中角十度,秋分。終於氐四度。大火,初氐五度,寒露。中房五度,霜降。終於尾九度。析木,初尾十度,立冬。中箕七度,小雪。"衡案,漢初冬至已在斗,此仍用周秦舊法,故爲起牽牛之次。蔡邕《月令章句》曰:"周天三百六十五度四分度之一,分爲十二次,日月之所躔也。地有十二分,王侯之所國也。每次三十度三十二分之十四日,至其初爲節,至其中爲中氣。自危十度至壁八度,謂之豕韋之次,立春、雨水居之,衛之分野。自壁八度至胃一度,謂之降婁之次,驚蟄、春分居之,魯之分野。自胃一度至畢六度,謂之大梁之次,清明、穀雨居之,趙之分野。自畢六度至井十度,謂之實沈之次,立夏、小滿居之,晋之分野。自井十度至柳三度,謂之鶉首之次,芒種、夏至居之,秦之分野。自柳三度至張十二度,謂之鶉火之次,小暑、大暑居之,周之分野。自張十二度至軫六度,謂之鶉尾之次,立秋、處暑居之,楚之分野。自軫六度至亢八度,謂之壽星之次,白露、秋分居之,鄭之分野。自亢八度至尾四度,謂之大火之次,寒露、霜降居之,宋之分野。自尾四度至斗六度,謂之析木之次,立冬、小雪居之,燕之分野。自斗六度至須女二度,謂之星紀之次，大雪、冬至居之，越之分野。自須女二度至危十度，謂之玄枵之次，小寒、大寒居之，齊之分野。”衡案，漢初用三統術，故星紀初斗十二度，後漢用四分術，退在斗六度，此《月令章句》所本也。皇甫謐《帝王世紀》曰：“自斗十一度至婺女七度，一名須女，曰星紀之次，於辰在丑，今吴、越分野。自婺女八度至危十六度，曰玄枵之次，一名大黿，於辰在子，今齊分野。自危十七度至奎四度，曰豕韋之次，一名娵訾，於辰在亥，今衛分野。自奎五度至胃六度，曰降婁之次，於辰在戌，今魯分野。自胃七度至畢十一度，曰大梁之次，於辰在酉，今趙分野。自畢十二度至東井十五度，曰實沈之次，於辰在申，今晋魏分野。自井十六度至柳八度，曰鶉首之次，於辰在未，今秦分野。自柳九度至張十七度，曰鶉火之次，於辰在午，今周分野。自張十八度至軫十一度，曰鶉尾之次，於辰在巳，今楚分野。自軫十二度至氐四度，曰壽星之次，於辰在辰，今韓分野。自氐五度至尾九度，曰大火之次，於辰在卯，今宋分野。自尾十度至斗七度百三十五分而終，曰析木之次，於辰在寅，今燕分野。”衡案，皇甫士安仍用三統，故自斗十一度爲星紀之次也。

1.7 《漢·律曆志》“以前曆上元泰初四千六百二十七歲，至元封七年，復得閼逢攝提格之歲中冬”，孟康曰：“言復得者，上元泰初時亦是閼逢之歲，歲在甲曰閼逢，在寅曰攝提格，此謂甲寅之歲也。”然則乙卯曰旃蒙單閼，丙辰曰柔兆執徐，丁巳曰强圉大荒落，戊午曰著雍敦牂，己未曰屠維協洽，庚申曰上章涒灘，辛酉曰重光作噩，壬戌曰玄黓閹茂，癸亥曰昭陽大淵獻，甲子曰閼逢困敦，乙丑之歲曰旃蒙赤奮若。

【疏證】此亦《爾雅》邢疏文也。案，《漢志》云“乃以上元泰初四千六百七十七歲，至於元封七年，復得閼逢攝提格之歲中冬”，孟康曰：“言復得者，上元泰初時亦是閼逢之歲，歲在甲曰閼逢，在寅曰攝提格，此爲甲寅之歲也。"師古曰："中讀曰仲。"盧舜治曰："十九歲爲一章，二十七章爲一會，乃五百十三年也。三會爲一統，乃八十一章，一千五百三十九年也。三統爲一元，乃四千六百十七年也。"然則乙卯以下，皆邢疏文。案《爾雅·釋天》"歲陽"云："太歲在甲曰閼逢，在乙曰旃蒙，在丙曰柔兆，在丁曰強圉，在戊曰著雍，在己曰屠維，在庚曰上章，在辛曰重光，在壬曰玄黓，在癸曰昭陽。"又"歲名"云："太歲在寅曰攝提格，在卯曰單閼，在辰曰執徐，在巳曰大荒落，在午曰敦牂，在未曰協洽，在申曰涒灘，在酉曰作噩，在戌曰閹茂，在亥曰大淵獻，在子曰困敦，在丑曰赤奮若。"衡案，"閼逢"，《史記·律書》作"焉逢"。《淮南·天文訓》"寅在申曰閼蓬"高誘注："言萬物鋒芒欲出，擁遏未通，故曰閼蓬也。"《衆經音義》引李巡云與高注同。"旃蒙"，《律書》作"端蒙"。《天文訓》"卯在乙曰旃蒙"高注："在乙言萬物遏蒙甲而出，故曰旃蒙也。""柔兆"，《律書》作"游兆"。徐廣曰："一作游挑。"《天文訓》"辰在丙曰柔兆"高注："在丙言萬物皆生枝布葉，故曰柔兆。"《衆經音義》引李巡云："言萬物皆垂枝布葉，故曰柔兆也。"孫炎云："萬物柔婉有條兆也。""強圉"，《律書》作"強梧"。《天文訓》"巳在丁曰強圉"高注："在丁言萬物剛盛，故曰強圉也。"《衆經音義》引李巡云："言萬物皆剛盛未通。"孫炎云："萬物皮孚堅者也。""著雍"，《律書》作"徒惟"。《天文訓》"午在戊曰著雝"高注："在戊言位在中央，萬物繁養四方。""屠維"，《律書》作"祝犁"。《天文訓》"未在己曰屠維"高注："在己言萬物各成其性，故曰屠維。屠，别；維，離也。""上章"，《律書》作"商橫"。《天文訓》"申在庚曰上章"高注："在庚言陰氣上升，萬物畢生，故曰上章也。""重光"，《律書》作"昭陽"。《天文訓》"酉在辛曰重光"高注："在辛言萬物成孰，其熟煌煌。""玄黓"，《律書》作"橫艾"。《天文訓》"戌在壬曰玄黓"高注："在壬言歲終包任萬物，故曰玄黓。""昭陽"，《曆書》作"上章"。《天文訓》"亥在癸曰昭陽"高注："在癸言陽氣始蒙，萬物含生，故曰昭陽。"攝提格者，《史記索隱》引李巡云："萬物承陽起，故曰攝提格。格，起也。"《天文訓》："太陰在寅，歲名曰攝提格。”高注：“格，起。言萬物承陽而起也。”單閼者，索隱引李巡云：“陽氣推萬物而起，故曰單閼。”單，盡也；閼，止也。又引孫炎“本作蟬焉”，云：“蟬猶伸也。”《天文訓》“太陰在卯，歲名曰單閼”高注：“單讀明陽之明。”又云：“單，盡也；閼，止也。陽氣推萬物而起，陰氣盡止也。”執徐者，《索隱》引李巡云：“伏蟄之物，皆敦舒而出，故曰執徐。執，蟄；徐，舒也。”《天文訓》：“太陰在辰，歲名曰執徐。”高注：“執，蟄；徐，舒。伏蟄之物，皆散舒而出也。”“大荒落”，《律書》作“大芒駱”，《天官書》作“大荒駱”。《天文訓》：“太陰在巳，歲名曰大荒落。”高注：“荒，大也。方萬物熾盛而大出，霍言落落大布散。”索隱引姚察之説與高誘同。敦牂者，索隱引孫炎云：“敦，盛；牂，壯也。言萬物盛壯。”《天文訓》：“太陰在午，歲名曰敦牂。”高注與孫炎同。“協洽”，《律書》作“叶洽”，索隱引李巡云：“陽氣欲化萬物，故曰協洽。協，和；洽，合也。”《天文訓》：“太陰在未，歲名曰協洽。”高注：“協，和；洽，合也。言陰欲化萬物和合。”涒灘者，《衆經音義》引李巡云：“言萬物皆循精氣，故曰涒灘。灘，單盡也。”孫炎云：“涒灘，萬物吐秀傾垂之貌。”《天文訓》“太陰在申曰涒灘”高注：“涒，大；灘，修也。言萬物皆修其精氣也。”又《吕氏春秋》十二紀《序意》篇云“歲在涒灘”，高注：“涒，大也；灘，循也。萬物皆大循其情性也。涒灘夸人短舌不能言，爲涒灘也。”衡案，此説文義難曉。“作噩”，《律書》作“作鄂”。索隱引李巡云：“作咢皆物芒拔起之貌。”《天文訓》“太陰在酉曰作鄂”，高注：“作鄂，零落也。萬物皆陊落。”《漢書·天文志》：“在酉曰作詻。”“閹茂”，《律書》作“遏茂”。索隱引孫炎云：“萬物皆蔽冒，故曰閹茂。茂，冒也。”《天文訓》“太陰在戌曰閹茂”，高注：“掩，蔽；茂，冒也。言萬物皆蔽冒。”大淵獻者，索隱引孫炎云：“淵，深也。大獻萬物於深，言蓋藏之於外也。”《天文訓》“太陰在亥曰大淵獻”，高注：“淵，藏；獻，迎也。言萬物終於亥，大小深藏窟伏以迎陽。”“困敦”，《説文叙》作“困頓”。索隱引孫炎云：“困敦，混沌也。言萬物初萌，混沌於黄泉之下也。”《天文訓》：“太陰在子，歲名曰困敦。”高注：“困，混；敦，沌也。言陽氣皆混沌，萬物牙蘖也。”“赤奮若”，《律書》作“汭漢”。索隱引李巡云：“陽氣奮迅萬物而起，無不若其性，故曰赤奮若。若，順也。”《天文訓》：“太陰在丑，歲名曰赤奮若。”高注：“奮，起也；若，順也。言陽奮物而起之，無不順其性也。赤，陽色。”

1.8　正月得甲，則曰畢陬。二月得乙，則曰橘如。三月得丙，則曰修寎。四月得丁，則曰圉余。五月得戊，則曰厲皋。六月得己，則曰則且。七月得庚，則曰室相。八月得辛，則曰塞壯。九月得壬，則曰終玄。十月得癸，則曰極陽。十一月得甲，則曰畢辜。十二月得乙，則曰橘涂。涂，《稗海》本作滁。

【疏證】此《爾雅》郭注文也。案《釋天》“月陽”曰：“月在甲曰畢，在乙曰橘，在丙曰修，在丁曰圉，在戊曰厲，在己曰則，在庚曰窒，在辛曰塞，在壬曰終，在癸曰極。”又“月名”曰：“正月爲陬，二月爲如，三月爲寎，四月爲余，五月爲皋，六月爲且，七月爲相，八月爲壯，九月爲玄，十月爲陽，十一月爲辜，十二月爲涂。”《史記·律書》“年名‘焉逢攝提格’，月名‘畢聚’”，索隱：“聚，音陬。”又引僖公云：“月雄在畢，雌在訾。訾則娵訾之宿。”洪邁以爲虞喜之説，字誤作“僖公”。邵晋涵《爾雅正義》曰：“案虞喜以陬爲訾陬之星，非也。《唐書·曆志》引《洪範》傳云：曆紀始於顓頊上元太始閼蒙攝提格歲畢陬之月，朔日己巳，是以畢陬爲月名，其來久矣。”余者《詩》疏引李巡云：“四月萬物皆生枝布葉，故曰余。余，舒也。”孫炎云：“物之枝葉發舒。”《釋文》云：“孫本作舒。”《國語》“至於玄月”韋昭注引《爾雅》謂魯哀公十六年九月。《詩》疏引李巡云：“九月萬物革盡，陰氣侵寒，其色皆黑。”孫炎云：“物衰而色玄也。”《詩·小雅·采薇》“歲亦陽止”，《杕杜》“日月陽止”，毛傳：“陽，曆陽月也。”鄭箋：“十月爲陽。時坤用事，嫌於無陽，故以名此月爲陽。”郭注《爾雅》用鄭義。

1.9　八分二十八宿爲十二次。晋灼曰:"太歲在四仲,則歲行三宿;太歲在四孟、四季,則歲行二宿。二八十六,三四十二,而行二十八宿,十二歲而周天。"是歲星年行一次也。

【疏證】晋灼説見《漢·天文志》"歲星"注。案《淮南·天文訓》:"太陰在四仲,則歲星行三宿;太陰在四鉤,則歲星行二宿。二八十六,三四十二,故十二歲而行二十八宿。日行十二分度之一,歲行三十度十六分度之七,十二歲而周。"高誘注:"仲,中也。四中,謂太陰在卯酉子午四面之中也。丑鉤辰,申鉤巳,寅鉤亥,未鉤戌,謂太陰在四角。"錢大昕《養新録》曰:"《淮南·天文訓》皆謂太陰,非太歲也。四仲謂子午卯酉,四鉤謂丑寅辰巳未申戌亥也。太陰在卯,歲星舍須女虚危。太陰在午,歲星舍胃昴畢。太陰在酉,歲星舍柳七星張。太陰在子,歲星舍氐房心星。是爲四仲行三宿。太陰在寅,歲星舍斗牽牛。太陰在辰,歲星舍營室東壁。太陰在巳,歲星舍奎婁。太陰在未,歲星舍觜觿。太陰在申,歲星舍東井與鬼。太陰在戌,歲星舍翼軫。太陰在亥,歲星舍角亢。太陰在丑,歲星舍尾箕。是爲四鉤行二宿。此在《淮南》書,信而有徵者也。"《漢書·天文志》晋灼注云:"太歲在四仲,則歲星行三宿。太歲在四孟、四季,則歲星行二宿。"《史記》正義引晋灼説同。本據《淮南》之文,而改太陰爲太歲,則失《淮南》之旨。蓋古法太陰與太歲不同。太歲與歲星左右行不同,而常相應。如歲星在星紀,則太歲必在子;歲星在玄枵,則太歲必在丑。推之十二辰皆然也。今云歲星舍斗牽牛,是星紀之次也,太歲當在子,而却云在寅;歲星舍須女虚危,是玄枵之次也,太歲當在丑,而却云在卯。是《淮南》所云太陰,非即太歲矣。如果太歲在寅,則歲星當舍營室東壁,不當在斗牽牛;果太歲在卯,則歲星當舍奎婁,不當在須女虚危也。《淮南》雖不言太歲,而即歲星以見太歲,此古人舉一反三之例也。太史公天文書多承《淮南》之文,惟改"太陰"爲"歲陰"。其説歲星晨出之月,與《淮南》常差兩月。一舉夏正,一用天正,似異而實同。太史公亦以歲陰紀年,如太初元年閼逢攝提格,其明證矣。自太初改憲以後，劉子駿《三統術》但有推太歲所在法，别無言太陰者，蓋疇人子弟失其傳，已非一日。班氏《天文志》雖承史公之文，而改“歲陰”爲“太歲”，不復言太陰，是東漢人已不知太陰、太歲之有别矣。晋灼晋人，宜其仞太陰爲太歲也。周嬰《卮林》曰：“《史記》攝提格歲，歲陰左行在寅，歲星右轉居丑。”歲陰在卯星居子，歲陰在辰星居亥，歲陰在巳星居戌，歲陰在午星居酉，歲陰在未星居申，歲陰在申星居未，歲陰在酉星居午，歲陰在戌星居巳，歲陰在亥星居辰，歲陰在子星居卯，歲陰在丑星居寅。索隱曰皆石氏《星經》文也，其説與《淮南》合。《周禮·馮相氏》疏曰：“太歲在地，與天上歲星相應而行。歲星爲陽，右行於天，一歲移一辰，十二歲一小周。太歲左行於地，一與歲星跳辰年數同。歲星爲陽，人之所見；太歲爲陰，人所不睹。”太歲、歲星雖右行左行不同，要行度不異。沈濤《十經齋文集》曰：“錢少詹著《廿二史考異》，以爲歲陰與太歲不同，太歲與歲星常相應。歲星自丑右行，太歲自子左行。太初之元，歲在星紀，故《漢志》以爲太歲在子，而當時詔書以爲年名閼逢攝提格者，乃指歲陰所在，非太歲所在也。歲陰亦謂之太陰。又曰青龍亦左行周十二辰，而常在太歲之前二辰云云，以驗乾象，多所違失。古太陰即太歲。《淮南·天文訓》天神之貴者，或曰天一，或曰太陰。《廣雅》云：‘青龍、天乙、太陰，太歲也。’《越絶書》計倪曰：‘太陰三歲處金則穰，三歲處水則毁，三歲處木則康，三歲處火則旱。’《史記·貨殖傳》引作：‘歲在金，穰，水毁，木飢，火旱。’《天官書》亦云：‘察太歲所在，金穰，水毁，木飢，火旱。’是太陰即歲。《天文訓》‘太陰在四仲，則歲星行三宿’，《開元占經》引，注云：‘太陰即太歲也。四仲，子午卯酉也。假令歲陰在卯，星守須女虚危，故云三宿也。’晋灼注《漢書》正作太歲。又《天文訓》‘太陰在寅，歲星舍斗牽牛’云云，《天官書》作歲，《漢·天文志》則云‘太歲在寅’。歲星正月晨出東方，石氏曰‘在斗牽牛’，是歲陰即歲。”

1.10　《山海·東荒經》云：“大荒之中有山，名曰大言，日月所出。有波谷山者,有大人之國。”又云:“大荒之中有山,名曰合虛,日月初出。有中容之國。”①

【疏證】此俱《山海經·大荒東經》文也,亦引見《爾雅·釋天》邢疏。以其地處極東,故曰日月所出,蓋測驗日月之地,非謂所自出也。大人國,説見張《志》。高陽氏才子八人有中容,見《左傳·文十八年》。

1.11　《河圖括地象》云:“二儀氣分,伏者爲天,偃者爲地。”舊聯上爲一條,今分爲二。

【疏證】《初學記·天》引《河圖括地象》云:“易有太極,是生兩儀。兩儀未分,其氣混沌。清濁既分,伏者爲天,偃者爲地。”

1.12　《物理論》云:“水土之氣升爲天。”

【疏證】《物理論》十六卷,晋徵士楊泉撰,見《隋·經籍志》。楊泉字德淵,梁國人。《太平御覽·天部》引《物理論》:“所以立天地者水也,成天地者氣也。水土之氣,升而爲天。”“水土”二句,又見《初學記·天部》引。衡案,積陽之氣,運而爲天。若水土,則仍然地氣之鼓蕩耳,但能作雲雷風雨,不得升而爲天。金望欣曰:“案乾坤六子:風、雷,陰陽之氣也;水、火,陰陽之精也;山、澤,陰陽之形也。凡滯於形者,皆濁氣,非清氣也。佛家以風、火、水、土爲四大,泰西家以水、火、氣、土爲四象,其説長於佛家,以氣能賅風,風不能賅氣也。天之積陽之氣,火而已矣,故燧人氏謂空中有火,即太陽之精也。”

1.13　《廣雅》云:“東方蒼天,東南陽天,南方炎天,西南朱天,西方成天,西北幽天,北方玄天,東北變天,中央鈞天。”

---

① 古今逸史本、四庫本此處不分條。

【疏證】見《廣雅·釋天》。"蒼天"一作"昦天",昦即皡。"炎天"一作"赤天"。《吕氏春秋·有始覽》云:"天有九野:中央曰鈞天,東方曰蒼天,東北曰變天,北方曰玄天,西北曰幽天,西方曰顥天,西南曰朱天,南方曰炎天,東南曰陽天。"《淮南·天文訓》同。《開元占經·天占》篇引《尚書考靈曜》云:"東方皡天,西方成天。"餘並與《吕氏》、《淮南》同。此《廣雅》所本也。高誘《吕氏春秋》注曰:"鈞,平也。爲四方主,故曰鈞天。東方二月建卯,木之中也,木色青,故曰蒼天。東北水之季,陰氣所盡,陽氣所始,萬物向生,故曰變天。北方十一月建子,水之中也,水色黑,故曰玄天。西北金之季也,將即太陰,故曰幽天。西方八月建酉,金之中也,金色白,故曰顥天。西南之火季也,爲少陽,故曰朱天。南方五月建午,火之中也,火曰炎上,故曰炎天。東南木之季也,將即太陽,純乾用事,故曰陽天。"

1.14 《五經通義》云:"天神之大者曰昊天上帝,其佐曰五帝。"①

【疏證】見《初學記·天部》引。又注云:"即耀魄寶也,亦曰天皇大帝,亦曰太一。東方青帝靈威仰,南方赤帝赤熛怒,西方白帝白招拒,北方黑帝叶光紀,中央黄帝含樞杻。"

1.15 《淮南子》云:"日出暘谷,浴於咸池,拂於扶桑,是謂晨明。登於扶桑,是謂胐音斐。明。至於曲阿,是謂朝明。臨於曾泉,是謂早食。次於桑野,是謂晏食。臻於衡陽,是謂禺中。對於昆吾,是謂正中。靡於鳥次,西南山谷。是謂小還。至於悲谷,是謂晡時。回於女紀,是謂大還。經於泉隅,是謂高舂。頓於連音爛。石,是謂下舂。案,此下脱"至於悲泉"

---

① 今逸史本、四庫本此處不分條。

四字,當補。爰息六螭,是謂懸車。薄於虞泉,是謂黄昏。淪於蒙谷,是謂定昏。日入崦嵫,落棠山。經細柳,入虞泉之地,蒙谷之浦,垂景在樹端,謂之桑榆。"此條舊聯上《五經通義》,今分爲二。

【疏證】《淮南·天文訓》:"日出於暘谷,浴於咸池,拂於扶桑,是謂晨明。高注:"拂,猶過,一曰至。"莊逵吉曰:"按《太平御覽》有注云:扶桑,東方之野。"登於扶桑,爰始將行,是謂朏明。高注:"朏明,將明也。朏讀若朏諸皋之朏也。"至於曲阿,莊曰:"案《御覽》有注云:曲阿,山名。"是謂旦明。高注:平旦。至於曾泉,是謂蚤食。莊云:案《御覽》有注云:"曾,重也。早食時在東方多水之地,故曰曾泉。"至於桑野,莊曰:案《御覽》作"次於桑野"。是謂晏食。至於衡陽,莊曰:案《御覽》作"臻於衡陽"。是謂隅中。至於昆吾,高注:"昆吾丘在南方。"莊曰:"案《御覽》作對於昆吾。"是謂正中。至於鳥次,是謂小還。高注:"鳥次,西南之山名也,鳥所宿止。"莊曰:"案《御覽》作靡於鳥次,還作遷。"至於悲谷,是謂餔時。高注:悲谷,西南方之大壑,言其深峻,臨其上令人悲思,故曰悲谷。至於女紀,是謂大還。高注:"女紀在西北陰地。"莊曰:"案《御覽》作迴於女紀,還亦作遷。"至於淵虞,是謂高舂。高注:"淵虞,地名。高舂時加戍民碓舂時也。"莊曰:"案《御覽》作經於隅泉。"至於連石,是謂下舂。高注:"西北山。言將欲冥下象息舂,故曰下舂。連,讀腐爛之爛。"莊曰:"案《御覽》作頓於連石。"至於悲泉,爰止其女,爰息其馬,是謂懸車。莊曰:"案《御覽》此四句引作爰止羲和,爰息之螭,是謂懸車。"衡案,之螭是六螭之誤。至於虞淵,莊曰:《御覽》作薄於虞淵。是謂黄昏。至於蒙谷,是謂定昏。高注:"蒙谷,北方之山名也,盧敖所見若士之所也。"莊曰:"《御覽》作淪於蒙於。蒙谷即《尚書》昧谷。蒙、昧聲相通。"①日入於虞淵之汜,曙於蒙谷之野,高注:"曙,明;浦,崖。"莊曰:"案《御覽》此二句引作'日入崦嵫,經細柳入虞泉之地,曙於蒙谷之浦'。有注云:'崦嵫,落嘗山也。細柳,西方之野。蒙谷,

① 整理者按,"御覽作淪於蒙於","蒙於",爲"蒙谷"之誤。今本《淮南子》莊逵吉注作"蒙谷"。

蒙汜之水。'又有'日西垂影作樹端謂之桑虞'九字,注云:'言其光在桑榆樹上。'"衡案,"落嘗",當做"落棠",《淮南·地形訓》"洛棠武人在西北陬","洛棠"即"落棠"。"作樹端"當作"在樹端";"謂之桑虞","虞"當作"榆"。又"日西"至"桑虞"計十一字,云九字,誤。惟《續博物志》無"日西"二字,止九字。行九州七舍,有五億萬七千三百九里。"高注:自陽谷至虞淵,凡十六所,爲九州七舍也。衡案,莊逵吉所引《御覽》,以較《淮南》之文,多與《續博物志》合。

1.16 《吕氏春秋》曰:"白人之南,建木之下,日中無影,蓋天地之中也。"

【疏證】見《有始覽》,"白人"作"白民","日中無影"下有"呼而無響"四字。高誘注:"白民之國,在海外極内。建木在廣都南方,衆帝所從上下也,復在白民之南。建木狀如牛,引之有皮,黄葉若羅也。日正中將下,日直人下皆無影,大相叫呼又無音響人聲,故謂蓋天地中也。"《淮南·地形訓》亦云:"建木在都廣,衆帝所自上下。日中無影,呼而無響,蓋天地之中也。"高誘注"建木,其狀如牛,引之有皮,若瓔黄蛇,葉若羅。都廣,南方山名也";"衆帝之從都廣山上天還下,故曰上下;日中時日直人上無景晷,故曰蓋天地之中"。衡案,《山海經·海内南經》:"有木,其狀如牛,引之有皮,若瓔黄蛇,其葉如羅,其實如欒,其木若蓲,其名曰建木。"此高注所本也。《周禮·春官·馮相氏》"冬夏致日",注謂"冬至日在牽牛,景丈三尺;夏至日在東井,景尺五寸"。案建木雖在極南,安得終年無影?或夏至一日有如此耳。

1.17 《漢書》云:"日立夏、夏至行南方赤道,[1]曰南陸;立秋、秋分行西方白道,[2]曰西陸;立冬、冬至行北方,曰北陸。"北方"下脱"黑道"二字,當補。分則同道,至則相過。""北陸"

① "日",古今逸史本、四庫本作"月"。
② "西方",原作"四方",《漢書·律曆志》"四"作"西",今據改。

下脱“立春、春分行東方青道,曰東陸”,當補。

【疏證】案《漢書·天文志》止“日有中道,月有九行”,“立春、春分東從青道,立秋、秋分西從白道,立冬、冬至北從黑道,立夏、夏至南從赤道”數語,並無南陸、西陸、北陸、東陸之文。惟《續漢書·律曆志》有云:“天之動也,一晝一夜而運過周,星從天而西,日違天而東。日之所行與運周,在天成度,在曆成日。日月相推,日舒月速,當其同,謂之合朔。舒先速後,近一遠三,謂之弦。相與爲衡,分天之中,謂之望。以速及舒,光盡體伏,謂之晦。晦朔合離,斗建移辰,謂之月。①日月之行,則有冬有夏,冬夏之間,則有春有秋,故日行北陸謂之冬,東陸謂之春,南陸謂之夏,西陸謂之秋。”案此引“漢書”,蓋合兩漢志而言也。北陸、西陸,見《左傳·昭四年》杜注:“陸,道也。”又《爾雅·釋天》“北陸,虚也”;“西陸,昴也”。孫炎云:“陸,中也。北方之宿虚爲中,西方之宿昴爲中也。”然則東方之宿房爲東陸,南方之宿張爲南陸也。蓋居子午卯酉之中,故曰日行中道。②

1.18 晦而見西方謂之朓,朔而見東方謂之朒,亦謂之側匿。朓建行,朒縮遲。舊聯上“漢書”爲一條。

【疏證】《後漢·蔡邕傳》“元首寬則望舒朓,侯王肅則月側匿”注引《尚書大傳》曰:“晦而月見西方,謂之朓。朔而月見東方,謂之側匿。側匿則侯王肅,朓則侯王舒。”《文選·謝希逸〈月賦〉》“朒朓警闕”,李注引《説文》曰:“朒,朔而月見東方,縮朒然。”朓,晦而月見西方也。《尚書五行傳》曰:“晦而月見西方謂之朓,朓則王侯奢也。朔而月見東方謂之側匿,側匿則王侯肅。”鄭玄曰:“朓,條達,行疾貌。”又《漢·五行志》:“晦而月見西方謂之朓,朔而月見東方謂之仄匿。仄匿則侯王其肅,朓則侯王其舒。”孟康曰:“朓者,月行疾,在日前,故

① “月”字原脱,據今《後漢書·律曆志》補。

② 古今逸史本、四庫本此處不分條。

早見。仄慝者，行遲，在日後，當没而更見。”又劉向《五紀論》《洪範傳》曰：“晦而月見西方謂之朓，朓，疾也。朔而月見東方謂之側慝，側慝，遲不敢進也。”據此，則“見”上當有“月”字。

1.19 《周官》天星皆有分野：角、亢、氐兖州，房、心豫州，尾、箕幽州，斗、女揚州，虚、危青州，室、東壁并州，奎、婁、胃徐州，昴、畢冀州，觜觿、参益州，東井、輿鬼雍州，柳、星、張三河，翼、軫荆州。

【疏證】《初學記·星第四》云：“《周官》天星皆有州國分野：角、亢、氐兖州，房、心豫州，尾、箕幽州，斗、牽牛、婺女揚州，虚、危、青州，營室、東壁并州，東井、鬼雍州，柳、七星、張三河，翼荆州。”此《續博物志》所本也。案，《周官》注、疏俱無此説，惟《漢書·天文志》有之，然《漢志》不云出《周官》也。案《周禮·春官·保章氏》：“以星土辨九州之地，所封封域，皆有分星，以觀妖祥。”鄭注：“堪輿雖有郡國所入度，非古數也。今其存可言者，十二次之分也。星紀吴越也，玄枵齊也，娵訾衛也，降婁魯也，大梁趙也，實沈晋也，鶉首秦也，鶉火周也，鶉尾楚也，壽星鄭也，大火宋也，析木燕也。”正義曰：“云辨九州之地者，據北斗而言；云所封封域者，據二十八星而説。《春秋文耀鈎》云：華岐以西，龍門、積石至三危之野，雍州，屬魁星；太行以東至碣石、王屋、砥柱，冀州，屬樞星；三河、雷澤東至海岱以北，兖州、青州，屬機星；蒙山以東至江南會稽、震澤，徐、揚之州，屬權星；大别以東至雷澤、九江，荆州，屬衡星；荆山西南至岷山北嶇、鳥鼠，梁州，屬開星；外方熊耳以至泗水、陪尾，豫州，屬瑶星。”衡案，此以北斗分九州也。高誘《吕氏春秋·有始覽》注云：“角、亢、氐東方宿，韓、鄭分野。房、心、尾東方宿，房、心宋分野，尾、箕燕分野。斗、牛北方宿，尾、箕一名析木之津，燕之分野。斗、牛，吴、越分野。婺女亦越之分野。虚、危，齊分野。營室，衛分野。東壁北方宿，一名豕韋，衛之分野。奎、婁西方宿，一名降婁，魯之分野。昴、畢西方宿，一名大梁，趙之分野。嶲、参西方宿，一名實沈，晋之分野。東井南方宿，一名鶉首，秦之分野。輿、鬼南方宿，秦之分野。柳、七星南方宿，一名鶉火，周之分野。張、翼、軫南方宿，張，周之分野。翼、軫一名鶉尾，楚之分野。"案高誘注又見《淮南·天文訓》，此則所封封域，據二十八宿而言也。

1.20　鄭司農云："《保章氏》五雲之物，二至、二分觀雲色，青蟲，白喪，赤兵荒，黑水，黄豐。"《東方朔别傳》云："凡占東畔，當視天有黄雲，來如覆車，五穀大熟。青致兵，白致盜，烏黑多水，赤火。"

【疏證】《周禮·春官·保章氏》："以五雲之物辨吉凶、水旱、降豐荒之祲象。"鄭司農云："以二分、二至觀雲色：青爲蟲，白爲喪，赤爲兵荒，黑爲水，黄爲豐。故《春秋傳》曰：凡分至啓閉，必書雲物，爲備故也。"《初學記·雲》引《東方朔傳》與此同，惟"青""白""黑""赤"下多"雲"字。衡案，"青致兵，白致盜"，不如鄭説可據。

1.21　京房《風雨占候》曰："黑雲如一匹皂，二日中一日大雨；二匹，二日雨；三匹，三日雨。"①

【疏證】《初學記·雲》引京房《風雨要決占候·朝雨法》："有黑雲如一匹皂，二日中即一日大雨；二匹，二日雨；三匹，十日雨。"

1.22　《易緯》曰："八節之風謂之八風。"《吕氏春秋》云："東北曰炎風，亦曰融風；東曰滔風；東南曰薰風；南曰巨風；下脱"西南曰凄風"，當補。西曰飂風；西北曰厲風；北方曰

---

① "二匹，二日雨；三匹，三日雨"，古今逸史本、四庫本作"二匹，三日雨；三匹，十日雨"。

寒風。”

【疏證】《易緯通卦驗》:“八節之風謂之八風。立春條風至,東北方風。春分明庶風至,東方風。立夏清明風至,東南方風。夏至景風至,南方風。立秋涼風至,西南方風。秋分閶闔風至,西方風。立冬不周風至,西北方風。冬至廣莫風至。北方風。”《吕氏春秋·有始覽》:“何謂八風?東北曰炎風,高誘注:“炎風,艮氣所生,一曰融風。”衡案,“炎風”誤,當從《續博物志》作“猋風”。東風曰滔風,高注:震氣所生,一曰明庶風。東南曰薰風,高注:巽氣所生,一曰清明風。南方曰巨風,高注:離氣所生,一曰凱風。西南風曰淒風,高注:坤氣所生,一曰涼風。西風曰飂風,高注:兑氣所生,一曰閶闔風。西北曰厲風,高注:乾氣所生,一曰不周風。北方曰寒風。高注:坎氣所生,一曰廣莫風。”案《淮南·天文訓》“滔風”作“條風”,“薰風”作“景風”,“淒風”作“涼風”,“厲風”作“麗風”,餘俱與吕氏同。

1.23　王充《論衡》曰:“圖畫之工,圖雷之狀,如連鼓形。又圖一人若力士,謂之雷公,使左手引連鼓,①右手椎之。”②

【疏證】《論衡·雷虛》篇:“圖畫之工,圖雷之狀,纍纍如連鼓之形。又圖一人若力士之容,謂之雷公,使左手引連鼓,右手推椎,若擊之狀。以爲雷聲隆隆者,連鼓相扣擊之意也。”王充字仲任。

1.24　《春秋》“震夷伯之廟”,謂劈歷破之,是也。“霹靂”,俗字也。舊聯上作一條。

【疏證】此亦《爾雅·釋天》邢疏文也。《春秋·魯僖公十五年》九月“己卯晦,震夷伯之廟”。杜注:“夷伯,魯大夫,展氏之祖父。夷,謚;伯,字。”震者,雷電擊之。《説文》十一:“震,劈歷振物者,從雨辰

① “連鼓”,原作“雷鼓”,古今逸史本、四庫本作“連鼓”,《論衡·雷虛》亦作“連鼓”,今據改。

② 今逸史本、四庫本此處不分條。

聲。春秋傳曰:‘震夷伯之廟。’”臣鉉等曰:“今俗別作‘霹靂’,非是。”

1.25　梁太后信兄冀,誅杜喬、李固,雷震憲陵寢屋。

【疏證】梁太后,漢順烈皇后也。大將軍商之女,恭懷皇后弟之孫也。杜喬字叔榮,河南林慮人,李固字子堅,漢中南鄭人,俱以忠正爲梁冀所誅。案本傳梁太后無殺杜喬、李固意,皆梁冀爲之。梁冀字伯卓,梁商子。憲陵,孝順皇帝陵,在洛陽西十五里。《後漢書·桓帝紀》:“建和元年,前太尉李固、杜喬皆下獄死。三年六月乙卯,震憲陵寢屋。”《太平御覽》十三引《續漢書》曰:“桓帝建和三年六月乙卯,雷震憲陵寢屋,是時梁太后聽兄冀誅李固、杜喬。”

1.26　太平之時,十日一雨,一歲三十六雨。

【疏證】京房《易飛候》曰:“太平之時,五日一風,十日一雨,一歲凡三十六雨,此休徵時若之應。”《春秋説題辭》曰:“一歲三十六雨,天地之氣宣。十日小雨,應天文也。十五日大雨,以斗運也。”王充《論衡》:“太平之時,五日一風,十日一雨。”

1.27　《晋中興書》曰:“甘露降,耆老得敬,則松柏受之;尊賢容衆,則竹葦受之。一曰天酒。”①

【疏證】《隋書·經籍志》:“《晋中興書》七十八卷,起東晋,宋湘東太守何法盛撰。”《太平御覽》十二引《晋中興書》曰:“王者敬養耆老,則甘露降於松柏,尊賢容衆則竹葦受之。甘露者,仁澤也,其凝如脂,其美如飴。”又見八百七十二。

1.28　虹依雲陰而晝見於日衝,無雲不見,太陰亦不見。

① 古今逸史本、四庫本此處不分條。

【疏證】蔡邕《月令章句》曰："虹，螮蝀也，陰陽交接之氣，著於形色者也。雄曰虹，雌曰蜺。虹常依陰雲，晝見於日衝，無雲不見，太陰亦不見。蜺常依蒙濁見日旁，白而直曰白虹。凡日旁者四時常有之，惟雌虹起季春見，至孟冬乃藏。"

1.29 炎帝赤精之君，火官之臣，大庭氏也。①

【疏證】《春秋考曆序》："炎帝號曰大庭氏。"衡案，羅泌《路史・前紀・禪通紀》有"大庭氏"，次於"栗陸氏"之前，下注云："世謂即炎帝者誤。"

1.30 明皇在長安，詔一行鑄渾儀，及大衍曆。先是，漢洛下閎云："此曆後一千年差一日，有聖人出而正之。"至是，果一千年，因以一行爲聖人。僧一行本名璲，俗姓張氏，後出家，改名敬賢。遷化，詔起塔銅人原，謚大惠禪師，並御製八分書。②

【疏證】《舊唐書》："僧一行，姓張氏，先名遂，魏州昌樂人。少聰敏，博覽經史，尤精曆象陰陽五行之學。武三思慕其學行，請與結交。一行逃匿以避之，尋出家爲僧，隱於嵩山，師事沙門普寂。時麟德曆經推步漸疏，敕一行考前代諸家曆法，改撰新曆。於是一行推《周易》大衍之數，立衍以應之，故撰開元大衍曆經。至十五年卒，年四十五，賜謚曰大慧禪師。上爲一行製碑文，親書於石，出内府錢五十萬，爲起塔於銅人之原。道士邢和璞嘗謂尹愔曰：'一行其聖人乎？漢之洛下閎造曆，云："後八百年當差一日，必有聖人正之。"今年期畢矣，而一行造大衍正其差謬，則洛下閎之言信矣，非聖人而何？'"《文選・班孟堅〈公孫弘傳贊〉》"曆數則唐都洛下閎"注："《漢書》曰：造漢太初

① "大"，古今逸史本、四庫本作"火"。
② "御製"下，古今逸史本、四庫本並有"碑"字。

曆，方士唐都、巴郡落下閎與焉。"《益部耆舊傳》曰："閎字長公，巴郡閬中人也。明曉天文地理，隱於落亭。武帝時友人同縣譙隆薦閎待詔太史，更作太初曆，拜侍中，辭不受。"《風俗通》曰："姓有落下，漢有落下閎。"又《史記·曆書》"巴落下閎"索隱曰："姚氏案：《益部耆舊傳》云，[1]閎字長公，明曉天文，隱於落下，武帝徵待詔太史，於地中轉渾天，改顓頊曆作太初曆，拜侍中不受。"又《御覽》十六引《益部耆舊傳》云："巴郡落下閎，漢武帝時改顓頊曆更作太初曆，曰：後八百歲此曆差一日，當有聖人定之。"衡案，《北堂書鈔·儀飾部》引桓譚《新論》云："楊子雲好天文，問於落下黄閎。"又引見《御覽》。據此則黄是姓，閎是名，洛下其所居之地，亦如展禽之爲柳下惠耳，且與《益部耆舊傳》"隱於落亭""隱於落下"合。而《漢書·律曆志》注"師古曰：姓落下名閎"，蓋本《風俗通》之誤。案洛下閎姓黄名閎，洛下其所居之地，亦如展禽之爲柳下惠耳。"洛下黄閎"見《北堂書鈔·儀飾部》引桓譚《新論》。《御覽》十六引《耆舊傳》云"後八百歲曆差一日"，亦誤，當作"一千年"爲是。唐開元九年以麟德曆不合，詔一行作大衍曆，見《新唐書》。

1.31　二十八宿爲其有二十八星當度，[2]故立以爲宿。推測者多變，如畢有十七度半，觜半度。星既不當度，自不當用爲宿。星度皆以赤道爲法，黄道則有斜有直，與赤道不等。

【疏證】沈括《夢溪筆談》："二十八宿，爲其有二十八星當度，故立以爲宿。前世測候，多或改變。如《唐書》測得畢有十七度半，觜只有半度之類，皆謬説也。星既不當度，自不當用爲宿次，自是渾儀度距疏密不等耳。凡二十八宿度數，皆以赤道爲法，唯黄道度有不全度者，蓋黄道有斜有直，故度數與赤道不等。即須以當度星爲宿，虚宿

---

① "部"，原誤作"都"，據《史記·曆書》索隱改。

② "二十八星"，原誤作"二十八宿"。據古今逸史本、四庫本、《夢溪筆談》改。

未有奇數，自是日之餘分，曆家取以爲斗分者此也，餘宿則不然。”

1.32　劉知幾曰：“兩曜日星，麗於天象，非如九州萬國，廢置無常。故海田可變，而景緯無易。必欲刊之國史，[1]施於何代不可也？《史記》書有《天官書》，[2]讀者竟忘其誤。班固《天文志》，非漢事而隸入《漢書》，已乖越矣。且如熒惑退舍，宋公延齡，中台告坼，晋相速禍，星集潁川而賢人聚，月犯少微而處士亡，如斯之類，志之可也。若乃體分濛澒，色著青蒼，丹曦素魄之躔次，黄道紫宫之分野，既不預於人事，乃編之於策書，又曰天文有志，何不爲人形志乎？”

【疏證】劉知幾《史通》内篇《書志第八》曰：“夫兩曜日星，麗於玄象，非如九州萬國，廢置無恒，故海田可變，而景緯無易。古之天，猶今之天，今之天，即古之天也。必欲刊之國史，施於何代不可也？但《史記》包括所及，區域綿長，故書有《天官》，讀者竟忘其誤。權而爲論，未見其宜。班固因循，復以《天文》作志，無漢事而隸於《漢書》，尋篇考限，睹其乖越者矣。降及有晋，迄於隋氏，或地止一隅，或年才二世，而彼蒼列志，其篇倍多，流宕忘歸，不知紀極，方於漢史，又孟堅之罪人也。竊以國史所書，宜述當時之事。必爲志而論天象也，但載其時彗孛氛祲薄食晦明，裨竈梓慎之所占，京房李郃之所候。至如熒惑退舍，宋公延齡，中台告坼，晋相速禍，星集潁川而賢人聚，月犯少微而處士亡，如斯之類，志之可也。若乃體分濛澒，色著青蒼，丹曦素魄之躔次，黄道紫宫之分野，既不預於人事，輒編之於策書，故曰刊之國史，施於何代不可也。”又曰：“夫圓首方足，含靈受氣，吉凶形於相貌，貴賤彰於骨法，生人之所欲知也。四支六府，痾瘵所纏，苟詳其孔穴，

---

① “欲”，原作“用”，據古今逸史本、四庫本及《史通》改。

② “天官書”，古今逸史本、四庫本無“書”字。

則砭灼無誤，此養生之尤急也。其身名並列，親疏自明，豈可近昧形體，而遠求辰象？既天文有志，何不爲人形志乎？"衡案，熒惑退舍，宋公延齡，見《吕氏春秋·夏紀·制樂》篇云："宋景公之時，熒惑在心，公懼，召子韋而問焉。子韋曰：'熒惑者天罰也，心者宋之分野也，禍當於君。雖然，可移於宰相。'公曰：'宰相所與治國家也，移死焉不祥。'曰：'可移於民。'公曰：'民死，寡人將誰爲君乎？寧獨死。'曰：'可移於歲。'公曰：'歲害則民飢，民飢必死，爲人君而殺其民以自活也，其誰以我爲君乎？'子韋還走，北面載拜曰：'臣敢賀君，天之處高而聽卑，君有至德之言三，天必三賞君。今昔熒惑其徙三舍，君延年二十一歲。'是夕熒惑果徙三歲。"中台星坼，晋相速禍，見《晋書·張華傳》。星集潁川而賢人聚，見《續晋陽秋》：陳仲弓從子侄，造荀季和父子，於時德星聚，太史奏五百里賢人聚。又見《世説·德行》篇。月犯少微而處士亡，見《晋書·謝敷傳》："敷入太平山十餘年，徵召皆不就。初月犯少微，占者以隱士當之。譙國戴逵有美才，人或憂之，俄而敷死，會稽人士以嘲吴人云：'吴中高士，便是求死不得。'"又見《世説·栖逸》篇注。

1.33　太歲在丑，乞漿得酒；太歲在巳，販妻鬻子。①

【疏證】"在丑"當作"在酉"。馬總《意林》引袁雅《正書》云："太歲在酉，乞漿得酒；太歲在巳，販妻鬻子。則知災祥有自然之理。"《北堂書鈔》百四十四引《袁子》云："歲在申酉，乞漿得酒；歲在辰巳，嫁妻賣子。"《太平御覽》十七引袁子《正書》語曰："歲在申酉，乞漿得酒；歲在辰巳，嫁妻賣子。夫盛衰更代，豐荒相半，天之常道也。"又三十五引作"歲在辛酉"，"辛"字誤。又八百六十一引同十七。又蘇東坡《次韻孔毅父久旱已而甚雨》詩云："去年太歲空在酉，傍舍壺漿不容乞。"施元之注引馬總《意林》袁雅書，又曰《史通略》及《朝野僉載》並云。

① 古今逸史本、四庫本此處不分條。

1.34 藕生應月，閏月益一節。芋以十二子爲衛，亦應月之數也。

【疏證】陸佃《埤雅》卷十七："俗云藕生應月，月生一節，閏輒益一。今芋有十二子爲衛，里俗以爲應月之數。"《物類相感志》："葃實一名慈姑，一株十二實。若年歲之有閏，則生十三子。"衡案，物生之應月者，獺肝一月一葉，十二月十二葉，月滿又退之。鱖魚脊十二骨，每月一骨有毒。梧桐案月生葉，遇閏生十三葉。鳳尾十二翎，遇閏生十三翎。棕櫚應月生片，遇閏則生半片；歲長十二節，歲閏則多生半節。雲南大理和山有樹，葉如桂，名和山花，每孕十二瓣，遇閏多一瓣。黄楊歲長一寸，遇閏則否，皆是。又案，朱國楨《涌幢小品》："蘄州嘗産十二時竹，其竹繞節凸生子丑寅卯等十二字。"

1.35 俗以五月雨爲分龍雨，一曰隔轍雨。

【疏證】《埤雅》："今俗五月謂之分龍雨，一曰隔轍。言夏雨暴至，各有分域，雨暘往往隔一轍而異也。"

1.36 雲五色爲慶，三色爲矞，或曰外赤内青爲矞。楊雄曰：紫蜺矞雲朋圍日，君子小人並進也。

【疏證】矞雲，瑞雲也。漢董仲舒《雨雹對》："雲五色爲慶，三色成矞。"《埤雅》："或曰二色爲矞，外赤内青謂之矞雲。"楊子雲《太玄經·割》："次七：紫蜺矞雲朋圍日，其疾不割。測曰：紫蜺矞雲，不知刊也。"紫蜺以象小人，矞雲以象君子。朋，同類也；日，君也。説見《漢易傳》。

1.37 郭璞曰："蓬飛磑則天風，舂則天雨。"蓬，蠓也。[①]

① 古今逸史本、四庫本此處不分條。

【疏證】《埤雅》卷十七："《爾雅》曰'蠓蠛'孫炎注云：'蠓蠛，此蟲微細群飛。'郭璞亦曰：'蠓飛磑則天風，舂則天雨，言蠛蠓將風，則懸飛如磑。一上一下如舂則雨矣。'"然其圖贊又曰"風舂雨磑"，二説不同也。

1.38　傳曰：雷不蓋醬，令人腹中雷鳴。今月上下如弦之時，觸醬輒壞，里俗忌之。

【疏證】案"雷不蓋醬"二句，見《風俗通》。《埤雅》卷二十："傳云：雷不蓋醬，令人腹中雷鳴。今月上下如弦之時，觸醬輒壞，里俗忌之，物之相感有如此者，蓋不可得而推也。"

1.39　自古帝王五運之次有二説，鄒衍以五行相勝爲義，劉向則以相生爲義。漢魏共尊劉説。

【疏證】鄒衍齊人。五運即五行。《史記·秦始皇紀》："始皇推終始五德之傳，以爲周得火德，秦代周德，從所不勝。"此即鄒衍相勝之説。故《漢·律曆志》云"秦推五勝以爲水德"是也。又《史記·封禪書》云："自齊威宣之時，騶子之徒，韋昭曰："名衍。"衡案即鄒衍。論著終始五德之運，及秦帝而齊人奏之，故始皇采用之。"如淳曰："今其書有五德始終，五德各以所勝爲行，秦謂周爲火德，滅火者水，故自謂之水德。"沈約《曆志》曰："五德更王，惟有二家之説。鄒衍以相勝立體；劉向則以相生爲義；張蒼則以漢水勝周火，廢秦不班五德；賈誼則以漢土勝秦水，以秦爲一代。"衡案，皇古以前不可知已，自庖犧氏德始於木，故爲帝太昊。庖犧氏没，神農氏作，以木承火，故爲炎帝。神農氏没，黄帝氏作。火生土，故爲土德。少昊曰清，清者黄帝之子清陽也。土生金，故爲金德，號曰金天氏。少昊之衰，顓頊受之。金生水，故爲水德。顓頊之所建，帝嚳受之。水生木，故爲木德。帝嚳生帝堯，木生火，故爲火德。堯讓天下於舜，火生土，故爲土德。舜讓天下於禹，土生金,故爲金德。湯放夏桀,金生水,故爲水德。武王伐商紂,水生木,故爲木德。漢高祖代秦繼周,木生火,故爲火德:俱見《漢書·律曆志》。此即劉向五運相生之説也。

1.40 關東,西風則晴,東風則雨;關西,西風則雨,東風則晴。①

【疏證】關東、關西,謂函谷關。

1.41 陽之專氣爲雹,陰之專氣爲霰。舊聯上爲一條。

【疏證】案《大戴禮·曾子天圓》篇:"陽之專氣爲雹,陰之專氣爲霰,霰雹者一氣之化也。"盧辯注:"陽氣在雨温暖如湯,陰氣薄之不相入,摶而爲雹。陰氣在雨凝滯爲雪,陽氣薄之不相入,散而爲霰。故《春秋穀梁》説曰:'雹者,陰脅陽之象;霰者,陽脅陰之符也。'"

1.42 中國有洞天三十六所,皆謂之天。第一王屋山洞天,周回萬里,名小有清虚天。其次委羽山洞天,周回萬里,名大高空明天。其次太玄總真天,其次三玄極真天,其次寶仙九室天,其次上玉清平天,其次珠明耀真天,其次金壇華陽天,其次左神幽虚天,其次成德隱玄天:皆仙人所居也。

【疏證】三十六洞天,見《茅君内傳》。案杜光庭《洞天福地記》:"第一王屋洞,周迴一萬里,名小有清虚之天,在東都。第二委羽洞,周迴一萬里,名大有虚明之天,在兖州東嶽。第三西城洞,周迴三千里,名太玄總真之天,在梁州,西王母所居,昆侖之别宫。第四西玄洞,周迴二千里,名三玄極真之天,在華州。第五青城洞,周迴二千里,名寶仙九室之天,在蜀青城縣。第六赤城洞,周迴三百里,名紫玉

---

① 古今逸史本、四庫本此處不分條。

清平之天，在台州唐興縣。第七羅浮洞，周迴五百里，名朱明耀真之天，在惠州博羅縣三十里。第八句曲洞，周迴一百五十里，名金壇華陽之天，在潤州金壇縣，屬茅山。第九林屋洞，周迴四百里，名佐神幽墟之天，在蘇州洞庭湖中。第十括蒼洞，周迴三百里，名成德隱真之天，在台州樂安縣界。右十洞天，大小悉皆相通，光明景曜，妙異不可備陳，太上列上真之封掌之。第一洞霍童山，周迴三千里，名霍林之天，在福州長溪縣，有三湖觀及遊仙湖。第二洞東嶽泰山，周迴一千里，名蓬玄之天，在兗州。第三洞南嶽衡山，周迴七百里，名朱陵之天，在衡州衡山縣。第四洞西嶽華山，周迴三百里，名總仙之山，在華州。第五洞北嶽鎮山，周迴一百三十里，名總玄之天，在鎮州。第六洞中嶽嵩山，周迴三十里，名思真之天，在洛州。第七洞峨嵋山，周迴三百里，名虛淩太妙之天，在蜀嘉州。第八洞廬山，周迴二百六十里，名洞靈咏真之天，在江州。第九洞四明山，周迴一百八十里，名丹山赤水之天，在明州。第十洞會稽山，周迴三百五十里，名陽明洞天，一名極玄太元之天，在越州。第十一洞太白山，周迴五百里，名德玄之天，在明州。第十二洞西山，周迴三百里，名天寶極玄之天，在洪州。第十三洞大圍山，周迴三百里，名好生玄上之天，在潭州醴陵縣。第十四洞潛山，周迴八十里，名天柱司玄之天，在舒州懷寧縣。第十五洞鬼谷山，周迴七十里，名玄思之天，在信州貴溪縣。第十六洞武夷山，周迴一百二十里，名升真化玄之天，在建寧府。第十七洞玉笥山，周迴一百二十里，名太秀法樂之天，在臨江軍。第十八洞華蓋山，周迴三十里，名容成太玉之天，在溫州永嘉縣。第十九洞蓋竹山，周迴八十里，名長耀寶元之天，在台州臨海縣。第二十洞都嶠山，周迴一百八十里，名太上寶玄之天，在容州。第二十一洞白石山，周迴七十里，名瓊秀長真之天，在和州。第二十二洞勾漏山，周迴四十里，名玉闕寶圭之天，在容州流陽縣。第二十三洞九疑山，周迴三十里，名相真太虛之天，在道州。第二十四洞洞陽山，周迴一百十里，名洞陽隱觀之天，在潭州。第二十五洞幕阜山，周迴一百里，名玄真太元之天，在鄂州唐軍縣。第二十六洞大酉山，周迴一百里，名大酉華妙之天，在辰州。第二十七洞金庭山，周迴三百里，名金庭崇妙之天，在剡縣。第二十八洞麻姑山，周迴一百五十里，名丹霞之天，在撫州南城縣。第二十九洞仙都山，周迴三百里，名祁仙之天，在處州縉雲縣。第三十洞青田山，周迴四十里，名青田太鶴之天，在處州青田縣。第三十一洞鍾山，周迴一百里，名朱湖太生之天，在潤州上元縣。第三十二洞良常山，周迴三十里，名方會之天，在茅山東北。第三十三洞紫蓋山，周迴八十里，名紫玄洞照之天。第三十四洞天目山，周迴二百里，名太微玄蓋之天，在杭州餘杭縣。第三十五洞桃源山，周迴七十里，名白馬玄光之天，在朗州武陵縣。第三十六洞金華山，周迴一百五十里，名金華洞元之天，在婺州金華縣。右三十六小洞天，出本教《龜山白玉上經》。地肺山在潤州，茅山、蓋竹山在台州臨海縣，石磕山在台州黄岩縣東，仙源在台州樂安縣，青嶼山在西海，赤水山在真誥岩，郁木坑在臨江軍新淦縣，丹霞洞在撫州南城縣，君山在洞庭湖中，桂源山在桂州桂陽縣，靈墟在天台，沃州在剡縣，天姥岑在唐興縣，若耶溪在會稽縣，金庭山在剡縣，衡案，金庭山已列於洞天第二十七，不得又列福地。清遠山在浦陽縣，安山在交州，馬嶺山在郴州，鵝羊山在潭州長沙縣，洞真墟在長沙縣西，青玉壇在衡山祝融峰西，洞靈源在南嶽招仙觀西，光天壇在南嶽，洞宫在長溪縣，陶山在温州安固縣，三皇井在温州永嘉縣，爛柯山在衢州西安縣，芹溪在建寧府建陽縣，龍虎山在信州貴溪縣，靈山在饒州，泉水源在龍川界，金精山在虔州虔化縣，閤皂山在臨江軍新淦縣，始豐山在豐城縣，逍遥山在洪州南昌縣東，白源在洪州新吴縣，鉢池在楚山，論山在潤州丹徒縣，毛公壇在洞庭湖中，雞籠山在和州歷陽縣，桐柏山在台州唐興縣，平都山在忠州，緑蘿山在武陵縣，彰龍山在澧陽縣，抱福山在連州，大面山在鄂州，虎溪山在江州，元辰山在都昌縣，馬蹄山在饒州鄱陽縣，德山在武陵縣，藍水在河中，玉峰在河中，天柱山在杭州於潛縣，商谷山在商州，張公洞在常州宜興縣，湖魚洞在姚州西，白山中條山在河中，司馬海山在天台山北面，綿竹山在蜀西川，甘山在黔中，瑰山在溪山，金城山在古限戍，雲山在朗州武陵縣，北邙山在東都，武當山在均州，女几山在洛州福昌縣，少室山在東都，麗山在江州西，仙源在台州嶠嶺，南田山在東海，玉嶺山在樂城縣，抱犢山在鎮州。右七十二福地。”

1.43 木與木相摩則然，金與火相守則流，陰陽錯行則天地大絃，舊作“統”，誤。從《莊子》改。於是乎有雷有霆，水中有火，乃焚大槐。①

【疏證】此見《莊子·外物》篇。《釋文》引司馬彪曰：“水中有火，謂電也。焚，謂霹靂時燒大樹也。”衡案，絃音該，《博雅》云“束也”。又《莊子·天地》篇：“方且爲物絃。”《淮南·原道訓》：“兩木相摩而然，金火相守而流。”高誘注：“流，釋也。”又《天文訓》：“陰陽相薄，感而爲雷，激而爲霆。”又訓“老槐生火”。

1.44 人間往往見細石形如小斧，謂之霹靂斧，或云霹靂楔。② 案《玄中記》云：“玉門之西有國山，衡案，“有國”下當云“國中有山”。山上有廟，國人歲歲出礸數千，名霹靂礸，給霹靂用，從春至秋乃罷。《禮記》有雜金鑽、牛角鑽，鑽與礸同，音祖含切。舊與上聯爲一條。

【疏證】《太平御覽》引《玄中記》：“玉門之西，南羌之東，有一國，國中有山，山上有人祠廟。國人五六百户，無他事役，歲歲出石礸數千枚，輸廟中，名爲霹靂礸，給霹靂用，從春雷出礸日減至秋而盡。”見卷十三、五十二、七百九十七。劉恂《嶺表異録》：“雷州之西雷公廟，百姓每歲配連鼓雷車，有以魚彘肉同食者，立爲雷震，皆敬而憚之。

---

① 古今逸史本、四庫本此處不分條。
② “或云”，古今逸史本、四庫本“或”下有“謂”字。

每大雷雨後,多於野中得黳石,謂之雷公墨,叩之鎗然,光瑩如漆。又如霹靂處,或土木中得楔如斧者,謂之霹靂楔,小兒佩帶,皆辟驚邪,孕婦磨服爲催生藥必驗。"《封氏見聞記》:"人間往往見細石赤色,形如小斧,謂之霹靂斧,云被霹靂處,皆得此物。予曾於小朱山僧海德房中,見一石,與前後所見者皆相類。問將此何用,曰:房中大石往年被霹靂劈爲兩段,於霹靂得此,俗謂之霹靂楔,偶然妝之,無所用也。"案《玄中記》有霹靂䃓,云:"諸字書檢無'䃓'字,《禮記》有'雜金鐕''牛骨鐕',音爲祖含。'䃓'字石傍與'金'相對,讀宜同矣。"衡案,"雜金鐕""牛骨鐕"見《喪大記》,鐕,兹甘切。

1.45 京房易傳曰:"四方常有大雲五色具而不雨,下有賢人隱。"①

【疏證】《太平御覽》卷八引京房《易飛候》曰:"視四方常有大雲五色,其下賢人隱也。青雲潤澤蔽日在西北,爲舉賢良。黄雲如覆車,大豐也。"

1.46 豚將風則踊,鼉欲雨則鳴。舊聯上爲一條。

【疏證】見《埤雅》。豚,江猪也。

1.47 漢博士劉熙曰:"豫司兖冀以舌腹言之,天,顯也,在上高顯也。青徐以舌頭言之,天,坦也,坦然高而遠也。"

【疏證】見劉熙《釋名·釋天第一》。劉熙字成國。

---

① 今古今逸史本、四庫本此處不分條。

續博物志卷二

宋李石撰　江都陳逢衡考證

2.1　漢明帝爲太子，樂人以歌四章贊之：一曰日重光，二曰月重輪，三曰星重曜，四曰海重潤。

【疏證】崔豹《古今注》："日重光，月重輪，群臣爲漢明帝所作也。明帝爲太子，樂人作歌詩四章以贊太子之德，一曰日重光，二曰月重輪，三曰星重輝，四曰海重潤。漢末喪亂後，其二章亡。舊説云：天子之德，光明如日，規輪如月，衆輝如星，沾潤如海，太子皆比德焉，故云重耳。"

2.2　鯨魚者，海魚也。大者長千里，小者數千丈。一生數萬子，常以五月六月就岸生子，七月八月導從其子還大海中，鼓浪成雷，噴沫成雨，水族驚畏莫敢近。其雌曰鯢，大者亦長千里。

【疏證】見崔豹《古今注》，"水族驚畏莫敢近"，作"水族驚畏之，皆逃匿，莫敢當"，末有"眼睛爲明月珠"六字。

2.3　《禽經》曰："鵝飛則蜮沉，鵙鳴則蛇結。"又曰："鸛俯鳴則陰，仰鳴則晴。"

【疏證】《禽經》,晋師曠撰。《物理論》:"鵝飛則蜮沈。"《埤雅》:"舊説鵙善制蛇,鳴則蛇結。"《感應類從》曰:"鵙鳴在上,蛇盤不動。"

2.4 白蟻聞竹雞之聲化爲水,竹雞自呼泥滑滑是也。或曰白雞之雄,亦能化白蟻。

【疏證】陳正敏《遁齋閑覽》:"白蟻聞竹雞之聲,盡化爲水。今山林多有之,其聲自呼爲泥滑滑者是也。"《本草》:"山菌子即竹雞也,多居竹林,形比鷓鴣差小,蜀人呼爲雞頭滑,南人呼爲泥滑滑,因其聲也。"李時珍《本草綱目》曰:"諺云:'家有竹雞啼,白蟻化爲泥。'蓋好食蟻也。"

2.5 鸛性甘帶。每遇巨石知有蛇,即如術士禹步,其石阞然而轉。南方學其法,伺其養雛,緣木以篾絙縛其巢,鸛必作法解之。乃於木下鋪沙,印其足迹而仿之。

【疏證】《埤雅》卷六:"鸛形狀略如鶴,其性甘帶。每遇巨石,知其下有蛇,即於石前如術士禹步,其石阞然而轉。南方里人學其法者,伺其養雛,緣木以蔑絙縛其巢,鸛必作法解之。乃於木下鋪沙,印其足迹而仿學之。"衡案《爾雅翼》云:"鴆,毒鳥也,似鷹而大如鴞也,紫黑色,長頸赤喙。雄名運日,雌名陰諧。食蝮蛇,知巨石大木間有蛇,即爲禹步以禁之,石樹爲之崩倒,蛇虺無脱者。"李時珍曰:"鴆步則蛇出,鵙鳴則蛇結。鴆能禹步禁咒,使大石自轉,取蛇食之,蛇入口即糜,鸛亦然。"鵙,伯勞也。據此則禹步禁蛇,不獨鸛也。

2.6 暮鳩鳴即小雨,朝鳶鳴即大風。

【疏證】見《禽經》。鳩,鳲鳩也,鳶鴟類。《曲禮》"前有塵埃,則載鳴鳶"疏:"鳶,鴟也。鳶鳴則將風,畫鴟於旌首而載之,衆見咸知以爲備也。"

2.7 物有異體而相制者。翡翠屑金，人氣粉犀，北人以針敲水，南人以綫解茶。

【疏證】徐應秋《玉芝堂談薈》卷三十二："物性相制，有不可理測者。如人氣粉犀，戎鹽累卵，蠅點變白，麈尾留紅，羊脂柔銀，龜溺入石，蟹性解漆，翡翠屑金，蟾肪劈玉，辰砂碎鐵，鼉脂燃鐵，貘溺消鐵，鵲腦鶴糞化石，獺蟾分卮，鳳味續弦，新灰拘駒，燃柳殺雛，磁石引針，琥珀拾芥，死貓引竹，藿遺枯木，鵲梁蔽形，游波泛海，桐木生雲，鯪甲引奶，鱿甌裂毒，冢灰傳漏，硫杯毀熱，群毛止風，孤捶息潦，蠍蝎飛錢，甘草硬角，木賊軟牙，雞糞化石，阿膠止濁，犀株離濤，敝單淡鹵，石灰定膠，薑磁免爆，礬綫不熱，雄黄去蛇，水銀去虱，膃肭臍駭犬。金得伯勞之血則昏，鐵得鸊鵜之膏則瑩，石得鵲髓則化，銀得雉糞則枯，貂鼠之毛得風則暖，象牙之文應雷而生，蚌胎之珠得月而盛，牛魚之毛應潮而起。莧菹可以剖人，羚羊可以碎金剛，耳塞可粉石青，海芋可變金白，蓉可血玉，駝糞可殺壁虱，黑犬血可祛鼠，鶖毛可辟水毒，猴皮可辟馬疫，栗木爲關可遠盜，青楊木爲床可祛蚤，夜明砂可辟蚊，楝汁可去蠅，獺爪治魚哽，飛生之爪可下産難，虎鬚治齒，蝟皮治胃，貍頭愈鼠，雞頭已瘻，嘌婁之木可擊魅。天名精能起既剖之鹿，蛇銜草續已斷之指。縋虎頭骨於龍湫，可以致雨；瘞黽板於棗根，可以召雷。胡桃之券，令雞夜鳴，甄瓦之契，投梟自止。竹蟲飲人，能探衷曲；蛛網縫領，可辟健忘；天雄藿胎，日行千里。螳螂之氣，含之出火；蚯蚓之塵，背之起霧。百勞所踏枝，鞭小兒能令速語。鴛鴦之肉，可諧反目；螳螂所執之葉，可以蔽形。蛣蜣影日而出塵沙，鼠膽滴耳而愈聾疾。麻得漆而涌，桂得葱而軟，樹得桂而枯，龜得鑑而溺。瑇瑁得醯而甲脱，雞卵聞磨聲則殰。熊食鹽而死，獺食酒而斃。鼢死於日光，鱟死於隙光。磢錫以茄，畫暈以蘆，洗油以蜜，濯錦以魚，煮羊以鼉，煮鱉以蚊。鵜飛則蜮沉，鵙鳴則蛇結，猿啼則蕨生。蠹辟於芸，蠶生於蒿。即且畏海苔，鼂鼀畏蔓菁。結巾投地而兔走，箴綴丹帶而蛇去。蒲荷憎油，桐魚鳴鼓。白蟻聞竹雞聲則化爲水，鰻魚之烟薰蚊蚋成水。鵝警鬼，鵁鶄厭火，孔雀辟惡，鵲巢禳狐。天旱以泥封楓人則雨。石榴之實醉三尸，拾櫨之木厭邪祟。食鼠淚所滴之物生黄疾，踏雞子所遺之殼生白癬。獺肉傷陽，熊脂痿陰。水銀落齒，鐺墨塗金瘡。食孔雀肉飲藥不能愈病，狼烟薰之令人手攣縮。孕婦見兔而子缺唇，見麋而子四目。食棗令人齒黄，烏米酒葱漿可化玉爲飴。玄明龍膏可液金成水，包彤蛇黄可引銀爲丸。龍腦着孔雀尾則相聚，琉璃得南海自然灰則軟而可刻。橄欖落池中魚盡死，番蕉以鐵釘其根則盛。海棠於冬至日以糖水澆其根則盛，鮝魚入瓜則瓜盡壞。唐鄧間大柹生澀，堅實如石，以一榠樝置其中，則紅熟爛如泥而可食。金橘藏於菉豆中則經時不變。鹽酒蟹以皂莢置其中，則經歲不沙。生人髮掛樹上，烏鳥不敢食其實。鑿果樹納少鐘乳粉，則子多且美。柑樹爲蟲所食，取蟻窠於其上，則蟲自去。取玳瑁甲帶左臂上，若飲饌中有毒，甲即自摇動。種藕以酒糟塗之則盛。種黍來蛇，燒羖羊角及頭髮則蛇不敢來。筀竹根多穿損階砌，以皂莢刺埋土中則不過。栗子於眉上擦三過，則燒之不爆。以社酒澆小兒口中令速語。鼉腸爲燈，置水中見諸物。服翼之血滴眼，見夜中物。狼糞黑犬皮焚之可召鼠，狒狒血飲之可以見鬼。楓天棗地置之槽則馬駭，置之轍則車覆。猢猻毛置之網四角，多得魚。以鹿胎香懸餌下網，則萬魚畢聚。鴻毛爲囊，渡江不漏；車渠爲杯，酒滿不溢。井口邊草，止小兒夜啼。鵁脛血塗雞頭，雞不能起。僵蠶末塗馬口，即不能齧人。雚骨入沐湯中，毛髮盡脱，亦不復生。犀角置狐穴中，狐不歸。牛膽塗熱釜，釜即鳴。馬尾犬尾合置朋友夫婦衣巾，自相憎。東家雞栖木，治失音。鴟腦和酒，令人健忘。風生獸死後向風便活，以石上菖蒲塞鼻則死。魚食楊花則病，遭鴿糞則泛。蛇以桑柴燒之則足見。桐花飼猪，肥大三倍。桃李蛀者，以煮猪頭汁泠澆之，即不蛀。種香草，常以洗魚水澆之，則香而茂。雷火所及，金石銷熔，而漆器不壞。鮭魚塗樹，立致枯焦，而灌以犬膽，榮盛如故。元旦雞鳴，以火照桑樹無蟲。園圃四旁種決明草，蛇不敢入。以黑犬血灌蟹，三日燒之，諸鼠畢集。竹木刺入肉，以羊糞燒灰和猪脂塗之自出。取蟹黄以塗久疽則立差。爲游蜂所毒，以井泉調蚯蚓糞塗之，則痛立止。折梅花插鹽中，開花酷有肥態。"①

2.8　有一國王小夫人，生一肉團，大夫人妒之，作木函棄之常河水。後河邊人得之，肉破，生千小兒，勇健，欲伐父王國。小夫人以乳五百道射小兒口，遂弛弓仗，號爲賢刼千佛。

【疏證】《水經・河水》注釋法顯曰："恒水上流有一國王，王小夫人生肉胎，大夫人妒之，言汝之生，不祥之徵，即盛以木函，擲恒水中。下流有國王遊觀，見水上木函，開看見千小兒，端正殊特。王取養之，長大甚勇健，所往征伐，無不摧伏。次欲伐父王本國，王大憂愁。小夫人問何故，王曰：'彼國王有千子勇健無比，欲來伐吾國，是以愁爾。'小夫人言：'勿愁。但於城東作高楼，賊來時置我楼上，則我能却之。'王如是言。賊到，小夫人於楼上語賊云；'汝是我子，何故反作逆事？'賊曰：'汝是何人，云是我母？'小夫人曰：'汝等若不信者，盡張口仰向。'小夫人以兩手將乳，乳作五百道，俱墜千子口中。賊知是母，即放弓仗。二父王作是思惟，皆得辟支佛。千小兒者即賢刼千佛也。"

2.9　帝嚳有四妃，一生帝摯，一生帝堯，一生商之先，一生周之先。②

【疏證】《史記・五帝紀》：帝嚳取陳豐，生放勛。后稷棄母有邰氏女，曰姜嫄，爲帝嚳元妃。殷契母曰簡狄，有娀氏，爲帝嚳次妃，生契。娵訾生摯。《太平御覽》一百三十五引《世本》："帝嚳卜其四妃，而四

---

① 古今逸史本、四庫本此下有"高誘注淮南子云方諸大蛤也熟摩拭令熱以向月則水生許慎説文曰諸珠也方石也"三十四字，作爲《續博物志》獨立之一條。

② 今逸史本、四庫本此下有"商後封於宋都商丘"八字，底本此八字屬下條。

妃之子皆有天下。元妃,有邰國之女,曰姜嫄,是産后稷。次妃,有娀氏之女,曰簡狄,是産契。次妃曰陳豐,是生帝堯。次妃曰娵訾,産帝摯。”

2.10 商後封於宋,都商丘。今上於前朝作鎮睢陽,洎開國號大宋,又建都在大火之下。宋爲火正,按天文心星爲帝王,實宋分野,天地人之冥契,自古罕有。舊聯上爲一條。

【疏證】周武王封微子於宋,以奉殷祀,國於商丘。杜氏釋例曰:“宋、商、商丘,三名一地,梁國睢陽縣也。”案睢陽,秦縣,於此置碭郡。漢改爲梁國,縣如故。《漢書》梁孝王廣睢陽城七十里。後漢仍爲國,後魏改梁郡,隋廢郡置宋州,改縣名曰宋城。唐初亦曰宋州,建中時爲宣武軍城。五代唐改歸德軍。宋太祖以歸德節度使受命,故云“今上於前朝作鎮睢陽”,前朝謂周。案周世宗六年殂,子宗訓即位,以趙太祖領歸德節度使。宗訓元年正月,太祖稱帝,國號宋。考李石是南宋人,當云“太祖於前朝作鎮睢陽”,此蓋鈔録趙宋國初人語,未及更正,故仍曰“今上”。宋爲火正,見《左傳》。案《襄公九年》:宋災,晋侯問於士弱,對曰:“古之火正,或食於心,或食於咮。咮爲鶉火,心爲大火。陶唐之火正閼伯居商丘,祀大火,而火紀時焉。相土因之,故商主大火。”孔穎達云:“《爾雅》以大火爲大辰。昭十七年傳云:宋,大辰之虚。是大火爲宋星也。《殷本紀》:契生昭明,昭明生相土,相土,契孫也。以是言之,則商丘本殷舊都,武王因之以封微子耳。”

2.11 孔子生於魯襄公二十二年。

【疏證】此從《史記・孔子世家》説也。案《公羊》:魯襄公二十有一年十有一月庚子,孔子生。《穀梁》:魯襄公二十有一年冬十月庚辰朔庚子,孔子生。毛甡《經問》五:“經云:冬十月庚辰朔,日有食之。而《公羊》云十有一月庚子,孔子生。夫經以十月朔爲庚辰,則自庚辰至庚寅十日，庚寅至庚子又十日，其二庚相距只二十日耳。經以庚辰爲十月朔日，而傳乃以庚子爲十一月，是一月只二十日矣。齊召南曰：案作十月者是也。考杜長曆十月庚辰小，十一月己酉大。十一月無庚子，庚子乃十月二十一日。"衡案：《公羊》注歲在己卯，監本、毛本作"乙卯"。錢大昕曰："於三統術是年歲在乙巳，乙卯當爲乙巳之訛。疏作己卯，亦非。"《史記·孔子世家》"魯襄公二十二年孔子生"，索隱曰："《公羊傳》：'襄公二十一年十有一月庚子，孔子生。'今以爲二十二年，蓋以周正十一月屬明年，故誤也。後序孔子卒，云七十二歲，每少一歲也。"宋王觀國《學林》：按《春秋·襄公二十一年》："十月庚辰朔，日有食之。"蓋十月朔爲庚辰，則二十一日爲庚子也。十有一月無庚子，公羊謂十有一月庚子者，誤也。魯襄公二十一年，歲在己酉，而何休謂歲在己卯者，誤也。孔子享年七十三，以歲計之，當魯襄公二十二年生。是歲周靈王二十一年，歲在庚辰也。而《公羊》、《穀梁》皆云襄公二十一年，誤矣。鄭環《孔子世家考》："周靈王泄心二十一年，魯襄公二十二年，十月庚子，孔子生於魯昌平鄉陬邑。案《公羊》、《穀梁》謂生於襄二十一年己酉，金氏履祥謂是年九月十月日兩食，必非生聖人之年。《史記》謂生於襄二十二年庚戌，則庚子爲十月二十七日，已交十一月朔氣，故《穀梁》以爲十月，《公羊》以爲十一月。黄太冲以曆上推，即今之八月二十七日也。《孔氏家譜》、《年譜》、《世表》、《素王事記》生年俱與《史記》同，宋氏濂、江氏永《年譜》俱誤。《聖門志》：孔子年庚庚戌戊子庚子甲申，案甲申未知何據。十一月戊子乃周正，若夏正八月二十七日，已交九月朔氣，乃丙戌也。"衡案，鄭氏從《史記》魯襄公二十二年之説，不知索隱已言其誤。竊疑公羊之學興於漢初，司馬氏豈未之見而故改二十一年爲二十二年乎？至若公羊、穀梁俱爲子夏門人，不應其説兩歧。竊謂《公羊》之十有一月，蓋因上文二十有一年，後人誤衍"有一"二字故耳。若云已交十一月朔氣，此後世推算節氣中氣之説，與紀月無涉。鄭氏遷就公、穀之説殊混，又云甲申未知何據，案孔子甲申時生，見《路史·餘論六》引《五行書》，然不足憑。蓋古人生年，但紀月日，不紀時也。全椒金望欣曰：《春秋·襄公二十一年》："九月庚戌朔，日有食之。十月庚辰朔，日有食之。"《穀梁傳》"庚子孔子生"，《公羊傳》"十一月庚子，孔子生"。陸氏《公羊釋文》曰："庚子孔子生，傳文上有十月庚辰，此亦十月也。一本作十一月庚子，又本無此句。"黄太冲謂十一月無庚子，有此句者爲誤本，是則公、穀二氏皆謂孔子生於襄公二十一年己酉，周正十月庚辰朔二十一日庚子，毫無疑義。自太史公作《世家》誤作二十二年，於是杜氏注《左傳》、朱子注《論語》皆主之，《路史》、《繹史》、《孔子家譜》、《祖庭記》、《闕里志》無一不以《史記》爲定案，雖有賈逵、服虔之左氏注，小司馬之《史記索隱》，宋金華之《生卒考》，江慎修之《鄉黨圖考》，李鐵君之《尚史》孔子繫，力主公、穀之二十一年，而世人皆不信者，爲兩説所惑也。今取兩説辨其誤，則群惑皆解矣。其一金仁山《通鑑前編》謂襄公二十一年日兩食，非生聖人之年，是不知日無頻食之理，十月之食爲魯史之誤文也。考《元史·曆志》九月庚戌朔交分十四日三千六百八十二分入食限，十月已過交限不應食，若以本朝時憲法推之，九月庚戌未初二刻十一分合朔，太陰交周初宫八度五十五分入食限，十月庚辰巳正三刻合朔，太陰交周一宫九度三十五分不入食限，則仁山之説不足信矣。其一夏洪基謂孔子生於襄二十二年庚戌，卒於哀十六年壬戌，乃爲七十三歲，宋濂作七十四歲，似乎駭聞。夏氏蓋不知古人計年之法也。顧亭林謂今人以歲初之日增年，古人以歲盡之日而後增之，此説信而有徵。即如絳縣老人生於文十一年乙巳，至襄三十年戊午，在今日當言七十四歲，而古稱七十三年。故《史記索隱》曰："若孔子以魯襄二十一年生，至哀十六年爲七十三；若襄二十二年生，則孔子年七十二。經傳生年不定，使夫子壽數不明。"則知"二十二年"，《史記》之誤文也，夏氏不必疑矣。《路史》據五行書生申時，故明人萬民英著《三命通書》此書收入四庫。開列聖人之命，爲己酉年癸酉月庚子日甲申時，今八月二十一日也。衡案，魯襄二十一年九月十月兩日食，此聖門群弟子記録之誤也。夫以吾夫子天縱神明，五十學《易》，深明天道，豈有不知無連月頻食之理？此雖中智猶見及此，况大聖乎？若謂因魯史之舊，疑以傳疑，如甲戌己丑之類，則未知其爲九月歟，爲十月歟？故兩存其説，以待後人之論斷。不知甲戌己丑，乃列邦赴告之詞，因其來赴日有參差，故備書之。若十月之不入食限，非可貽誤，以惑來者。於此而亦因仍備録，則所謂"筆則筆，削則削"者安在？吾故曰此聖門群弟子記録之誤也。

2.12　老君，其母曾見日精下落如流星，飛入口中，有娠七十二歲，而生於陳國渦水李樹下。剖左腋而生，長一十二尺。

【疏證】案《玄妙内篇》云："李母懷胎八十一載，逍遥李樹下，乃割左腋而生。"又《上元經》云："李母晝見五色珠，大如彈丸，自天而下，因吞之，即有娠。"此《續博物》所本也。《史記·老子列傳》："老子者，楚苦縣厲鄉曲仁里人也。姓李氏，名耳。"字伯陽，謚曰聃。裴駰集解："《地理志》曰苦縣屬陳國。"①索隱曰："案：《地理志》苦縣屬陳國者，誤也。苦縣本屬陳，春秋時楚滅陳，而苦又屬楚，故云楚苦縣。至高帝十一年立淮陽國，陳縣、苦縣皆屬焉。裴氏所引不明，見苦縣在陳縣下，因云苦屬陳。今檢《地理志》，苦實屬淮陽郡。苦音怙。"《水經·陰溝水》篇："谷水又東，徑賴鄉城南，自此東入過水。過水又北，徑老子廟東。"酈注云："北則老君廟，又有李母廟，前有李母冢，東有碑。碑云：老子生於曲過間。"衡案，老子稱老君始於《水經注》，故李石因之。其云渦水，即曲過間也。又案，老子父名乾，字元杲，或曰父名敬，娶益壽氏女，或曰洪氏，或曰滕氏。葛玄曰李氏女所生，因母姓也。又云生而指李樹，因爲姓焉。《路史·小昊紀》謂母感飛星，震十有二年副左而生，此言已不可信。十有二年，或是十有二月，則無異矣。至云孕七十二年，或云八十一年，或云八十年，則道家誕妄之言

① "地理志"，"理"原作"里"，據《史記·老子韓非列傳》裴駰集解改。

耳。《路史》謂形長九尺,《史記正義》謂老子長八尺八寸,此謂長一十二尺又别。《酉陽雜俎·玉格》篇云:“老君母曰元妙玉女。天降玄黄,氣如彈丸,入口而孕。凝神瓊胎宫三千七百年,赤明開運,歲在甲子,誕於扶刀。蓋天西那王国,鬱寥山丹玄之阿。又曰老君有胎八十一年,剖左腋而生,生而白首。又曰青帝劫末,元氣改運,托形於洪氏之胞。又曰李母本元君也,日精入口,吞而有孕。三色氣繞身,五行獸衛形,如此七十二年,而生陳国苦縣賴鄉渦水之陽、九井西李下。縣三十六号,七十二名。”又云:“形长九尺,或曰二丈九尺。耳三門,又耳附連環,又耳無輪郭。眉如北斗,色緑,中有紫毛,长五寸。目方瞳,緑筋貫之,有紫光。鼻双柱,口方,齒數六八。頤若方丘,頰如横壠,龍顔金容。額三理,腹三誌,頂三約把,十蹈五身,緑毛白血,頂有紫氣。”衡案,此道家誇誕之語,不足爲據。

2.13　佛者,本號釋迦文,即天竺釋迦衛國王之子,於四月八日夜,從母右脅而生,有三十二相。當周莊王九年,魯莊公七年,夏四月常星不見夜明是也。佛以三月十五日夜出家,二十九出家,三十五得道。“佛以三月”至“得道”二十字,舊在“黿脂得火可以燃鐵”下。今案文意,當緊接釋迦佛一條。

【疏證】案《普曜經》云:“佛從兜率天降神於西域迦羅衛國淨飯王宫,摩耶夫人剖右脅而生。”《廣宏明集》十一《釋法琳》曰:“佛是周時第十五主莊王他九年癸巳之歲,四月八日,從兜率下降中天竺國,至十年甲午二月八日,從後摩耶夫人右脅而生。”徐文靖《管城碩記》曰:“釋氏以恒星不見,爲釋迦降生之瑞。故《魏書·釋老志》云:釋迦生當周莊王九年,《春秋》魯莊公七年夏四月,恒星不見,夜明,是也。”《傳燈録》云:“周昭王二十四年,釋迦佛生刹利王家,放大智光明,照十方世界。”《論衡》云:“周昭王二十四年甲寅,四月八日,恒星不見,五光貫於太微。王問太史蘇繇,對曰:‘西方有聖人生。却後千年,其教法來此矣。’”《佛運統紀》云:“周昭王二十四年,中天竺淨梵王妃摩耶夫人生太子悉達多。”蓋欲附會昭王時恒星不見之異,以爲佛生於是時。據《竹書紀年》，周昭王元年庚子，則甲寅是十五年，烏在其爲二十四年也？十四年癸丑夏四月，恒星不見，十九年伐楚喪六師於漢王陟，明年己未爲穆王元年，烏在其有二十四年也？《春秋》莊公之七年，恒星不見，當周莊王之十年，歲在甲午。故齊王巾《頭陀寺碑文》"周魯二莊親昭夜景之鑒，漢晋兩明並勒丹青之飾"，謂此也。計莊王甲午，上距昭王甲寅凡三百四十一歲，其佛生之年，何至懸絶若此？且經書四月辛卯恒星不見，杜預注："辛卯，四月五日。"羅泌《路史》云是月四月丁亥朔，辛卯乃是月之五日，非八日也。周嬰《卮林》云："《路史》曰川地震動，天夜有光，而恒星不見，星隕如雨，變有大於斯者乎？歷考前代天夜有光者四，恒星不見者三，星隕如雨者十四，皆非佳事。況諸妖叢夜，今古獨此，使佛果因此變而生，固非家庭之令器，矧年庚日甲無一之可合耶？予因廣尋諸家之説，大有剌謬者。什法師年紀及石柱銘，如來周桓王五年，歲次乙丑生；桓王二十二年，歲次癸未出家；莊王十年，歲在甲午成佛；襄王十五年，歲在甲申滅度也。《後魏書》僧墨謨最與道士姜斌對論，最曰：'佛以周昭王二十四年四月八日生，穆王五十三年二月十五日滅度。'《隋書》曰：'釋迦當周莊王之九年四月八日，自母右脅而生。'《釋法琳辨正論》曰：'調御誕昭王甲寅之年，終穆王壬申之歲。'法琳又對傅奕廢佛僧事引《周書異記》云：'周昭王二十四年甲寅歲，四月八日，江河泛漲，井泉溢出，大地震動，其夜五色光氣，入貫太微，遍於西方。'王問太史蘇由曰：是何祥也？對曰：有大聖人生於西方，故現此瑞，一千年外，聲教被及此土。昭王即遣鎸石記之，埋南郊天祠前。當此之時，佛初生王宫也。穆王即位三十二年，見西方數有光氣，先聞蘇由所記，知西方有聖人處世，恐非周道所宜。即與相國吕侯，西入會諸侯於塗山，以禳光變。至五十三年壬申歲，二月十五日，暴風折樹，大地震動，西方有白虹十二道，連夜不滅。穆王問太史扈多曰：'是何徵也？'多曰：'西方大聖人滅度，衰相見耳。'穆王大悦。當此之時，佛入涅盤也。又云考校《普曜》、《本行》等經，並云佛是周時第十五主莊王佗九年癸巳之歲，四月八日，乘旃檀楼閣，現白象形，從兜率降中天竺凈飯天夫人摩耶之胎，至十年甲午二月八日夜，鬼宿合時，從摩耶右脅而生，放大光明，照三千世界。《本行》云虚空無雲，自然而雨，《左傳》云星隕如雨，信知佛生時也。十九出家，三十成道，四十九年處世説法，至周匡王四年壬子二月十五日後夜於拘尸城入般涅盤。又貞觀十三年，敕尚書劉德威、侍郎令狐德棻問法琳曰：'依《辨正論》云姚長謙歷言佛是昭王甲寅歲生，穆王壬申之歲滅度，因何法顯傳云聖殷王時生？推像正之記，言佛周平王時出，依道安作論，確執桓王，費長房爲録固言莊王。何故傳述乖紊，無的可依？'對曰：'依魏國曇謨最法師及博士姚長謙等據《周穆王天子傳》衆書准《阿含經》等細推，依實佛是周第五主昭王瑕二十四年甲寅歲，四月八日，右脅而誕，即《周書異記》之云也。'"原文甚長，今截録如此。衡案，《周書異記》又云：周昭王二十四年，天竺迦維衛國淨飯王妃摩耶氏夢天降金人，遂有孕。於四月八日，太子生於右脅，名悉達多。年十九，入檀特山修行證道。至穆王三年明星出時成佛，號世尊。至穆王五十二年二月十五日，往拘尸城入般涅盤，在世教化四十九年。是爲釋迦牟尼，姓刹利。據此則是佛信生於周昭王二十四年矣。史謂昭王立五十一年，除去二十四年，則佛已二十七歲。算至穆王三年，則得道之年，正三十，非三十五也。又算至穆王五十二年，佛年七十九歲，與在世教化四十九年合。又由周昭王二十四年，下數至後漢明帝永平八年遣使之天竺得佛書，是爲佛法入中國之始，剛一千零九十餘年，與太史蘇由所云一千年外聲教及此合。若在周莊王十年，上距昭王甲寅少三百四十二年，算至漢明帝八年，止七百五十年，與太史蘇由説不合。則佛生之歲，信乎其在昭王二十四年矣。徐文靖據《竹書》駁之，良是。總由釋氏好爲荒忽之言，故惝恍無定如此。又案《水經・河水》注引《外國事》云"太子以三月十五夜出家"，又云"太子年二十九出家，三十五得道"，此《續博物志》所本。據《周書異記》當云年十九出家。俞正燮《癸巳類稿》曰："釋迦文佛之生也，以中土二月既望，爲角宿直日，數至鬼宿直日，當中土三月八日，即佛生日。若小曆法言之，則當曰春分後二十三日佛生也。《佛本行集經·上托兜率宫》、《俯降王宫品》並云取鬼宿日，然後入於母胎。《迦葉三兄弟品》云此沙門鬼宿日生。今鬼宿，明不爲餘星所逼，共龍門決勝，此旁出之言，並可爲確徵。佛國月日，與中土不同。以宿直日，真佛日也。若《樹下誕生品》云春初二月八日，鬼宿合時生；《過去現在因果經》云二月八日生，四月七日降魔；《瑞應經》云四月八日夜明星出時生，其佛羅安國、渤泥國，或以爲六月十五日佛生西土。人安得以中憲論月日哉？《佛説灌佛經》：四月八日，以期灌佛。《摩訶七頭經》：佛告天下人民十方諸佛，皆用四月八日夜半時生，爲春夏之際，殃罪悉畢，萬物發生，毒氣未形，不寒不熱，時氣和適，以今爲佛生日。又漢末交州牟子博《理惑論》：'佛四月八日生，孟夏之月，仲吕之時。'此並中土之妄言，或《宏明集》所附益也。《佛所行贊》則云三月八日生。元李翀《日聞録》云：'元初杭城每歲三月八日迎佛，或新至番僧，猶有所受。'唐元裝《西域記·佛國》云：'菩薩誕靈以舍佉月後半八日。'《藍摩國剃髮窣堵坡》云：'佛以吠舍佉月後半八日出家摩揭陀國，菩提樹東北，人云佛以吠舍佉月後半八日生成等正覺。'此並三月八日之明徵。惟《毘羅代窣堵國》云：'菩薩降神母胎，當此中土五月十五日。'諸部則以此月二十三日夜降母胎，當此五月八日，此並指其入胎之時，非出胎時。《佛國上座部》云'菩薩誕靈吠舍佉月後半十五日'，此則一以爲佛生三月十五日，小有不同。晋《法顯傳》云：'舍衛城年年常以建卯月八日，行像於闐國，四月一日至十四日行像。'《西域記》又云：'屈支以秋分行像，是西土作佛事月日。'無有言佛以巳月八日生者。《長阿含經》：'阿闍世王二月八日沸星出時佛生，二月八日沸星出時出家，二月八日沸星出時成道，八月八日沸星出時取般涅盤。'《無垢施菩薩分别應辨經音義》云：'依諸經言，佛以鬼宿日生，成道出家，皆用二月八日，鬼宿合時。'依《日藏分經》用二月九日曙以夜分屬九日，故《遼史·福志》云二月八日爲悉達太子生辰。《金史·海陵紀》云：'正隆元年十一月癸巳，禁二月八日迎佛。'其致誤有由。經云二月後半八日者,佛國以中國望後一日,至中國次月望爲彼土一月。《開元占經》有九執法,唐僧瞿曇悉達治唐憲,以明慶二年二月一日起算,《唐志》云"開元二年",誤。其本術則云白博义二月春分朔於是曜躔婁以起算,然則春分本中法二月中,鬼宿當春分二月起算角直之,二十三日合白黑博义,則鬼直爲後半八日,謂黑博义之第八日。節氣中氣不能齊,則當朔望範之。取一歲之第一鬼宿日,就西法以春分言,由中法二月十六日起角直數之,則《西域記》所稱佛國吠舍佉月後半八日生者,於諸説中爲獨合。《佛本行經》:'佛苦行六年二月十六日善生,村主二女作縻至二十三日供佛。'十五日爲一半,則二十三日是後半八日也。《分别應辨音義》言二月八日者,在西土一月之後半,當屬西土之二月,而譯者以中土二月當之,名差半月,實差一月。是説也,吾思之十年,讀《開元占經》而始知之。"衡案,吾儒讀聖賢書,尚未能定孔子生卒年月,其於釋迦氏之生日,又何論焉。俞氏博考諸説,闢四月八日以爲二月望之後半八月,其言惝恍,未盡可據。如來三十二相:一、足下有平滿相,猶如奩底。地雖高下,隨足所蹈,坦然無礙。二、足下千輻輪文網縠。三、手足並皆柔軟如兜羅棉。四、兩足二指間文如畫絲。五、手足諸指圓滿纖長可愛。六、足跟廣長圓滿,與趺相稱。七、足趺修平光滿,與跟相稱。八、雙腨纖圓,如鹿王腨。九、雙臂平滿滑膩,如象王鼻。十、陰相修偉紅潤,充實堅固。十一、毛孔各一毛紺青宛轉。十二、髮毛端皆右旋宛轉。十三、身皮細嫩滑潤,垢水不住。十四、身皮金色晃曜,諸寶莊嚴。十五、肚腹飽滿。十六、脊背豐隆。十七、肩項圓滿殊妙。十八、腰腋悉皆充實。十九、兩臂如雪,紅潤鮮潔。二十、身相修廣端嚴。二十一、體相圓滿如諾瞿陀。二十二、頷臆并身上半,威容廣大,如獅子王。二十三、面光常有一尋。二十四、齒相四十齊平淨密根深,白逾珂雪。二十五、四牙鮮白鋒利。二十六、口中津液作蘭芷味。二十七、舌相紅潤廣長,能覆面輪至耳髮際。二十八、梵音詞韻和雅,令人喜悦。二十九、眼睫紺青齊整,眼眶鮮白,雙瞳皎潔分明。三十、面輪猶滿月，眉相皎淨如月上弦。三十一、眉間有白毫相，柔軟如絲。三十二、頂上高顯隆圓，猶如天蓋。載在内典。

2.14　黿脂得火，可以燃鐵。

【疏證】見《淮南萬畢術》。又云："取黿殺之，燒鐵如炭狀，以卒其脂中鐵自燃。"又見《淮南・□□訓》，[①]《埤雅》亦有是説。

2.15　寧國論云：蜀中本無獠。犍爲德陽山谷洞中，壤壤而出，[②]轉轉漸大，自爲夫婦而益多。夫土乾則生蚤，地濕則生蚊，積穀則生蠹，腐肉則生蛆。蛆化爲蠅，蠅又自生蛆，蛆又生蠅，豈有窮乎？

2.16　日月蝕而私者，生兒則多疾。日月晦朔弦望而私者，生兒則愚癡瘖瘂鉤絞了戾。逐陣而私者，生兒多凶暴無禮。亦猶木日造麴而酸，水日造醬則生蟲，九焦日種穀則不生芽，六合日遣鬼鬼不去，火日安蜂則蜜苦，土日種麻則不生。

2.17　麈尾能留紅，掃氈氈不蠹。

【疏證】《埤雅》卷三："麈，獸似鹿而大，其尾辟塵，以置蒨帛中，能令歲久紅色不黦。又以拂氈，令氈不蠹。"吴任臣《山海經廣注》引《名苑》云："鹿大者曰麈。群鹿隨之，視其尾爲準。其尾能辟塵，拂氈則不蠹，蓋蠅點變白。麈尾留紅，而狐白貂鼠之類，燕見之則毛脱。物有相制，其異如此。"

---

① "訓"上，原文空二字。案，檢今本《淮南子》無黿脂燃鐵的記載。

② "壤壤"，四庫本作"攘攘"。

2.18 駝糞煙殺蚊壁虱。

【疏證】《本草綱目》五十下誤引作《博物志》。

2.19 李衛公言鵝驚鬼，鴳鶴厭火，孔雀辟惡。

【疏證】李衛公，李德裕也。案此條見段成式《酉陽雜俎》續集《支動》篇，"驚"作"警"。

2.20 水母生兒無目，黿鱉生兒無耳。

【疏證】案兩"兒"字當與"而"通，亦猶"大兒孔文舉，小兒楊德祖"之"兒"。世有解作"兒孫"者，非也。《抱朴子》："鱉無耳而善聽。"

2.21 桐廬人嘗伐竹，遺竹見一束竿，[1]雉頭蛇身猶未變。乃知竹爲蛇，蛇爲雉，蛇爲雉頭先化。[2] 曾於青城山小路上見之。

【疏證】劉敬叔《異苑》："晋太元中，汝南人伐竹，見一竹中蛇形已成，上枝葉如故。又吴郡桐廬人，常伐餘遺竹，見一束竿成雉，頭頸盡就，身猶未成。"此亦竹爲蛇、蛇爲雉也。

2.22 鶴所以壽者，無死氣於中也。

【疏證】見《春秋説題詞》。

2.23 河水東北有石室，室中若有積卷，因謂之積書岩。每見神人往還，世人不悟其爲仙者，又謂之神鬼。彼羌目鬼

---

① "束"，古今逸史本、四庫本並作"宿"。
② "蛇爲雉頭先化"，古今逸史本、四庫本無"蛇爲雉"三字。

曰唐述，[1]因名其山曰唐述山，堂曰唐述窟。道術之士多往栖焉。

【疏證】《水經·河水》注："河北有層山，山甚靈秀，山峰之上，立石數百丈，亭亭桀豎，競勢爭高，遠望參參，若攢圖之托霄上。其下層岩陗舉，壁岸無階，懸岩之中，多石室焉。室中若有積卷矣，而世士罕有津逮者，因謂之積書岩。岩堂之内，每時見神人往還矣，蓋鴻衣羽裳之士，練精餌食之夫耳。俗人不悟其仙者，乃謂之神鬼。彼羌目鬼曰唐述，復因名之爲唐述山，指其堂密之居謂之唐述窟。其懷道宗元之士，皮冠淨髮之徒，亦往栖托焉。"衡案，唐述山，即小積石山，在河州境。

2.24 巫咸山在安邑縣東南，[2]巫咸右手操青蛇，左手操赤蛇，群巫所從上下。《大荒西經》曰："巫咸、巫即、巫肦、巫彭、巫姑、巫真、巫孔、巫抵、巫謝、巫羅。"

【疏證】《水經·涑水》注："鹽水出東南薄山，西北流徑巫咸山北。"《地理志》曰："山在安邑縣東。"《海外西經》曰："巫咸在女丑北，右手操青蛇，左手操赤蛇，在登葆山，群巫所從上下也。"《大荒西經》云："大荒之中有靈山，巫咸、巫即、巫肦、巫彭、巫姑、巫貞、巫孔、巫抵、巫謝、巫羅，十巫從此升降，百藥爰在。"郭景純曰："言群巫上下靈山，采藥往來，蓋群巫所遊，故山得其名矣。"衡案，巫咸山在解州夏縣南五里。巫，蓋以禱祀去病者。咸、即、肦、彭，皆群巫之名。"巫肦"，《大荒西經》作"巫肦"，"巫貞"作"巫真"，與此志同。巫孔作"巫禮"。案"禮"古文作"礼"，"礼"與"孔"形近而誤。又《海内西經》："開明東有巫彭、巫抵、巫陽、巫履、巫凡、巫相。"案"巫履"即"巫禮"，"巫凡"即"巫肦"，肦、凡聲相近。《大荒西經》備列十巫，此止六巫，或群巫死

---

① "羌"，古今逸史本作"差"，四庫本作"土"。案作"羌"當是，《水經注》作"羌"。

② "邑"，古今逸史本、四庫本均無此字。

後,未有嗣業者。巫陽、巫相則不知誰氏之後。

2.25 先提山有鈎蛇,長七八丈,尾末有歧。蛇在山澗水中,以尾鈎岸上人牛食之。水傍瘴氣特惡,氣中有物,不見其形,其作有聲,中木則折,中人則害,名曰鬼彈。郡有罪人徙之,禁防不過十日死也。

【疏證】《水經·若水》注:"又東與禁水合。水自永昌縣而北徑其郡西,水左右甚饒犀象。山有鈎蛇,長七八丈,尾末有歧。蛇在山澗中,以尾鈎岸上人牛食之。此水旁瘴氣特惡,氣中有物,不見形,其作有聲,中木則折,中人則害,名曰鬼彈,惟十一月十二月,差可渡。正月至十月經之,無不害人。故郡有罪人,從之禁傍,不過十日皆死也。"

2.26 真菊可以延齡,野菊可以瀉人。張華云"黄精益壽,鈎吻殺人",是矣。

【疏證】案此以黄精、鈎吻與真菊、野菊對説,則是以黄精、鈎吻二物相似。蓋從陶宏景鈎吻葉似黄精之説,不知鈎吻是野葛蔓生,其莖如箭,與黄精異,見《吴普本草》。李時珍曰:"菊類自有甘苦二種,食品須用甘菊,入藥則諸菊俱可,但不得用野菊名苦薏者爾。故景焕《牧豎閑談》云'真菊延齡,野菊泄人',正如黄精益壽,鈎吻殺人之意。"衡案,張華説見《博物志》卷五。又卷四云:"菊有二種,苗花如一,唯味小異,苦者不中食。"

2.27 子程子曰:昔洛陽北部,有母既生子,病不能自舉乳,求他婦負乳之。[①] 子嬰及孩,母疾不問,[②]子長不識所育,

---

① "乳之",古今逸史本、四庫本並作"哺之"。
② "問",古今逸史本、四庫本並作"間"。

負哺者盜其愛。二母忿鬥於庭，子佑負哺者，而反疏其生母。

【疏證】此"子程子"，不知謂明道先生，謂伊川先生。案朱子注《大學》，首引子程子，説乃後學宗師先儒之稱。衡謂子者，男子之美稱。《公羊傳》中自稱"子公羊子"，見桓六年、宣五年；又有"子沈子曰"，見隱十一年、莊十年、定元年；又有"子司馬子曰"，見莊三十年；又有"子女子曰"，見閔元年；又有"子北宫子曰"，見哀四年。列禦寇稱"子列子"，荀卿稱宋鈃爲"子宋子"，王孫駱稱范蠡爲"子范子"，唐人劉夢得自稱"子劉子"，宋人張橫浦自稱"子張子"，王厚齋自稱"子王子"：不必後學宗師先儒之稱。

2.28　有人爲山魈所祟，或教以爆竹如除夕可弭，人用其言獲安。問之，則曰：此《荆楚歲時記》以辟山魈。鬼陰冷之氣勝，則聲陽以攻之。

【疏證】《神異經》："西方山中有人，長尺餘，見之即病，曰山臊。畏爆竹聲，聞則驚退。"《該聞録》："李畋鄰家爲山魈所祟，畋令除夕於庭中爆竹數十竿，至曉寂然安帖。"

2.29　蓮蔄者，其狀如蓬，枝多葉少，根如絲，葉如扇，不摇自動風生，主庖厨清凉，驅殺蟲蠅，以助供養。堯時生於庖厨，爲帝王去惡。孫柔、王充、《白虎通》皆云：太平時蓮生於庖厨中，煐一炬火，爨一鑊水，終日不能熱。倚一尺冰，置之熱厨，終夜不能寒。

【疏證】檢字書無"蓮"字。蔄，音岡，《山海經》有蔄草，葉狀如葵，赤莖白華，實如蘡薁，食之不愚，然未云不摇自動也。案蓮當作"蓮"，蔄當作"莆"，謂蓮莆也。孫柔之《瑞應圖》云："蓮莆，一名倚扇，一名實閭，一名倚蓮，生如蓮，枝多業少，根如絲，轉而風生，主於飲食清凉，驅殺蟲蠅。"王充《論衡·是應》篇云："儒者言蓮脯生於庖厨者，言厨中自生肉脯,薄如萐形,摇鼓生風,寒凉食物,使之不臭。"《白虎通》云:"阜出萐莆,萐莆樹其葉大於門扇,不摇自扇,於飲食清凉,助供養也。"又案《宋書·符瑞志》云:"萐莆一名倚扇,狀如籩,字有誤。大枝葉小根,根如絲,轉而成風殺蠅,堯時生於厨。"其自"熯一炬火"下,疑另一條,俟考。

2.30 師曠奏清角,有鶴集廊門,延頸而鳴,飾翼而舞。今世有馴養之鶴,聞歌曲拊掌而舞者,習之也。

【疏證】《史記·樂書》:"師曠援琴而鼓之,一奏之有玄鶴二八集乎廊門,再奏之延頸而鳴,舒翼而舞。平公大喜,而爲師曠壽。"

2.31 正月上辰,出水邊盥濯,食蓬餌以祓邪,漢儀也。

【疏證】《西京雜記》:"宫中正月上辰,出池邊盥濯,食蓬餌以祓邪氣。"

2.32 鸒烏形類鴉烏,[①]純黑而觜紅,亦曰阿鸒烏。烏鴉反哺,爲慈烏;腹下白,不反哺爲鴉烏;白頭群飛爲燕烏;大而白頭爲倉烏;卑居爲楚烏。又鴉烏爲賈烏,莊子曰鴉賈也。

【疏證】《水經·㶟水》注:"火山出鸒烏,形類雅烏,純黑而姣好,嘴若丹砂,曰赤嘴烏,亦曰阿鸒烏。案《小爾雅》:[②]'純黑反哺,謂之慈烏;小而腹下白,不反哺者謂之雅烏;白頭而群飛者謂之燕烏;大而白頭者謂之蒼烏。'《爾雅》曰:'鸒斯,卑居也。'孫炎曰:'卑居,楚烏。'犍爲舍人以爲壁屋。《説文》謂之雅,雅,楚烏。《莊子》曰雅賈矣,馬融亦曰賈烏者也。"以上俱見《水經注》,此續志所本也。衡按,阿鸒

---

① "鸒",原作"鷄",據古今逸史本、四庫本及下疏證文改。
② "小爾雅",原無"小"字,據今本《水經注》補。

鳥,一曰鶻鵃,一曰屈鳩,見《爾雅》。《本草》:“山鵲一名阿雛烏。”慈烏一名孝烏,見《説文》。《詩》“弁彼鸒斯”傳:“鸒,卑居。卑居,鴉烏也。”疏:“鴉烏小而多群,腹下白,江東呼爲鵯烏是也。”

2.33 相家説人臣得龍之一體,當至公相。曾公亮得龍之脊,王安石得龍之睛。

【疏證】説見《埤雅》卷一。又《老學庵筆記》云:“河北道士賈衆妙善相,以爲曾魯公脊骨如龍,王荆公目睛如龍。人能得龍一體者,皆貴窮人爵。”

2.34 魚勞則尾赤,人勞則髪白。

【疏證】《詩》“魴魚赬尾,王室如毁”,譬君子勞王事也。《養生經》:“魚勞則尾赤,人勞則髪白。”

2.35 鱣黄魚,口在頷下,無鱗,長鼻軟骨,俗謂玉板,長二三丈,江東呼爲黄魚。

【疏證】説本《埤雅》卷一。“鱣”見《爾雅》,郭注云:“大魚似鱏而短,口在頷下,體有邪行甲,無鱗肉黄,大者长二三丈,今江東呼爲黄魚。”李時珍曰:“鱣出江淮黄河遼海深水處,無鱗大魚也。其狀似鱘,其色灰白,其背有骨甲三行,其鼻長有鬚,其口近頷下,其尾歧。其出也以三月逆水而生,其居也在磯石湍流之間,其食也張口接物,聽其自入,俗所謂‘鱘鱑魚喫自來食’是矣。”衡案,今人誤以石首魚爲黄魚,石首魚自名黄花魚,不名黄魚也。

2.36 網魚得鱮,不如啖茹。

【疏證】陸璣《毛詩疏義》曰:“鱮似魴而大頭,魚之不美者,故里語曰:‘買魚得鱮,不如啖茹。’徐州謂之鰱,或謂之鱅。”又《酉陽雜俎》

云:"買魚得鱮,不如食茹;洛鯉伊魴,不如牛羊。"衡案,鱮即鰱魚,俗呼爲胖頭魚。冬月食之甚美,山中塘鰱尤覺甜美,江鰱、湖鰱次之,惟有一種草鰱,味腥不中食。

2.37 《南越志》曰:"烏鰂懷墨而知禮。江東人或取其墨,書契以紿人,①書迹如淡墨,逾年墨消,空紙耳。"《埤雅》卷二引《南越志》同。"紿人"下多"財物"二字,"墨消"作"自消","空紙"上有"唯"字。

【疏證】《南越志》,沈懷遠撰。烏鰂,一名烏賊。蘇頌曰:"腹中血及膽正如墨,可以書字,但逾年則迹滅,惟存空紙耳。世言烏賊懷墨而知禮,故俗謂是海若白事小吏也。"

2.38 《抱朴子》:"蟾蜍壽至千歲者,頭上有角,頷下有丹書八字。"

【疏證】《抱朴子》:"蟾蜍千歲,頭上有角,腹下丹書,名曰肉芝,能食山精,人得食之可仙。"

2.39 裴頠《崇有論》曰:"鳥無胃肺,蛤蜃無臟,蛭以空中而生,蠶以無胃而育。"

【疏證】裴頠,晋人。《埤雅》卷二引裴頠《崇有論》同,又卷十引《崇有論》:"鳥無胃而生,螢無胃而育。"又十二肖配十二辰,各有不足之形,如鼠無牙,牛無齒,虎無脾,兔無脣,龍無耳,蛇無足,馬無膽,羊無神,猴無臀,雞無腎,犬無腸,猪無筋,説見《草木子》。《太平御覽》八百二十五引《崇有論》"蛤蜃無臟"作"蛤無五藏",餘俱同。《潛確類書·飛躍十三》引《崇有論》同。

---

① "人"下,古今逸史本、四庫本並有"物"字。

2.40　聒抱者，鵂鶹鸛鵲也；影抱者，鼉鱉黿鼂也。

【疏證】《潛確類書·飛躍十二》引趙辟公《雜説》云："凡聒抱者鵂鶹鸛鵲也，影抱者鼉鱉黿鼂也。有鰻鱺者，以影漫於鯉魚，則其子皆附鱧之鬐鬛而生，故謂之鰻鱺也。"

2.41　視鳶制柂，觀魚制帆。魚，當作鱝。

【疏證】《海録碎事》："鱝背上有骨如扇嘗偃，高七八尺，每遇風至，即舉乘風而行，俗呼爲鱝帆。舊云視鳶制柂，觀鱝制帆。"又見《埤雅》卷二。

2.42　神和子，姓屈突，名無爲，字無不爲。張咏布衣時遇之。

【疏證】宋吴處厚《青箱雜記》十："乖崖張公咏布衣時常至鄭州，宿於逆旅。遇一人，氣貌甚古，與之語曰塵外事，①不言姓氏，自稱神和子。質明爲别，語公曰：'他日相公候於益州。'後公典益部，瘍生於首，禱於龍興觀，夜夢昔年神和子告之曰：'頭瘡勿疑，不是死病。'及覺，語道士文正之嘗收得鄭韶處士《贈神和子歌》，因索而閲之，益異其事。公乃建大閣十四間，號仙遊閣，歌至今刻石存焉。"蘇轍《龍川别志》所誌與此異，末云："按神和子姓屈突，名無爲，字無不爲，五代時人，所著書亦以神和子爲名。"

2.43　海蟾子姓劉，名昭遠，華山陳摶館之道院，與种放往來。

【疏證】胡應麟《筆叢玉壺遐覽》云："海蟾子姓劉名操，字宗成。"與此名"昭遠"異。

---

① "曰"，《青箱雜記》卷十作"皆"，當是。

2.44 廣德先生杜光庭,處州人,仕唐爲内供奉,避亂入蜀,王氏爵爲師臣。

【疏證】《幸蜀記》:"王衍受道籙於苑中,以杜光庭爲真天師。光庭字賓王,京兆杜陵人,舉制科不中,入天台爲道士,卒於蜀,世以爲尸解。"案,光庭爲杜陵人,則非處州人矣。胡應麟《玉壺遐覽》云:"東瀛子姓杜名光庭,亦號廣成。"此云"廣德",異。又案陶岳《五代史補》云:"杜光庭長安人,應九經舉不第。時長安有潘尊師者道術甚高,僖宗所重,光庭素所希慕,數遊其門。當僖宗之幸蜀也,觀蜀中道門牢落,思得名士以主張之,駕回,召潘尊師,使於兩街求其可者。尊師奏曰:'臣觀兩街之衆,道聽塗説,一時之俊即有之,至於掌教之士,恐未合應聖旨。臣於科場中識九經杜光庭,其人性簡而氣清,量寬而識遠,且困於風塵,思欲脱屣名利久矣。以臣愚思之,非光庭不可。'僖宗召而問之,一見大悦,遂令披戴,仍賜紫衣,號曰廣成先生,即日馳驛遣之。及王建據蜀,待之愈厚,又號爲天師。光庭嘗以道德二經,注者雖多,皆未能演暢其旨,因著《廣成義》八十卷,他術稱是,識者多之。"

2.45 爾朱先生,僞蜀廣政中,飲酒食猪臟。渝州刺史謂其幻惑,以竹籠沈之江。至夔爲漁人所得,上升嚴補闕,得奇人金丹。① 方朱桃椎、②薛稷圖其形,傳於世。

【疏證】"廣政"是後蜀孟昶年號。陶岳《五代史補》:"爾朱先生,忘其名,蜀人,功行甚至。遇異人與藥一丸,先生欲服。異人曰:'今服必死,若見浮石而後服之,則仙道成矣。'先生如其教,自是每一石必投之水,欲其浮,如此者殆一紀。人皆以爲狂,或聚而笑之,而先生之心愈堅。居無何,因遊峽上,將渡江,有叟艤舟相待。先生異之,且

① "奇人",古今逸史本、四庫本並作"青"。
② "椎",古今逸史本作"稚"。

問曰‘如何姓氏’。對曰‘石氏’。‘此地何所’,答曰‘涪州’。先生豁然悟曰:‘異人浮石之言,斯其應乎!’遂服其藥,即輕舉矣。”《潛確類書·區宇十三》:“四川順慶府大蓬山岩下,有爾朱真人書。爾朱真人,隋時成道,唐懿、僖間,復抵蓬山,客安漢,館張氏十二年。州守以爲惑衆,沉於江,二漁者得之,釋其縛,三人白日升天。有仙閣岩,夜出聖燈,又重慶府種松山在涪州。昔爾朱先生種松時,松影映石,石背有松紋至今。又眉州蟆頤山在城東,唐末四目先生楊太虚爾朱先生得道於此。”又《區宇部二十八》:“白鶴灘在涪州西,爾朱真人冲舉之處,志云爾朱洞。即浮江而下,漁人有白石者,舉網得之,擊磬方醒,遂於涪西灘前修煉,後乘白鶴仙去,因以名灘。”又案譙秀《蜀記》載蜀之八仙,八曰爾朱先生,在雅州,有手書石刻五經在洞中,好事者繪爲圖。朱桃椎見後卷三。《東坡志林》六云:爾朱先生晚客於眉山,故蜀人多記其事。自言受記於師云:“汝後遇白石浮,當飛仙去。”爾朱雖以此語人,亦莫識所謂。後去眉山,乃客於涪州,愛其所産丹砂,雖瑣細而皆矢鏃狀,瑩徹不雜土石,遂止煉丹數年,竟於涪之白石仙去。乃知師所言不謬者。聞長老道其事甚多,然不計其名字,可恨也。①

2.46　吕洞賓謂侯生曰:“蛇蝎天地,淘以自然之氣,使之生以遂性。殺此救彼,有損無益。”取紙隱語,三口共一室,室畔水偏清,乃吕洞賓字。

2.47　陳希夷先生,一睡或半歲,或三數月,近亦不下月餘。留藏真息,飲納玉漿,吾睡真睡也,當云“非真睡也”。曾與毛女游。

【疏證】宋張舜民《畫墁録》:“希夷先生,後唐長興中進士也。既而棄科舉,之武當山,又止房陵九室洞,林丹乳煉氣。年已七十餘,華

① “不計其名字”,今本《東坡志林》“計”作“記”。作“計”者蓋陳氏誤書。

陰葺雲臺廢觀居之。”

2.48 鯉魚大小並三十六鱗。

【疏證】《埤雅》:“龍八十一鱗,具九九之數。鯉三十六鱗,合六六之數。”蘇頌曰:“鯉魚處處有之,其脅鱗一道,從頭至尾,無大小皆三十六鱗,每鱗有小黑點。”

2.49 蝟能跳入虎耳中,見鵲便自仰腹受啄。

【疏證】《史記・龜策傳》:“蝟辱於鵲。”集解引郭璞曰:“蝟能制虎,見鵲仰地。”《淮南萬畢》曰:“鵲令蝟反腹者,蝟憎其意,心惡之也。”衡案,“憎其意”,“意”當作“聲”。

2.50 水蛭亦如魚子,經三年得水猶活。

2.51 蛇蜕塞兩耳治瘧疾。①

【疏證】《本草綱目》:“蛇蜕止瘧。”陳藏器曰:“正發日,取塞兩耳,又以手持少許,並服鹽醋汁令吐。”

2.52 覆盆子是莓子,笮取汁合成膏,塗髮不白。舊聯上爲一條。②

【疏證】《名醫别録》:“覆盆子益氣輕身,令髮不白。”陳藏器曰:“食之令人好顏色,榨汁塗髮不白。”衡案,莓子即蛇莓,狀似覆盆,而面與蒂則不同。今言“覆盆子是莓子”,誤,否則“是”字當是“與”字。

---

① 古今逸史本、四庫本此處不分條。
② 古今逸史本、四庫本此處不分條。

2.53　獐鹿非八卦辰屬，不葷膻，能温補，於人生死無尤，道家聽用爲脯。舊聯上二條合爲一。

【疏證】《埤雅》卷六："陶氏云：獐鹿非辰屬，八卦無主，故道家聽許爲脯。"《本草綱目》："陶弘景曰：野獸之中，獐鹿可食。生則不膻腥，又非十二辰屬，八卦無主，且温補，於人生死無尤，道家許聽爲補過。衡案，"補過"二字誤，當作"脯"。其餘雖雞犬牛羊補益，於亡魂有愆責，並不足食。"孟詵曰："獐肉同麋肉釀酒良，道家以其肉供養，名爲白脯，云不屬十二辰，不是腥膩，無禁忌也。"

2.54　天寶中，河南緱氏縣太子陵仙鶴觀，每年九月三日夜，有道士一人得仙。已有舊例，至日具姓名申府。張竭中爲令，[1]不之信，陰令二勇士執兵覘之。至三更，有一黑虎入觀來，銜一道士，射之不中，棄道士而去。令於是申府，請弓矢，大獵石穴中，格殺數虎，或金簡玉籙冠帔髮骨甚多。其觀遂廢爲陵使之居。

【疏證】《太平廣記》四百二十八引《集異記》："天寶中，河南緱氏縣東太子陵仙鶴觀，常有道士七十餘人，皆精修習法籙，齋戒咸備，有不專者，不之住矣。常每年九月三日夜，有一道士得仙。已有舊例，至日則具姓名申報以爲常。其中道士，每年到其夜，皆不扃户，各自獨寢，以求上升之應。後張竭忠攝緱氏令，不信。至時，乃令二勇士持兵器潛覘之。[2] 初無所睹，至三更後，見一黑虎入觀來，須臾銜出一道士。二人射之不中，虎棄道士而去。至明無人得仙者，具以此物白。竭忠申府請弓矢，大獵於太子陵東石穴中，格殺數虎，有金簡玉籙洎冠帔，及人之髮骨甚多，斯皆謂每年得仙道士也。自後仙鶴觀中

① "中"，古今逸史本、四庫本作"忠"。
② "持"，原作"待"，蓋形近而誤。此據《太平廣記》改。

即漸無道士，今並休廢爲陵使所居。”

2.55 晋元康中，梁國女子許嫁，而夫戍經年不歸，女家更強以適人。尋病亡，夫還，問女所在。夫徑至墓開棺，女遂活，因與俱歸。後婿聞知，詣官爭之。王導曰：“此非常事，不可以常理斷之，宜還前夫。”

【疏證】見《太平御覽》五百二十引《晋書》。又《搜神記》十五：“晋武帝世，河間郡有男女私悦，許相配適。尋而男從軍，積年不歸，女家更欲適之，女不愿行。父母逼之，不得已而去。尋病死。其男戍還，問女所在，其家具説之。乃至冢，欲哭之叙哀，而不勝其情，遂發冢開棺，女即蘇活，因負還家。將養數日，平復如初。後夫聞，乃往求之。其人不還，曰：‘卿婦已死，天下豈聞死人可復活耶？此天賜我，非卿婦也。’於是相訟。郡縣不能决，以讞廷尉。秘書郎王導奏：‘以精誠之至，感於天地，故死而更生，此非常事，不可以常理斷之，請還開冢者。’朝廷從其議。”衡案，此斷平允。《搜神記》謂晋武帝世，而《晋書》與此謂晋元康中。元康是晋惠帝年號，干寶以晋人紀晋事必得其實，意此事在武帝末年，故相傳有以爲在元康中者耳。

2.56 惠帝世杜錫家葬，婢誤不得出。後十年開冢祔葬，而婢尚生。初婢之埋，年十五六，及開冢更生，猶十五六，嫁之有子。

【疏證】《搜神記》十五：“晋世杜錫，字世嘏，家葬而婢誤不得出。後十餘年，開冢祔葬而婢尚生。云其始如瞑目，有頃漸覺。問之，自謂當一再宿耳。初婢埋年十五六，及開冢後，姿質如故。更生十五六年，嫁之有子。”

2.57 太和中，有開周世冢，得殉葬女子。數日而有氣，數日而能言。郭太后愛養之。又太原人破棺得一生婦人，視其墓木可三十歲。

【疏證】太和，魏明帝年號。所云得殉葬女子，事見《明帝紀》葬文德郭后下注引顧愷之《啓蒙注》，“周世冢”作“周王冢”。又《明帝紀》“青龍元年十二月，以公孫淵爲大司馬樂浪公”下注引《傅子》曰：“時太原發冢破棺，棺中有一生婦人。將出與語，生人也。送之京師，問其本事，不知也。視其冢上樹木可三十歲。不知此婦人常生於地中邪，將一朝欻生偶與發冢者會也。”案《搜神記》十五載“漢末關中大亂，有發前漢宫人冢者，宫人猶活”云云，即此得殉葬女子事，所説與茂先《博物》卷七同，俱云發前漢宫人冢，此説蓋引《啓蒙注》而誤以“周王”作“周世”也。檢兩漢並無周王，諸侯王亦無名周者，惟《王子侯表》有周望康侯何，濟北貞王子，又有汶夷侯周舍，趙敬肅王子，然皆不可謂之周王。茂先《博物志》謂是前漢宫人冢可據，又《搜神記》載太原人發冢事，與《傅子》同。

2.58　南方木癡，其大如概類鼻涕，當云“大概類如鼻涕”。其聞人氣則閃閃而動，墮人體成瘡，以射香朱砂塗之愈。《格致鏡原・昆蟲類》引作“水癡”，無“其大如概”四字，“墮”作“就”。

【疏證】寇宗奭曰：“汴人謂水蛭大者爲馬鱉，腹黄者爲馬蟥。”李時珍曰：“方音訛蛭爲癡，故俗有水癡草癡之稱。”又引李石《續博物志》云云，此即草癡也。衡案，南方於四五月間，有一種蟲，灰白色，長寸許，人謂之鼻涕蟲，多生於牆根潮濕之地，類蝸牛而無角，常沿牆遊行宛轉，亦或遊於樹木之上。此云木癡，疑即此類。然不聞墮人體成瘡也。

續博物志卷三

宋李石撰　江都陳逢衡考證

3.1　禹長九尺九寸，湯長九尺，孔子長十尺，文王長十尺，伍子胥長一丈，眉間一尺，韓王信八尺九寸，金日磾八尺二寸，東方朔九尺三寸。王莽時奇士巨無霸長一丈，大十圍，本出於蓬萊。魏咸熙大人見襄武，長二丈，脚迹三尺二寸。苻健皇始四年，有長人身長五丈，是月霖雨，河渭泛溢，中流得大屐一隻，長七尺三寸，屐指長尺餘。

【疏證】《白六帖》卷二十一："禹長九尺九寸，湯長九尺，孔子長九尺，伍子胥長一丈，韓信長八尺九寸，東方朔長九尺三寸，金日磾長八尺。"《路史・夏后氏紀》："帝禹身長九尺有只。"注引《世紀》長九尺二寸，一云九尺九寸。《孟子》曹交曰：湯九尺，文王十尺。《孔叢子》："仲尼長九尺有六寸。"《路史・高辛紀下》："仲尼要大十圍，長九尺有六寸，時謂長人。"《吴越春秋・王僚使公子光傳》："伍子胥身長一丈，腰十圍，眉間一尺。"《史記・韓王信列傳》："韓王信者，故韓襄王孽孫也，長八尺五寸。"《漢書》列傳：金日磾長八尺二寸，東方朔長九尺三寸。《後漢書・光武紀》王莽時"有長人巨無霸，長一丈，大十圍，以爲壘尉"注："王莽連率韓博上言：'有奇士，長一丈，大十圍，自謂巨無霸，出於蓬萊東南五城西北。'見《前書》。"咸熙，魏元帝奂年號。《三國・魏志》：咸熙二年秋八月，"襄武縣言有大人見，三丈餘，脚迹長三尺二寸，白髮，著黄單衣、黄巾，柱杖，呼民王始語云：'今當太平。'"衡案，廷臣造言以爲晋司馬炎將受魏禪之瑞。襄武，今陜西漢中府南鄭縣地。《太平寰宇記》："關西道同州朝邑縣蒲津關因在浦坂，又以河津之湊，因以爲名。"《十六國春秋》："苻健皇始四年十月，大雨霖，河渭俱溢。蒲津監寇登得大履於河中，長七尺三寸，人迹稱之，指長尺餘，大厚一寸。健見嘆曰：'覆載之内，何所不有！'"衡案，不云見其人，只憑一履以爲説，又不究此指所由來，顯係誕妄。

3.2 《漢武故事》：東郡送一短人，長七寸，曰巨靈。光武時潁川張仲師長二寸。當云"一丈二寸"。東方朔曰：西北荒中有小人長七寸，朱衣玄冠。鶴國男女皆長七寸，海鵠吞之腹中不死。

【疏證】胡應麟《史書佔畢》云："《漢武故事》：東都獻短人名巨靈，見朔曰：王母種桃三千年一實，此兒已三偷之。而《洞冥記》記一女人愛幸於帝，常出入唾壺中，朔見之，巨靈遂飛去。二巨靈，一男子，一婦人，迹俱詭異，又並與朔狎，或謂必有一僞，余直以爲烏有耳。"衡案，巨靈爲河神，不得又以名短人，此等書恨不遇始皇燒之。漢光武時，潁川張仲師長二尺，見何承天《纂文》。東方朔説俱見《神異經》。衡案《論衡・齊世》篇："王莽之時，長人生長一丈，名曰霸出。建武年中，潁川張仲師長一丈二寸，張湯八尺有餘。"此以張仲師類叙在長人中。王充是東漢初人，似屬可信，則謂長尺二寸者誤，蓋其誤自何承天《纂文》始。其後《初學記》、《太平御覽》引《纂文》無不誤。若云二寸更無是理。《南史》謂張仲師長一尺二寸者亦誤。徐文靖《管城碩記》："案《梁書・劉杳傳》：沈約問杳云：'何承天《纂文》奇博，其書載張仲師及長頸王事，此何出？'杳曰：'仲師長尺二寸見《論衡》，長頸是毗騫王。'"衡案，劉杳既知出《論衡》，何以不知類叙於長人之内，而乃云尺二寸乎？《神異經》"西北荒中有小人長一寸"，《洞冥記》"畢勒國人長三寸”,二“寸”字俱“尺”字之僞。

3.3 子華子曰:“黄帝之治天下也,其精微之感蕩,上沈而下浮,爲百福之聚,是百神受職於庭也。帝乃采銅,練剛質也。[①] 登彼首山,就高明也。作大爐者,鼓陽化。神鼎者,熟物之器也。上水而下火,二氣升降以相濟,中和之氣也。群龍者,衆陽之氣;雲者,龍屬也。帝鄉者,靈臺之闕,而心術之變也。弓裘衣冠者,帝之所以善世救俗之具也。甚矣,世之好怪也。後世必有人主好高而慕大,以久生輕舉爲羨慕者。左右狡詐希寵之臣,又從而逢之,是將甘心於黄帝之所造也。”

【疏證】《路史·揮發二》:“昔公仲承問於程子曰:‘人有常言:黄帝之治天下也,百神出而受職於名堂之庭,帝乃采銅首山作大爐焉。鑄神鼎於山上,鼎成,群龍下迎,乘彼白雲,至於帝鄉。群小臣不得上升,攀龍之胡,力顫而絶,帝之弓裘墜焉。於是百姓奉之以長號,故名其弓曰烏號,而藏其衣冠於橋陵。信有之乎?’程子曰:‘否。甚矣,世之好譎怪也。吾聞之,太古之聖人所以範世訓俗,有直言者,有曲言者。直言者直以情貢也,曲言者假以指喻也。黄帝之治天下,其精微之感蕩,上浮而下沉,故爲百神之宗。爲百神之宗,則是百神受職於庭矣。帝乃采銅者,煉剛質也;登彼首山者,就高明也;作爲爐火者,鼓陽化也。神鼎者,熟物之器也,上水而下火,二氣升降以相濟,中和之實也。群龍者,衆陽之器也;雲,龍屬也;帝鄉者,靈臺之闕。而心術之變,群小臣智識之不及者,攀龍之胡有見於下也,不得上升無見於上也。有見於下無見於上者,士也;上下無見者,民也。弓裘衣冠者,帝所以善世制俗之具也。民無見也,懷其所以治我者而已。故於

① “練”,古今逸史本、四庫本作“煉”。

帝之逝也，號以决其慕，藏以奉其傳，此假以指喻之言也。而人且亟傳之以相詆欺，甚矣世之好譎怪也。千世之後，必有世主好高而慕大，以久生輕舉爲慕羨者，其左右狡詐希寵之臣，又從而逢之，是甘心黄帝之所爲矣。'"衡案，子華子，舊云姓程名本，孔子同時人。然《孔子家語·致思》篇"孔子之郯，遭程子於塗"，王肅無注，則未知即程本否也。或曰程子之名，見於《家語》，子華子之名，見於《列子》，本非一人。檢《莊子·讓王》篇，子華子與韓昭僖侯同時。《吕氏春秋·貴生》篇引《子華子》，高注："子華子，古體道人。"又《先己》篇引《子華子》，高氏無注。又《誣徒》篇引《子華子》，高注："子華子，古之体道人。"又《明理》篇引《子華子》，高氏無注。又《知度》篇注："子華子，體道人也。"又《審爲》篇所載"韓魏相與爭侵地"，即《莊子·讓王》篇所云，吕氏作"昭釐侯"，"釐"即"僖"也。高注："子華子，體道人也。昭釐，復謚也，①韓武子五世之孫哀侯之子也。"案《史記·韓世家》哀侯後尚有懿侯一代，然後至昭侯，據此則不得與孔子同時。且高誘三注，俱不云是程本，則程本與子華子非一人可知。晁氏《郡齋讀書記》"《子華子》十卷"右其傳曰："子華子程氏名本，晋人也。劉向校定其書。按《莊子》稱子華子見韓昭侯，陸德明以爲魏人既不合。又《藝文志》不録《子華子》書，觀其文辭，近世依托爲之者也。其書有子華子爲趙簡子不悦，又有秦襄之卒在春秋前，而趙簡子與孔子同時，相去幾二百年，其牴牾類如此。且多用《字説》，謬誤淺漏，殆元豐以後舉子所爲乎？"衡案，羅泌《路史》"黄帝之治天下"云云，謂是程子，而《續博物志》謂是子華子，是合二人而一也，必有一誤。

3.4　玉局觀洞，高駢帥蜀，取罪人以繩絆其腰，令探淺深。繩兩日方絶，②出青城山洞天觀門。

---

① "復"，疑爲"侯"字之誤。今本《吕氏春秋·審爲》高誘注作"侯"。
② "日"，古今逸史本、四庫本並作"月"。

3.5 巫山道士黄萬護,以符藥救人。蜀王建召之,鋪草席水面,泝流而上,一日至成都。省郎曹圖鄙其人。

【疏證】《太平廣記》八十引《北夢瑣言》:“僞王蜀時,巫山道高唐觀道士黄萬户,本巴東萬户村民,學白虎七變術,又云學六丁法於道士張君。常持一鐵鞭療疾,不以財物介懷。”案“萬户”即“萬護”。又《廣記》八十六引《録異記》:“黄萬祐修道於黔南無人之境,每三二十年一出成都賣藥,言人災禍無不神驗。蜀王建迎入宫,盡禮事之。”案“萬祐”即“萬祜”之訛,“萬祜”即“萬護”也。二説各不同,然皆不云鋪席水面一日至成都事。

3.6 李德裕好餌雄朱。有道士自云李終南,笑曰:“此是世間凡火,服之反促壽。”因出一玉象子,狀如拳,曰:“此可求勾漏瑩澈者。燃香致象鼻下,勿令婦人雞犬見之,三五日象自服之,即復吐出乃可服。此火玉太陽之精,凝結已三萬年。以相公好道,因以奉借。唯忠孝是念,無自貽咎。”又出金象,云:“此是雌者,貴其相伴。不爾,玉象飛去。”德裕服之有異,乃於都下采聘名姝,至百數不止。象砂不復吐。後南遷,再遇道士怒甚,索二象。是夕風雨濤瀨并作,玉象如團火飛出船。德裕死於朱崖。

【疏證】《格致鏡原·獸類》引《續博物志》:“唐李德裕好餌雄朱。有道士李終南,出一玉象,狀如拳,曰:‘此可求勾漏瑩徹者爲餌,燃香致象鼻下,勿令婦人雞犬見之,三五日象自服之,即復吐出,乃可服。此火玉太陽之精,凝結已三萬歲,以相公好道,因以奉借。’又出金象云:‘此是雌者,貴其相伴,不爾玉象飛去。’德裕服之,顔面愈少。後南遷再遇道士,索二象。是夕風雨濤瀨并作,二象如團火自然飛出。”案,此係截録。

3.7　顏真卿遇道人陶八八，授以碧霞丹餌之，曰："七十上有厄，如有即吉。"後爲盧杞所陷，縊死。希烈敗，返葬，狀貌如生，遍身金色，爪甲出手背，鬚髮皆長數尺，人咸異之。後有商人遇之於羅浮山，寄書至偃師。顏氏守塋者曰："此先太師親翰書法，蠶頭馬尾，真得仙也。"

【疏證】《潛確類書・藝習九》："顏魯公墓在偃師，一碑陰刻米芾書云：'公之使賊也，謂餞者曰：吾昔江南遇道士陶八八，授以刀圭碧霞丹，服之可不死；且云七十後有大厄，當會我於羅浮，此行幾是。'後公葬偃師北山，有賈人至南海，見道士奕，托書至偃師顏家，及造訪則塋也。守家蒼頭識公書，大驚。家人卜日開壙，棺已空矣。一云真卿没於賊，縊者收瘞之。賊平，其家遷喪還啓殯，顏色如生，握拳不開，爪透手背，觀者異之。"衡案《卞山志》云："蠶頭鼠尾碑，顏魯公書，在明月峡。"

3.8　唐武宗四年，官市郎巾，有疑爲狼筋者。有老僧云："貧道昔曾以一千於賈胡市得三枚，狀如巨蛹，兩頭光帶黄色。涇帥叚祐宅失銀器十餘，集奴婢環庭炙之。蟲慄動，有一女奴臉唇瞤動，乃竊器者。"

【疏證】《酉陽雜俎》續集《支動》篇："予幼時嘗見説郎巾，謂狼之筋也。武宗四年，官市郎巾。予夜會客，悉不知郎巾何物，亦有疑是狼巾者。①坐老僧泰賢云：'涇帥叚祐宅，宅在招國坊，嘗失銀器十餘事。貧道時爲沙彌，每隨師出入叚公宅。因令貧道以錢一千詣西市賈胡求郎巾。出至修竹南街金吾鋪，偶問官建朱秀。秀曰："甚易得，但人不識耳。"遂於古培摘出三枚，如巨蟲，兩頭光帶黄色。祐得即令集奴婢環庭炙之，蟲慄蠕動，有一女臉唇瞤動，詰之，果竊器而欲逃

① "狼巾"，據上文，疑當爲"狼筋"。

者。'"衡案,羅願《爾雅翼》不知此物,誤以爲狼之筋,其説曰:"狼股中有筋,大如雞子,又筋滿身如織絡之狀。盜不可辨者,焚狼巾以示之,則爲盜者變慄無所容。或曰郎巾者,菌之類,非此獸之筋也。"

3.9 返魂香,東方朔曰:"月氏國使者獻香,曰,東風入律,百旬不休,青雲干吕,連月不散。意中國將有好道之君,故搜奇藴異而貢神香。乘沉牛以濟弱淵,策驥足以度流沙,今十三年矣。香能起夭殘之死疾,更生之神藥也。更,舊訛作"下"。疾疫夭死者,將能起之,以薰牙及聞氣者即活。"明日失使者所在。後元元年,長安疫死者大半,帝分香燒之,死未三日皆活,芳氣三月不歇,餘香一旦失亡。

【疏證】東方朔《十洲記》:"聚窟洲在西海中,洲上有大山,山多大樹,與楓木相類,而花葉香聞數百里,名爲反魂樹。伐其木根心,於玉釜中煮取汁,更微火煎如黑錫狀,令可丸之,名曰驚精香,或名之爲震靈丸,或名之爲反生香,或名之爲震檀香,或名之爲人鳥精,或名之爲却死香:一種六名。斯靈物也,香氣聞數百里,死者在地,聞香氣乃却活。征和三年,武帝幸安定,西胡月支國王遣使者,獻香四兩,大如雀卵,黑如桑椹。帝以香非中國所有,以付外庫。使者曰:'臣國去此三十萬里,國有常占,東風入律,百旬不休,青雲干吕,連月不散,當知中國有好道之君,故搜奇藴而貢神香。乘毳車而濟弱淵,策驥足以度飛沙,於今已十三年矣。神香起夭殘之死疾,靈香雖少,斯更生之神丸也,疫疾災死者,將能起之,及聞香氣者即活也。'帝恨使者言不遜,欲收之,明日失使者所在。後元元年,長安城内病者數百,亡者大半。帝試取月支神香燒之於城内,其死未三月者皆活,芳氣經三月不歇,於是信知其神物也,乃更秘録餘香。後一旦又失之,檢函封印如故,無復香也。"案,月氏貢香事已見《博物志》。

3.10　《凉土異物志》:“葱嶺水分流東西,西入大海,東爲河源。禹所言昆侖,蓋本河所出也。潛發於蒲昌,《洛書》所紀,出於重野,經積石爲中國河也。張騫但能至大宛,見河水初示達其潛發處。”桑欽《水經》云:“昆侖在河水西,北去嵩高五萬里,其高萬一千里。”酈道元云:“昆侖之山三級:下曰樊桐,一曰板松;二曰玄圃,一名閬風;上曰層城,一名天庭。是謂太帝之居。”《十三州志》云:“山去北海岸十三萬里,有弱水周匝,東南接積石。”高誘曰:“河出昆山,伏流地中萬三千里,禹導而通之,以出積石。”《山海經》乃云“自昆侖至積石一千七百四十里”。又曰:“西海之南,流沙之濱,赤水之後,黑水之前,有大山曰昆侖。”又曰:“鍾山西六百里有昆侖,周穆王昆侖瑶池,去周之瀍澗,特萬有一千一百里。西王母告穆王云,去咸陽乃三十六萬里。”東方朔《十洲記》:“方丈在東海之中央,群仙所治,爲昆侖山,有三角,曰閬風,曰玄圃,曰昆侖宫。”張華所叙昆侖銅柱爲天柱,蓋本方朔《神異經》也。釋氏《西域志》:“阿耨達山,上有大淵水,宫殿樓觀甚大,即昆侖山。穆天子所至,即阿耨達宫也。西爲新頭河,爲天竺諸國,皆度葱嶺。”郭璞曰:“似别有小昆侖。”

【疏證】此鈔撮《水經·河水》注而爲言也。案《水經·河水二》注引《凉土異物志》曰:“葱嶺之水,分流東西。西入大海,東爲河源,《禹紀》所云昆侖者焉。張騫使大宛而窮河源,謂極於此,而不達於昆侖者也。”又《水經·河水一》注云:“余考群書,咸言河出昆侖,重源潛發,淪於蒲昌,出於海水,故《洛書》曰:河自昆侖,出於重野,謂此矣。徑積石而爲中國河。”又《水經·河水一》云:“昆侖墟在西北,去嵩高五萬里,地之中也,其高萬一千里。”酈注:“三成爲昆侖丘。《昆侖説》曰:昆侖之山三級:下曰樊桐,一名板松;二曰玄圃,一名閬風;上曰增城,一名天庭。是爲太帝之居。"酈注又云:"案《十三州説》,①昆侖山也,在西海之戌地,東南之亥地,去岸十三萬里,有弱水周迴繞匝。山東南接積石之圃,西北接北户之堂,東北臨大活之井,西南至承淵之谷,此四角大山,實昆侖之支輔也。"酈氏又於"嵩高五萬里"下注云:"《禹本紀》與此同。高誘稱:河出昆侖,伏流地中萬三千里,禹導而通之,出積石山。按《山海經》自昆侖至積石一千七百四十里。"酈注又云:"釋氏論佛圖調列《山海經》曰:西海之南,流沙之濱,赤水之後,黑水之前,有大山名昆侖。衡案,在《大荒西經》。又曰:鍾山西六百里有昆侖山。"衡案,《西山經》:鍾山又西百八十里曰泰器之山,又西三百二十里曰槐江之山,西南四百里曰昆侖之丘。酈注又云:"案《穆天子傳》:穆王於昆侖側瑶池上觴西王母。云,去宗周瀍澗萬又一千一百里。"又云:"昔西王母告穆王:去咸陽三十六萬里,山高平地三萬六千里。"衡案《十洲記》亦云王母告穆王云咸陽去此四十六萬里。語俱荒謬。酈注又引東方朔《十洲記》曰:"方丈在東海中央,東西南北岸,相去正等。方丈面各五千里,上専是群龍所聚,有金玉琉璃之宫,三天司命所治,群仙不欲升天者,皆往來也。""上廣故曰昆侖。山有三角,其一角正北於辰星之輝,名曰閬風巔;其一角正西,名曰玄圃臺;其一角正東,名曰昆侖宫。"衡案,此方丈、蓬萊,在東海中央。方朔蓋借西北昆侖之閬風、玄圃爲言,不得以爲即昆侖。昆侖在西,焉得在東海中乎?此乃方士家謬悠之説。酈注又云:"張華叙東方朔《神異經》曰:昆侖有銅柱焉,其高入天。所謂銅柱也,圍三千里,員周如削,下有迴屋。"故其柱銘曰:昆侖銅柱,其高入天,員周如削,膚體美焉。衡案,昆侖銅柱,亦測天者妄爲之説耳,而茂先遽信之,何哉?故後人以茂先《神異經》注出於僞托是也。酈氏又云:"釋氏《西域志》曰:阿耨達大山,其上有大淵水,宫殿楼觀甚大焉,即昆侖山也。《穆天子傳》曰:天子升昆侖,封豐隆之葬,即阿耨達宫也。其山出六大水。山西有水名新頭河。郭義恭《廣

① "十三洲説",今本《水經注》如此,疑爲"十洲記"之誤。

志》曰：甘水也，在西域之東，名曰新淘水，山在天竺國西，水甘，故曰甘水。釋法顯曰：度葱嶺已入北天竺境。釋法顯又言：渡河便到烏萇國，烏萇國即是北天竺，佛所到國也。"酈注又云："案《山海經》曰：昆侖墟在西北，帝之下都，昆侖之墟，方八百里，高萬仞，上有木禾。面有九井，以玉爲檻。面有九門，門有開明獸守之，百神之所在。郭璞曰：此自别有小昆侖也。"衡案，大小昆侖須有分别，余有説，見《博物志》卷一。至東海中央之昆侖山，乃方士家托名説，不足據。蓋昆侖在西，焉得在東海中乎？

3.11　李畋虞部《該聞録》：所取神仙七人：爾朱先生，朱真人桃椎，神和子屈突無爲，海蟾子劉昭遠，榮隱先生，火井縣許山人，漢杜光庭。

【疏證】爾朱先生、神和子、海蟾子、杜光庭，已見前卷二。《太平廣記》二百二《高逸》引《大唐新語》云："朱桃椎，蜀人也。淡泊無爲，隱居不仕，披裘帶索，沈浮人間。竇軌爲益州，聞而召之，遺以衣服，逼爲鄉正。桃椎不言而退，逃入山中，夏則裸形，冬則以樹皮自覆。凡所遺贈，一無所受。每織芒屩，置之於路，見者皆曰：朱居士之屩也。爲鬻取米置之本處。桃椎至夕取之，終不見人。高士廉下車，深加禮敬。召至，降階與語。桃椎一答，既而便去。士廉每加褒異，蜀人以爲美談。"衡案，杜光庭《録異記》："《靈池縣圖經》云：朱桃槌者，隱士也。以武德元年於蜀縣白女毛村居焉。草服素冠，晦名匿迹，織屨自給，口無二價。後居楝平山白馬溪。前長史李厚德、後長史高士廉，或招以弓旌，或道以尺牘，並笑傲不答。太子少保河東薛公稷，初爲彭山令，聞其風而悦之，乃作《茆茨賦》以贈焉。"又《唐書・隱逸傳》："朱桃椎淡泊絶俗，被裘曳索，人莫測其爲。常織十芒屩置道上，見者曰：'居士屩也。'爲鬻米茗易之置其處，輒取去，終不與人接。"衡案，諸説桃椎，蓋是隱逸者流，不知《該聞録》何以取入神仙也。唐劉肅《大唐新語》卷十記《隱逸》云："朱桃椎，蜀人也。淡泊無爲，隱居不仕，披裘帶索，浮沉人間。竇軌爲益州,聞而召之,遺以衣服,逼爲鄉正。桃椎不言而退,逃入山中,夏則裸形,冬則樹皮自覆。凡所贈遺,一無所受。每織芒屩,置之於路,見者皆言朱居士屩也,爲鬻取米置之本處。桃椎至夕取之,終不見人。高士廉下車,深加禮敬,召之至,降階与語,桃椎不答,瞪目而去。士廉每加褒優異,蜀人以爲美談。"

3.12 龍腦香,段成式云:出波律國,樹高八九丈,可六七圍,[①]乾脂爲香,清脂爲膏子,主内外障眼。又有蒼龍腦,不可點眼,經火爲熟龍腦。

【疏證】《酉陽雜俎》:"龍腦香出婆律國。樹高八九丈,可六七尺圍,傍生枝葉,葉正圓而背白,結實如荳蔻,皮有甲錯。香即木中脂,似松脂,作杉木氣。乾脂謂之龍腦香,清脂謂之婆律膏。又有蒼龍腦,主風疹䵟,入膏藥良,不可點眼。明淨如雪花者善,久經風日或如麥麩者不佳。云合黑荳、糯米、相思子貯之不耗。今復有生熟之異,稱生龍腦,即上之所載是也,其絶妙者,目曰梅花龍腦。有經火結成塊者,謂之熟龍腦,氣味差薄,蓋易入他物故也。"

3.13 《香譜》云:麝以一子真香糅作三四子,刮取血膜,雜以餘糝皮毛不辨也。黎香有二色,蕃香、蠻香又雜以黎人撰作,官市動至數千計,何以塞科舉之責?[②] 所謂真香有三説:鹿群行山中,自然有麝氣,不見其形者爲真香;入春以脚剔入水泥中藏之,不使人見爲真香;殺之取其臍,一鹿一臍爲真香。此余所目擊也。《格致鏡原·燕賞器物類》引"麝之真香有三説"至"一鹿一臍爲真香"。

---

① "七"下,古今逸史本、四庫本並有"尺"字。
② "舉",古今逸史本、四庫本並作"取"。

3.14 仁善盛明曰舜,殘民多亹曰桀,殘義損善曰紂,慈惠愛親曰孝,愛民好與曰惠,聖善周文曰宣,聲聞宣遠曰昭,克定禍亂曰武,聰明睿知曰獻,温柔性善曰懿,布德執義曰穆,仁義説民曰元,安綱治紀曰平,亂而不損曰靈,保民耆艾曰明,辟土有德曰襄,貞心大度曰匡,大慮慈民曰定,既過能正曰恭,不匡其國曰聲,一德不解曰簡,夙興夜寐曰敬,清白自守曰貞,柔德好聚曰靖,安樂治民曰康,小民畏忌曰僖,中身早折曰悼,慈仁和民曰順,①好勇致力曰莊,恭仁短折曰哀,在國逢難曰愍,②名實過爽曰繆,壅遏不通曰幽,暴虐無親曰厲,致志士圖曰景,③辟土兼國曰桓,經天緯地曰文,執義揚善曰懷,短折不成曰殤,去禮遠衆曰煬,怠政外交曰攜,治典不敷曰震。

【疏證】此俱見《逸周書·謚法解》中語也。前後雜亂,蓋鈔撮之辭。首三句,今本《謚法解》無見。蔡邕《獨斷》"多亹獨斷"作"多壘","亹"字誤。"聖善周文",《獨斷》"周"作"同"。"聰明睿知",《獨斷》"知"作"哲"。"温柔性善",《獨斷》"性"作"聖"。"安綱治紀",《獨斷》"安"作"布"。《獨斷》此句上有"安仁立政曰神",引脱此句。"保民耆艾曰明",《獨斷》"明"作"胡","明"字誤。"既過能正",《獨斷》作"知過能改"。"不匡其國",《獨斷》作"不生","匡"字誤。"柔德好聚曰靖",《獨斷》作"好衆"。"小民畏忌",《獨斷》"小民"作"小心","民"字誤。"中身早折",《逸周書》作"中年早夭"。"慈仁和民曰傾",《獨斷》作曰"順","傾"字誤。"好勇致力"句,《逸周書》無,《獨斷》有。"恭仁

---

① "順",原作"傾"。四庫本作"順",蔡邕《獨斷·帝謚》:"慈仁和民曰順。"今據改。

② "在",原作"佐",據四庫本及《周書》改。

③ "士",四庫本作"立"。

短折”,《獨斷》作“恭人”。“佐國逢怒”,①《獨斷》作“在國逢難”。“名實過爽”,《逸周書》作“名與實爽”。“暴虐無親”句,《逸周書》無,《獨斷》有。“致志士圖”,《獨斷》“士”作“大”,“士”字誤。“忌政外交”,《獨斷》作“怠政”,“忌”字誤。“治典不敷曰震”,《獨斷》作“治典不殺曰祈”,一作“震”。《左傳·莊六年》正義引《謚法》“經典不易曰祈”。案,李氏此條所出,皆本《獨斷》,而脱首二句“違拂不成曰隱,靖民則法曰黄”。

3.15　大學同官有曾官廣中者,云沉香雜木也,朽蠹浸沙水,歲久得之。如儋崖海道,居民橋梁,皆香材,如海桂橘柚之木,沉於水多年得之,爲沉水香。《本草》謂爲似橘是矣。然生采之即不香也。

【疏證】《南史·林邑國傳》:“沉水香,土人斫斷,積以歲年,朽爛而心節獨在,置水中則沉,故名曰沉香。”《南越志》:“交州蜜香樹,彼人取之,先斷其積年老木根。經年皮幹俱朽爛,木心與枝節不壞,堅黑沉水中,即沉香也。”《倦遊雜録》:“沉香木,嶺南諸郡悉有之,瀕海諸州尤多。葉如冬青,大者合數人抱。山民或以搆茅廬,或以爲橋梁,爲飯甑尤善。有香者百無一二,蓋木得水方結,多在折枝枯幹中,或爲沉,或爲煎,或爲黄熟。”《唐本草》:“沉水香出天竺單于二國,其木類椿櫸,多節,葉似橘,經冬不凋。”

3.16　《海藥本草》云:降真香主天行時氣,燒之或引鶴降。②

【疏證】《海藥本草》六卷,雜記南方藥物所産郡縣,唐李珣撰,肅、代時人。《本草綱目》引珣曰:“降真生南海山中及大秦諸國。《仙傳》

① “佐國逢怒”,《續博物志》正文即作“在國逢難”。
② 古今逸史本、四庫本此處不分條。

云伴和諸香，燒烟直上，感引鶴降。醮星辰燒此香爲第一，度籙功力極驗，降真之名以此。”又《格致鏡原・燕賞器物類》引《本草》云：“降真香出黔南。拌和諸香，燒烟直上天召得鶴。主天行時氣，宅舍怪異，並燒悉驗。”案所引不知即《海藥本草》否也。

3.17　雀頭香即香附子。

【疏證】蘇恭曰：“莎草根名香附子，一名雀頭香，所在有之。”李時珍曰：“《爾雅》云：‘薹，夫須也。’其根相附連續而生，故謂之香附子，上古謂之雀頭香。”案《江表傳》云“魏文帝遣使於吴求雀頭香”，即此。

3.18　《倉頡解詁》云：“芸蒿似邪蒿，可食。”魚豢《典略》云：“芸香辟紙魚蠹，故藏書臺稱芸臺。”

【疏證】《三蒼解詁》：“芸似邪蒿，香可食。”《説文》：“芸，似目蓿。”一名芸蒿。《邵氏見聞録》：“芸置書帙中無蠹，置席下去蚤蝨。”《隋・經籍志》：“《典略》八十九卷，魏郎中魚豢撰。”

3.19　南唐女冠耿先生，鳥爪玉貌，獲寵於元宗。將誕之夕，震雷繞室，大雨河傾，半夜雷止，耿身不復孕。大食國進龍腦油，上所秘惜。先生見之曰：“此非佳者，當爲大家致之。”乃縫夾絹囊貯白龍腦一斤，垂於棟上，以胡瓶盛之，①有頃如注。上駭嘆不已，命酒泛之，味逾於大食國進者。又於元宗前掬雪爲銀鋌，投紅爐淬之成中金，指痕猶在。又取宫妓箕中糞壤炒爲銀，開寳末内庫尚有先生糞銀。炒小麥於銀釜成真珠。衡案，‘炒小麥’九字當在‘開寳末’上。

【疏證】陸游《南唐書》：“耿先生者，父雲軍大校。耿少爲女道士，

---

① “瓶”，原作“餅”，據四庫本改。

玉貌鳥爪,常著碧霞帔,自稱比丘先生,始因宋齊丘進。嘗見宫婢持糞埽,謂元宗曰:'此物可惜,勿令棄之。'取置鐺中,烹煉良久,皆成白金。嘗遇雪擁爐,索金盆貯雪,令宫人握雪成錠,投火中,徐舉出之,皆成白金,指痕猶在。又能炒麥粒成圓珠,光彩粲然奪真。大食國進龍腦油,元宗秘愛。耿視之曰:'此未爲佳者。'以夾缣囊貯白龍腦數斤懸之,有頃瀝液如注,香味逾於所進,遂得幸於元宗。有娠將産之夕,雷雨震電,及霽,娠已失矣。久之忽失元敬宋太后所在,耿亦隱去幾月餘,中外大駭。有告者云,在都城外二十里方山寶華宫。元宗亟命齊王景遂往迎太后,見與數道士方酣飲,乃迎還宫。道士皆誅死,耿亦不復得入宫中,然猶往來江淮,後不知所終。"衡案,元宗,南唐李升子璟也。開寶,宋太祖年號。又《孔六帖·雪》云:"耿先生,大中召之官。嘗大雪戲之曰:'先生能以雪爲銀乎?'曰:'可。'乃取雪自投於熾炭中,灰埃芒起,徐以炭周覆之。過食頃,曰:'可矣。'乃取出,赫然若銅,置之於地,及冷爛爲銀。及視其下若垂酥滴乳之狀。出《江表志》。"衡案,《江表志》作於虞溥,則又一耿先生取雪化銀事也。不然則《江表志》另是一書。

3.20　禹治水土,至北海之北,有國曰終北。國之中有山,山名壺領,狀若甔甀,頂有口狀若員環,名曰滋穴。有水涌出,名曰神瀵,臭過椒蘭,味逾醪醴。一源分爲四埒,注於山下。民飲於神瀵,浴於神瀵。此《列子》寓言也。

【疏證】《列子·湯問》篇:"禹之治水土也,迷而失塗,謬之一國,濱北海之北,不知距州幾千萬里。其國名曰終北,不知際畔之所齊限。無風雨霜露,不生鳥獸蟲魚草木之類。四方悉平,周以喬涉。當國之中有山,山名壺領,狀若甔甀。頂有口,狀若員環,名曰滋穴。有水涌出,臭過椒蘭,味過醪醴。一源分爲四埒,注於山下。經營一國,亡不悉遍。其民飢倦則飲神瀵,力志和平,過則醉經旬乃醒。沐浴神瀵,膚色脂澤,香氣經旬乃歇。"

3.21　泥壁未乾，揮涕其上，陰雨中化爲蟲，狀如蚓。

【疏證】案此即俗所謂鼻涕蟲也，然亦濕生，非涕所化。

3.22　東方介氏之國，其國人數數解六畜之語者，蓋偏知之所得。太古神聖之人，備知萬物情態，悉解異類音聲，會而訓之，言血氣不相殊也。

【疏證】《列子·黄帝》篇："今東方介民之國，其國人數數解六畜之語者，蓋偏知之所得。太古神聖之人，備知萬物情態，率解異類音聲，會而聚之，訓而受之。同於人民，故先會鬼神魑魅，次達八方人民，末聚禽獸蟲蛾，言血氣之類，心智不殊遠也。"衡案，介葛盧是此國君長，故聞牛鳴而知三犧皆用，若聖門之公冶長，三國時之管輅亦其次也。

3.23　條支國臨西海，出師子、大雀。郭義恭《廣志》曰："大雀頸及身膺蹄，都似橐駝。舉頭高八九尺，張翅丈餘，食大麥，其卵如瓮，今之駝鳥也。"漢元帝時有大鳥如馬駒，時人謂之爰居。

【疏證】《後漢書》："和帝永元十三年冬十一月，安息國遣使獻師子及條支大雀。"郭義恭《廣志》："安息國貢大雀，雁身駝蹄蒼色，舉頭高七八尺，張翅丈餘，名曰駝鳥。卵如瓮。"又《舊唐書》："高宗永徽中，吐火羅國獻大鳥，高七尺，其色玄，足如駝，有翅而能飛，日行三百里，能啖銅鐵，俗呼爲駝鳥。"又杜環《經行紀》："大食國有駝鳥，高四尺以上，脚似駝蹄，其卵大如三升器。"衡案，此二説與條支大雀同。《爾雅·釋鳥》"爰居，雜縣"郭注："《國語》曰：海鳥爰居。漢元帝時，琅邪有大鳥如馬駒，時人謂之爰居。"疏："爰居，海鳥也。大如馬駒，一名雜縣。"

3.24 環王國,野象一牡管三十餘牝,牝者牙纔二尺,迭供牡者水草,卧則環守。牡象死,共埋之,號吼其處乃散。

【疏證】《酉陽雜俎》續集《支動》篇:"環王國野象成群,一牡管牝三十餘。牝牙纔尺,迭供牡者水草,卧則環守。牡象死,共挖地埋之,號吼移時方散。又國人養馴,可令代耕。"

3.25 鱉爲臛數食可長髮。

【疏證】案鱉肉滋陰補血,故可長髮。李時珍曰:肉作臛食長髭須。

3.26 鯡魚心肝及頭毒如野葛。

【疏證】《臨海記》:"鯡䱙即河豚之大者。"案,"鯡"即"鮭",古字通用。《論衡·言毒》篇:"毒螫渥者在魚則爲鮭與鯵鮁,故人食鮭肝而死。"《玉篇》:"鯸鮔,鮰也,食其肝殺人。"《爾雅翼》:"鯢,今之河豚,狀如科斗,腹下白,背上青黑,有黄文,眼能開能閉,觸物輒嗔,腹張如鞠,浮於水上,一名嗔魚。舊言心肝及頭毒於野葛,肝及子入口爛舌,入腹爛腸。鯢又作鮭,鮭音如䡾,又一名鯸鮐。《吴都賦》所謂'王鮪鯸鮐'者,其音如胎。"

3.27 蝤蛑大者力能與虎鬥,取之不戒,螯能剪殺人。

【疏證】《酉陽雜俎·廣動植二》:"蝤蛑,大者長尺餘,兩螯至強。八月能與虎鬥,虎不如。隨大潮退殼,一退一長。"劉恂《嶺表録異》:"蝤蛑乃蟹之巨而異者,後兩小足薄而闊,俗謂之撥掉子,與蟹有殊。其大如升,南人皆呼爲蟹。八月此物與虎鬥,往往夾殺人也。"

3.28 鱟皮殼甚鋭,然性畏蚊,蚊小螫之輒死。《燕山録》曰:"煮羊以鼉,煮鱉以蚊,物有相感。"鵜鶘飲水數升而不足,鱣鮪入口若露而死,猿有手可以捕鼠而制於鼠,鹿有角可以觸犬而制於犬。

【疏證】《埤雅》卷二引韋氏《燕山録》曰:"煮羊以鼊,煮鱉以蚊,蓋物之相感如此,雖有明智弗能推也。"《本草綱目・鱉下》引《類從》云:"鼉一鳴而鱉伏,性相制也。又畏蚊,生鱉遇蚊叮則死。匕鱉得蚊煮而爛。而薰蚊者復用鱉甲,物相報復如此。"《淮南・齊俗訓》:"鵜胡飲水數斗而不足,鱓鮪入口若露而死。"《埤雅》卷七:"鵜形似鶚而大,人足,其鳴自呼。頷下胡大如數升囊,因以盛水貯魚。"衡案,鱓鮪亦水族,其吐納呼吸,何得不有水入口?《論衡・物勢》篇:"鹿之角足以觸犬,獼猴之手足以搏鼠,然而鹿制於犬,獼猴服於鼠,角爪不利也。"衡案,鹿制於犬,謂田犬也。《埤雅》:"今人取鼠以繫猿頸,猿不復動。"

續博物志卷四

宋李石撰　江都陳逢衡考證

4.1　燧人四佐：明由曉升級，政也。必育受税俗，賦也。成博受古諸，侯也。隕丘受延嬉。録也。① 伏犧六佐：金提主化俗，民也。鳥明主建福，利也。視默主災惡，害也。紀通爲中職，内也。仲起爲海陸，土也。陽侯爲江海。水也。② 黄帝七輔：風后受金法，天老受天籙，五聖受道級，知命受糾俗，窺紀受變復，地典受州絡，力墨受准斥。力墨，或作力牧。③ 陶淵明云：事見《論語摘輔象》。衡案，舊本以"燧人"、"伏羲"、"黄帝"分作三條，又以"陶淵明"十一字另行冠於"孔長彦"一條之上，俱誤，今併合爲一條。④

【疏證】陶潛《群輔録》："明由曉升級，宋均曰：級等差政所先後也。必育受税役，宋均曰：受賦税及徭役所宜施爲也。成博受古諸，宋均曰：古諸侯職等也。隕丘受延嬉。宋均曰：延，長；嬉，興也。主受此録也。右燧人四佐。燧人出天，四佐出洛。宋均曰：出天，天所生；出洛，地所生也。金提主

① 古今逸史本、四庫本於此處分條。
② 古今逸史本、四庫本於此處分條。
③ 古今逸史本、四庫本於此處分條。
④ 古今逸史本、四庫本此處不分條。

化俗,宋均曰:爲民敦風化也。鳥明主建福,宋均曰:福利民也。視默主災惡,宋均曰:爲民除災害也。紀通爲中職,宋均曰:爲田主主内職也。仲起爲海陸,宋均曰:主平地兼統海也。陽侯爲江海。宋均曰:主江海事。一本作江湖。右伏羲六佐。六佐出世。宋均曰:宓戲不及燧人,故增二佐。出世,人所生也。風后受金法,宋均曰:金法,言能决理是非也。天老受天籙,宋均曰:籙,天教命也。五聖受道級,宋均曰:級,次序也。知命受糾俗,宋均曰:糾,正也。窺紀受變復,宋均曰:有禍變能補復也。地典受州絡,宋均曰:絡,維緒也。力墨受準斥。宋均曰:準斥,凡事也。力墨或作力牧。右黄帝七輔。州選舉翼佐帝德,自燧人四佐至七輔,見《論語摘輔象》。"衡案,《路史·遂人氏紀》:"命明繇政乎升級,畢旒辨乎方色,分正方俗。成博受乎古諸,都鄙之事。《摘輔象》注云:"受古諸侯之事。"案,孟諸志作明都。隕藴録乎延嬉。延,長;嬉,福也。蓋謂祭祀。"《伏戲氏紀》:"命金提縣俗指苦蓋謹窖藏,金國提氏。命鳥明建方泭窽奠八方旌九位而分九土,命視冒爲貹志災惡,命紀侗中職定於中邦,二八目作紀通。仲起司陸,陽侯司海。宋衷云:陽侯,伏羲之臣。《黄帝氏紀》:"命知命糾俗,天老録教,力牧準斥,鵊治决法,五聖道級,闚紀補闕,地典州絡。"闚紀,即陶潛《群輔録》中窺紀也。《論語摘輔象》七輔有風后而無鵊治。案所列蓋本古史,與《群輔録》稍異。

4.2 孔長彦、孔季彦兄弟,聚徒數百,故時人爲之語曰:"魯國孔氏好讀經,兄弟講誦皆可聽。學士來者有聲名,不過孔氏那得成。"

【疏證】《孔叢子》"子和二子,長曰長彦,次曰季彦,甘貧味道,研精墳典。十餘年間,會徒數百,故時爲之語曰"云云。衡案《後漢書》:"孔僖字仲和,二子長彦、季彦。長彦好章句學,季彦守其家業,門徒數百人。"

4.3 孔子生鯉,字伯魚。鯉生伋,字子思。伋生白,字子上。白生求,字子家。求生箕,字子京。箕生穿,字子高。穿生子順。自叔梁紇至子順九世。魏城大梁。

【疏證】《史記·孔子世家》:"孔子生鯉,字伯魚,年五十,先孔子死。伯魚生伋,字子思,年六十二。子思生白,《漢書》作帛。字子上,年四十七。子上生求,字子家,王肅《家語後序》:子家名傲,後名永。年四十五。子家生箕,字子京,《漢書》"子京"作"子真",《家語後序》"箕"作"槣",字子直。年四十六。子京生穿,字子高,年五十一。《家語後序》作五十七。子高生子慎,《漢書》作"子順",《家語後序》:"子高生武,字子順,名微,後名斌。"年五十七,爲魏相。《闕里志》:子順仕魏,爲安釐王相。"衡案,《史記·魏世家》安釐王時無城大梁事,徙治大梁在惠王之世。

4.4 毛蟲之精曰麟,羽蟲之精曰鳳,介蟲之精曰龜,鱗蟲之精曰龍,裸蟲之精曰聖人。

【疏證】《大戴禮·易本命》篇:"有羽之蟲三百六十,而鳳凰爲之長;有毛之蟲三百六十,而麒麟爲之長;有甲之蟲三百六十,而神龜爲之長;有鱗之蟲三百六十,而蛟龍爲之長;裸之蟲三百六十,而聖人爲之長。此乾坤之美類,禽獸萬物之數也。"又見《家語·執轡》篇。

4.5 劉向校勘以來,子歆爲《七略》。衡案,《隋志》:"《七略別録》二十卷,劉向撰。《七略》七卷,劉歆撰。"大凡萬三千二百六十九卷。王莽焚燒之後,王允收而西者僅七十餘乘,道遠復棄其半。荀勖分經、史、子、集爲四部,案《隋志》:"《晋中經》十四卷,荀勖撰。"大凡九千九百四十五卷。西晋李兑以勖舊部校之,案"西晋"是"東晋"之誤,"李兑"是"李充"之誤。在者三千一十四卷。宋謝靈運造四部目,凡四千五百八十二卷。王儉造目録,案《隋志》:"宋元徽元年《四部書目録》四卷,王儉撰。《今書七志》七十卷，王儉撰。”萬五千七十四卷。齊王亮造書目，萬八千一十卷。梁任昉文德殿所藏，二萬三千一百六卷。案《隋志》：“《梁文德殿四部目録》，劉李標撰。”元帝克平侯景，收文德殿書歸江陵，凡十餘萬卷。周師焚之，宋武所收四千卷。後周書目八千，增至萬卷。周武平齊，僅至五千卷。唐滅隋，魏鄭公盡收圖書，載以船，經砥柱，没十之七八。大凡八萬六千九百六十六卷，見在三萬六千七百八卷。開元中四部目録，凡五萬一千八百五十二卷。

【疏證】《漢書·藝文志》：“成帝時使謁者陳農求遺書於天下，詔光禄大夫劉向校經傳諸子詩賦，步兵校尉任宏校兵書，太史令尹咸校數術，侍醫李柱國校方技。每一書已，向輒條其篇目，撮其指意，録而奏之。會向卒，哀帝復使向子侍中奉車都尉歆卒父業。於是總群書而奏其《七略》，故有七略：有六藝略，有諸子略，有詩賦略，有兵書略，有術數略，有方技略。今删其要以備篇籍，大凡萬三千二百六十九卷。”《隋書·經籍志》：“向卒後，哀帝使其子歆嗣父之業，乃徙温室中書於天禄閣上。歆遂總括群篇，撮其指要，著爲《七略》，大凡三萬三千九十卷。王莽之末，又被焚燒。光武中興，篤好文雅，明章繼軌，尤重經術，四方鴻生巨儒，負帙自遠而至者不可勝算。石室蘭臺，彌以充積。又於東觀及仁壽閣集新書，校書郎班固、傅毅等典掌焉。並依《七略》而爲書部，固又編之，以爲《漢書·藝文志》。董卓之亂，獻帝西遷。圖書縑帛，軍人皆取爲帷囊，所收而西猶七十餘載。兩京大亂，掃地皆盡。魏氏代漢，采掇遺亡，藏在秘書中外三閣。魏秘書郎鄭默始制《中經》，秘書監荀勖又因《中經》更著《新簿》，分爲四部，總括群書。一曰甲部，紀六藝及小學等書；二曰乙部，有古諸子家近世子家兵書兵家術數；三曰景部，有史記舊事皇覽簿雜事；四曰丁部，有詩賦圖贊汲冢書。大凡四部，合二萬九千九百四十五卷。至於作者之意，無所論辯。惠懷之亂，京華蕩覆，渠閣文集，靡有孑遺。東晉之初，漸東鳩聚。著作郎李充以勖舊部校之，其見存者，但有三千一十四卷。充遂總没衆篇之名，但以甲乙爲次。其後中朝遺書，稍流江左。宋元嘉八年，秘書監謝靈運造《四部目録》，大凡六萬四千五百八十二卷。元徽元年，秘書丞王儉又造《目録》，大凡一萬五千七百四卷。儉又别撰《七志》：一曰《經典志》，紀六藝、小學、史記、雜傳；二曰《諸子志》，紀今古諸子；三曰《文翰志》，紀詩賦；四曰《軍書志》，紀兵書；五曰《陰陽志》，紀陰陽圖緯；六曰《術藝志》，紀方技；七曰《圖譜志》，紀地域及圖書。其道佛附見，合九條。然亦不述作者之意，但於書名之下每立一傳，而又作九篇條例，編乎首卷之中。齊永明中，秘書丞王亮、監謝朏又造《四部書目》，大凡一萬八千一十卷。齊末兵火延燒秘閣，經籍遺散。梁初秘書監任昉躬加部集，又於文德殿内列藏衆書，華林園中總集釋典，大凡二萬三千一百六卷，而釋氏不與焉。梁有秘書監任昉、殷鈞《四部目録》，又《文德殿目録》。其術數之書，更爲一部，使奉朝請祖暅撰其名，故梁有《五部目録》。普通中，有處士阮孝緒，博采宋齊以來王公之家，凡有書記參校官簿，更爲《七録》：一曰《經典録》，紀六藝；二曰《記傳録》，紀史傳；三曰《子兵録》，紀子書、兵書；四曰《文集録》，紀詩賦；五曰《技術録》，紀術數；六曰《佛録》；七曰《道録》。其分部題目，頗有次序，割析辭義，淺薄不經。元帝克平侯景，收文德之書及公私經籍，歸於江陵，大凡七萬餘卷。周師入郢，咸自焚之。陳天嘉中，又更鳩集，考其篇目，遺闕尚多。其中原則戰爭相尋，干戈是務，文教之盛，苻姚而已。宋武入關，收其圖籍，府藏所有，纔四千卷。後魏始都燕代，南略中原，粗收經史，未能全具。孝文徙都洛邑，借書於齊秘府之中，稍以充實。暨於爾朱之亂，散落人間。後齊遷鄴，頗更收聚，迄於天統武平，校寫不輟。後周始基關右，外逼強鄰，戎馬生郊，日不暇給。保定之始，書止八千，後稍加增，方盈萬卷。周武平齊，先封書府，所加舊本，纔至五千。隋開皇三年，秘書監牛宏表請分遣使人搜訪異本，每書一卷，賞絹一匹。校寫既定，本即歸主。於是民間異書，往往間出。及平陳已後，經籍漸備。檢其所得,多太建時書。於是總集編次,存爲古本。召天下工書之士,京兆韋霈、南陽杜頵等,於秘書内補續殘缺,爲正副二本,藏於宫中,其餘以實秘書内外之閣,凡三萬餘卷。大唐武德五年,克平僞鄭,盡收其圖書。命司農少卿宋遵貴載之以船,溯河西上。將致京師,行徑底柱,多被漂没。其所存者十不一二,其目録亦爲所漸濡,時有殘缺。今考見存,分爲四部,合條爲一萬四千四百六十六部,有八萬九千六百六十六卷。其舊録所取文義淺俗無益教理者並删去之,其舊録所遺辭義可采有所宏益者咸附入之。"大凡經傳存亡,及道佛六千五百二十部,五萬六千八百八十一卷。《唐書·藝文志》:"自漢以來,史官列其名氏篇第以爲六藝、九種、七略,至唐始分爲四類:曰經、史、子、集。而藏書之盛,莫盛於開元,其著録者,五萬三千九百一十五卷。"

4.6　自秦同書文,丞相斯作《倉頡篇》,中車府令高作《爰曆篇》太史敬作《博學篇》,文園令相如作《凡將篇》,黄門令游作《急就篇》,皆書文之林苑,欲識字者不可不知。惜哉《凡將》已上不可復見,《急就章》存焉。西京文氣,亦可見矣。顔籀注此書,嘗得皇象、鍾繇、衛夫人、王會稽等篇,世所傳惟張芝、索靖爲真章草書,①芝有"鳳爵鴻鵠"等數行,靖所書乃三之二,自"毋縛"而下,闕七百五十字。

【疏證】《漢書·藝文志》:"《倉頡》七章者,秦丞相李斯所作也。《爰曆》六章者,車府令趙高所作也。《博學》七章者,太史令胡毋敬所作也。漢興,閭里書師,合《倉頡》、《爰曆》、《博學》三篇,斷六十字以爲一章,凡五十五章,并爲《倉頡篇》。武帝時,司馬相如作《凡將篇》,無複字。元帝時,黄門令史游作《急就篇》。成帝時,將作大匠李長作

① "索靖"下,古今逸史本、四庫本並有"二家"二字。

《元尚篇》,皆《倉頡》中正字也,《凡將》則頗有出矣。"《唐書·儒學傳》:"顔師古字籀。"又《藝文志》:"顔師古注《急就章》一卷。"皇象,疑即王象,字義伯,附見《魏志·楊俊傳》。鍾繇字元長,見《魏志》。張懷瓘《書斷》云:"元常隸行入神,草八分入妙。"又云:"衛夫人名鑠,字茂猗,廷尉展之女弟,恒之從女,汝陰太守李矩之妻也。隸書猶善規矩,鍾公、右軍嘗師之。"王會稽謂王羲之。《書斷》云:"逸少隸行草章草飛白五體俱入神,八分入妙。"又云:"張芝字伯英,性好書,尤善章草,又善隸,韋仲將謂之草聖。"索靖字幼安,以善草書知名,見《晋書》列傳。《書苑》云:"杜操善草書,章帝愛之,謂之章草。"《書斷》云:"章草書,漢黄门令史史游所作也。衛恒、李誕並云:'漢初已有草法,不知其誰。'蕭子良云:'章草者漢齊相杜操始變稿法,非也。'王愔云:'元帝時史游作《急就章》,解散隸體粗書之。漢俗簡惰,漸以行之。'是也。"

4.7 前輩云"於"字"必"字無草字。①

4.8 宋袁淑文《廬山公九錫文》:荷槖致餐爾之功,音隨時興爾之智,用不應時爾之鳴,案,"應"當作"廢","鳴"當作"明"。長頰廣額修尾後垂爾之能,是用遣中大夫閭丘廬,加爾大鴻臚班脚大將軍,以揚州之廬江、吉之廬陵、吴之桐廬封爾爲廬山公。《大蘭王九錫文》:太亥十年乙亥十三日丁亥,燕伯使者豪狶,册命大蘭王曰:"咨資豢養於人主,雖無爵而有秩,君之純;封國豕氏,君之美;白蹢彰於周詩,涉波應乎隆象,君之德;長驅直突,陣無全鋒,君之勇。"

【疏證】宋袁淑《俳諧集·廬山公九錫文》曰:"若乃三軍陸邁,糧運艱難,謀臣停算,武夫吟嘆,爾乃長鳴上黨,慷慨應官,崎驅千里,荷

① "草字",古今逸史本、四庫本作"草書"。

囊致餐，用集大勛，歷世不刊，斯實爾之功也。音隨時興，晨夜不默，仰契玄象，俯叶漏刻，應更長鳴，毫分不忒，雖契壺著稱，未足比德，斯又爾之智也。若乃六合昏晦，三辰幽冥，猶憶天時，用不廢聲，斯又爾之明也。青脊絳身，長頭廣額，修尾後垂，巨耳雙磔，斯又爾之形也。嘉麥既熟，實須精麫，負磨迴衡，迅若轉電，惠我衆庶，神祇獲薦，斯又爾之能也。爾有濟師旅之勛，而加之以衆能，是用遣中大夫閭丘廬，加爾使銜勒大鴻臚班脚大將軍、宫亭侯，以揚州之廬江、江州之廬陵、吴國之桐廬、合浦之珠廬，封爾爲廬山公。"又《大蘭王九錫文》："太亥十年九月乙亥朔十三日丁亥，北燕使使者豪豨，册命大蘭王曰：'惟君稟太陰之沉精，標群形於玄質，體肥腯而洪茂，長無心以遊逸，資豢養於人主，雖無爵而有秩，此君之純也。君昔封國殷商，號曰豕氏，業隆當時，名垂後世，此君之美也。白蹢彰於周詩，涉波應乎隆象，歌咏出於人口，經千載而流響，此君之德也。相與野遊，惟君爲雄，顧群數百，自西徂東，俯噴沫則成霧，仰奮鬣則生風，猛毒必噬，有敵必攻，長驅直突，陣無全鋒，此君之勇也。是用封爾爲大蘭王。'"袁淑又有《常山王九命文》曰："及至圖身失所，羈束人間，馴纓服制，惟意所牽。登楹而遨，抱梁而眠。拾摭遺餘，恣口所便。"又有《雞九錫文》曰："維神爵元年，歲在辛酉，八月己酉朔十三日丁酉，帝顓頊遣征西大將軍下雉公王鳳、西中郎將白門侯扁鵲，咨爾浚雞山子，維君天姿英茂，乘機晨鳴，雖風雨之如晦，抗不已之奇聲。今以君爲使持節金西蠻校尉，西河太守。以揚州之會稽，①封君爲會稽公，以前浚雞山子爲君湯沐邑。君其祇承予命。使西海之水如帶，浚雞之山如礪，國以永存，爰及苗裔。""浚山侍郎丁鴻、舍人舃亭男梁鴻、郎中蘇鵲死罪。伏惟君德著朝野，勛加鵷鷟。故天王鳳皇，特錫位封，令鳳鵲等在柏外，顒時拜受，不勝欣豫之情，謹詣栖下以聞。"案，魏晋以來，九錫之禮濫成故事，故袁氏作辭以諷之也。

---

① "以揚州"，"以"字原脱，據《藝文類聚》卷九一引袁淑《俳諧記》補。

4.9　宣父因禱尼山得名丘，字仲尼。子名鯉，字伯魚，史鰌亦字子魚。冉耕字伯牛，如鬥穀於菟之類，黑臀、杵臼之類甚多。

【疏證】孔聖亦曰宣尼，見《風俗通·窮通》，亦曰孔宣，見劉知幾《史通·鑒識》，亦曰宣聖，見《通考·宋常秩冕服議》。案唐明皇開元二十七年追謚孔子爲文宣王，宋大中祥符元年追謚玄聖文宣王，五年以國諱改謚至聖文宣王，故李氏謂孔子爲宣父也。聖父叔梁紇，母顔氏名徵在，禱於尼丘而生孔子，故名丘，字仲尼。或曰首類尼丘山圩頂，因名丘，字仲尼，非也。孔子有庶兄孟皮，故曰仲。《家語》："孔子取宋亓官氏之女，一歲而生伯魚。伯魚之生也，魯昭公遺之鯉魚，夫子榮君之賜，因以名其子爲鯉也。"史鰌，衛大夫，字子魚。案魯公子奚斯，楚公子魴，衛祝鮀，衛庾公差，俱字子魚。冉耕，孔子弟子，魯人，字伯牛，取耕田合耦之義。楚鬥穀於菟，字子文。《春秋宣公四年傳》："鬥伯比淫於䢵子之女，生子文，棄諸夢中，虎乳之。夫人以告，遂使收之。楚人謂乳穀，謂虎於菟，故命之曰鬥穀於菟。"案，於菟，虎文貌，故字子文。黑臀，晋成公名。又陳宣公、宋昭公、齊景公俱名杵臼。又晋趙朔客有公孫杵臼。

4.10　宋齊丘乃字超回，不自量如此。孟軻、莊周，其字不傳。或云軻字子輿，周字子休，皆後人以意取之耳。

【疏證】孟子名軻，見《孟子》。字子居，見《孔叢·雜訓》注。顔師古《急就篇》注："孟子居貧轗軻，故名軻，字子居。"見《御覽》三百六十三引《聖證論》。亦曰子車，見《孔叢·雜訓》本書。亦曰子輿，見虞世南《北堂書鈔》引《孟軻傳》、《荀子·非十二子》注、《文選·劉峻〈辨命論〉》及注引《傅子》。《困學紀聞》八云："孟子字未聞。以字子居、子車、子輿，疑皆附會。"翁元圻注引唐林寶《姓纂》"孟子字子展"，誤。莊周字子休，見陸德明《釋文·敘録》。

4.11 東漢無複名。或云王莽之禁，沿襲所致。

【疏證】案古人簡直，不尚複名，如堯、舜、禹、湯、文、武、周、孔俱係單名。即如七十子之徒，其複名無幾可驗也。王觀國《學林》云："《後漢書》人名惟一字，無以二字爲名者。觀國按，《前漢·匈奴傳》曰：'漢造設四條，遣中郎將王駿、王昌、副大尉甄阜、王尋使匈奴，班四條與單于，令奉行。時王莽奏令中國不得有二名，因使使者以風單于，宜上書慕化，爲一名，漢必加厚賞。單于從之，上書言：幸得修藩臣，竊樂太平聖制，臣故名囊知牙斯，今謹更名曰知。莽大説，白太后，遣使者答諭，厚賞賜焉。'又《前漢·王莽傳》曰：'莽念中國已平，惟四夷未有異，乃遣使者齎黄金幣帛，重賂匈奴單于，使上書，言聞中國譏二名，故名囊知牙斯，令更名知。慕從聖制。'由此觀之，則是平帝時，莽奏中國不得有二名。故後漢人皆以一字爲名也。莽雖篡敗，光武中興，而漢制則不改，故終後漢之世，人惟一字名也。"胡應麟《史書佔畢》云："世率以東漢無二名者，亦不盡爾。第以不甚顯，故人罕知。余讀《後漢書》及《通鑑》，得數十人，識於後：西門君惠、王莽時勸劉秀反者，見《鑑》。丘靈舉、見《王柔傳》注。力子都、莽時群盜，東海人。劉文伯、即盧芳也。劉子輿、即王郎也。劉俠卿、劉盆子，嘗爲俠卿牧羊。鄧仲覽、延岑將，見《鑑·建武五年》。周嬰曰：按《蘇竟傳》作鄧仲況。遲昭平、平原女子，見《鑑·王莽地節元年》。儲大伯、光武大夫，説鮑永者。焦仲卿、見《樂府》。彭子厚、彭寵侄。彭蘭卿、亦彭寵侄，并見《後漢書·寵傳》。周嬰曰：按《後漢書》：帝遣寵從弟子后蘭卿往喻寵，寵留子后蘭卿，遂反。又云：寵疑子后蘭卿質漢歸，故不信之。又云：記告城門將軍，令遣子密至子后蘭卿所。又云：其尚書以子后蘭卿爲將軍。子后蘭卿，蓋止一人，又寵弟也。文穎解"卿子冠軍"曰："卿子，時人相褒尊之辭，猶言公子也。""子后"蓋"卿子"之類，蘭卿，其字耳。子后，亦非"子厚"。劉盆子、蘇不韋、見《蘇章傳》。費長房、蘇子訓、謝夷吾、樊志章、薊子勛、王和平、並見《方術傳》。曹世叔、曹大家夫。劉長卿、妻見《列女》。陳文矩、見《列女》，類李氏夫。按傳是程文矩。衡案，周氏《卮林》辯正胡氏之誤有云"嬰按"者，即周氏語，其有止云"按"及"孫云"者，又補周氏之所不及也。今悉照原書采録。衛仲道、蔡琰先適夫，見《董祀妻傳》。劉騊駼、見《文苑・劉珍傳》。卿仲遼、見《黄香傳》。叔孫無忌、見《方術・趙彦傳》。魯女生、附《華佗傳》。泠壽光、附《華佗傳》。周嬰按，靈壽光，扶風人，不作冷。衡案，"冷"當作"泠"。劉景宗、見《華佗别傳》，附《後漢書・佗傳》注中。案，景宗，廣陵人，青龍中山陽太守。東郭延年、見《甘始傳》。封君達、同上。周嬰按，《神仙傳》：封衡，字君達。矦子道、見《嚴光傳》注。韓怡休、韓伯休名，見《矦傳》。謝季孝、見《戴良傳》。虞都尉、漁陽大姓，見《馮魴傳》。韓仲伯、見《李憙傳》。李子春、同上。曹破石、節弟，見《傳》。李曼卿、識命者，見《王郎傳》。董次仲、檀鄉賊帥，並下俱見《光武紀》注。士師郎、獲索賊帥。周嬰按，郎姓右師亦非士。梁安國、統孫，附《傳》。梁伯玉、翼子，附《傳》。梁不疑、翼弟。鄭居業、衆之曾孫，附傳。嬰按，鄭泰，字公業，衆之曾孫，自有《傳》。謝曼卿、見《賈逵傳》。桓元卿、見《桓榮傳》。劉能卿、見《更始傳》。李子雲、見《逢萌傳》。馬伯濟、武兄，附《傳》。成翊世、見《杜根傳》。尹不移、《單超傳》。徐匡鈎、《吴良傳》。嬰按，《後漢書》："信陽矦陰干突禁衛，①車府令徐匡鈎就車，收御者送獄。詔書遣匡，匡乃自繫。"注曰："鈎，留也。"嬰謂車府令皆執戟守宫，匡蓋以兵鈎挂其車。《占畢》讀爲"匡鈎"，何由成語？且下文稱匡名者不一，以"匡鈎"爲名，亦可笑事也。戴次公、《黄昌傳》。伏無忌、見《後漢書序》。董奉德、《任末傳》。令狐子伯、《王霸妻傳》。楊光憲、《鄭弘傳》。周嬰按，《弘傳》："洛陽令楊光，憲之賓客。"憲者，竇憲也。洛陽令，楊光耳。叔先泥和、列女叔先雄父。韓伯高、見《儒林・薛漢傳》。澹臺敬伯、同上。孔彦長、見《孔僖傳》，又弟彦伯。任文公、見《方術傳》，又父文孫。張伯路、見《左雄傳》。劉文松、同上。嬰按，劉文河在《法雄傳》及《安帝紀》。甄子然、見《孔融傳》。臨孝存、同上。衡案，周嬰《卮林》以《孔融傳》作"臨孝行"，駁辨胡氏之説，其説非是，故不録。郝孟節、附《方術・王真傳》。嬰按，《博物志》：郄儉，字孟節，陽城人。蘇伯阿、見《光武紀》末史論。王君公、避世牆東者。嬰按，《聖賢群輔

---

① 整理者按，"信陽矦陰干突禁衛"，今本《後漢書・吴良傳》"陰"下有"就"字。

録》引嵇康《高士傳》曰：平原王遵，字君公。樂羊子、見《列女傳》。羊子，名也。解奴辜、方術有《傳》，並下二人俱附見。麯聖卿、壽光侯、壽，姓也。則光侯當爲名。編盲意、嚴彭祖、見《儒林·董鈞傳》。顔安樂、同上。嬰按，《前漢書》：嚴彭祖，字公子，下邳人。與顔安樂俱事眭孟。彭祖爲宣帝博士，至左馮翊。顔安樂，薛人，官至齊郡太寺丞。二人之去東京遠矣。王延壽、文考賦靈光者。馬日磾、與蔡邕同時。蔡少公、《鄧晨傳》。鄭安世、《來歙傳》。劉少公、劉永弟，見傳首。樊巨公、見《劉縯傳》。駿馬少伯、見《盧芳傳》。按傳作"駁"，非"駿"。劉弘世、先主父。嬰按《蜀志》："先主祖雄，父弘，世仕州郡。雄舉孝廉，官至范令。"《華陽國志》亦云"父弘"。此云世者，蓋累世也。若讀爲"弘世"，乃可先言子仕州郡，而後紀父孝廉爲縣令乎？友通期。梁冀妾，見傳。嬰按，《漢紀》：美人姓友，字通期。"衡案，莆田周方叔嬰《卮林》九既駁胡氏之誤，又補東漢遺人云："宗室劉歸生、營陵侯，更始中爲兵所殺。《漢書·燕王傳》。劉它人、伯升孫，下博侯。劉元壽、廣陵思王子。劉千秋、明帝孫，新平侯。劉無忌、伯升曾孫，封齊王。劉萬歲、和帝弟，廣宗王。劉阿奴、彭城靖王子，竹邑侯。劉伏胡、改封樂安王。劉常保、清河王慶弟，封廣川王。劉安國、陳敬王孫，耕亭侯，與濟北王安國各一人。劉虎威、清河王慶子。劉延平。樂安王寵子，封清河王。孫云：元壽、萬歲、安國、延平，皆元瑞所已言者。庶姓田終術、莽長安令。張長叔、俱洛陽人，莽羲和命士。《食貨志》。韓持弓、龍頟侯，莽敗乃絶。《韓王信傳》。國遊光、隗囂拒蜀侯。《漢紀》。言城生、吴人，劉聖公時武當都尉。《真誥》。楊子阿、《馬援表》。王元才、王興子，王武封北平侯。[1] 王益才、安喜侯。王顯才、蒲陰侯。王仲才、新市侯。王季才、唐侯。所謂中山五侯也。《河北記》。張仲師、潁川人，長一丈二寸。鄒伯奇、東番。周長生、會稽人，作《洞曆》。袁文術、臨淮人。龐少都、陳留人。董仲綬、東成令。蔡伯偕、扶風人。張孟嘗、鬱林太守。李子長、大理。以上俱《論衡》。孫云：所引《論衡》九人，似俱似字非名。又云：《論衡》本文云：李子長爲政，不云大理。劉廣世、作《七興》。陳正叔、魯國人，光武時太官令。

---

① 整理者按，"王武封北平侯"，今本《卮林》卷十"王武"作"光武"，當是。

謝承《後漢書》載。孫云:疑是字非名。李仲房、《馮衍傳》。杜子春、緱氏人,永平初年九十,注《周禮》。黎伯卿、《吴漢傳》。王堅石、《王梁傳》。耿文金、《耿況孫》。耿無禁、弇曾孫。陰萬全、陰興曾孫。鄧廣德、訓孫。鄧甫德、廣德弟。鄧廣宗、悝子。竇萬全、融曾孫。竇會宗、萬全子。右師細君、《包咸傳》。鄭石讐、宦者,鄭衆曾孫。夏長思、《李章傳》。魏伯陽、會稽人。徐景休、青州從事。淳于叔通、俱《參同契》。薛安期、侍御史。《唐書·世系表》。郅伯夷、惲孫。張漢直、俱《風俗通》。李文德、越巂太守。《延篤傳》。諶仲文、字亹漢,荆州刺史。《豫章記》。皋伯通、字奉卿,漢議郎。《吴地記》。劉智茂、延熹時。《五行志》。薛山塗、安期孫,馬邑都尉。鄭子賤、《李固傳》。《華陽國志》作"趙子賤"。夷長公、《趙孝傳》。楊春卿、鄭伯山、《楊厚傳》。陳堅卿、元子。虞長卿、湖陽大姓,見《馮魴傳》。鄧荆鳳、彪弟。劉千秋、安帝時越騎校尉。樊長孫、《百官志》。鄧萬世、河南尹。《陳蕃傳》。羊元群、《黨錮傳》。范延壽、廷尉。謝承書。杜季貢、漢陽人。吕叔都、並《西羌傳》。劉德升、字君嗣,潁川人。桓靈世以行書擅名。《書斷》。郭伯道、《書品》。師宜官、南陽人。薛文伯、山塗孫,龍丘令。張曼成、黄巾,《朱儁傳》。張子禁、桓帝美人,外親《襄楷傳》。傅道流、北地人,靈帝殿中將軍。劉道恭、張兆期、皆後漢時人,學道在王屋山。張禮正、漢末在衡山。俱《真誥》。張平仲、盧奴人,光和中上谷太守。劉定興、蕭縣人,熹平時。俱《水經注》。張季札、陳留人,《劉翊傳》。孫云:按《劉翊傳》是"季禮","札"字誤。亦是陳國,非陳留人。董彦興、橋玄時卜術士。《風俗通》。成武丁、桂陽人。虞偉高、《何顒傳》。蘇正和、武都人,《蓋勛傳》。辛玄子、字延期,隴西人,漢明帝時諫議大夫。《真誥》。范幼冲、漢尚書郎。《真誥》。周文光、安帝時平原賊。趙安世、魯相。《郭恭傳》。廖孟舉、廖偉舉、扶子。石敬平、《戴封傳》。張道陵、《神仙傳》。趙商子、字子聲,河内温人。博學有秀才。鄭玄自序。孫云:趙商見《鄭志》,"子"字衍。張孟成、肥如侯。《唐·世系表》。張恭祖、東郡人。《鄭玄傳》。蔣子文、廣陵人,漢末秣陵尉。《搜神記》。樂長治、咸陽人,桓帝中書郎。《真誥》。左喬雲、綿竹人。楊文芳、武陽人,漢中太守。王延世、字長叔,資中人,光禄大夫。張亮則、字元修,南鄭人。靈帝時牂牁太守。劉巨公、大鴻臚，南鄭人。秦宜禄、秦朗父，吕布將。《獻帝傳》。侯武陽、《焦先傳》。史堅元、陳留人。相仲華、東郡人，並陶謙時名士。袁元長、紹族。袁春卿、元長子，魏郡太守。《魏志·董昭傳》。崔巨業、眭元進、鮮于仲簡、韓莒子、吕威璜、俱袁紹將。《曹瞞傳》。劉緯雲、卜師。李移子、販繒。樂何當、賈人。並公孫瓚客。《英雄記》。東方安世、漢末彈棋工。《典論》。傅石甫、《隋·經籍志》。劉武良、建安時石工。《樊敏碑》。劉雄鳴、藍田人，建安中小將。《魏略》。周不疑、字元直，零陵人。《先賢傳》。龐德公、字尚長，見《宋書》。王偉卿、長安令。《華陽國志》。張遷壽、漢穀城長，東平有碑。趙建章、河南人，年十二拜童子郎。《臧洪傳》。李相如、隴西太守。董君雅、卓父。北宫伯玉、湟中義從。《董卓傳》。崔元平、太尉烈孫，州平兄。梁祚《魏國統》。韓子方、學士僰道人。郝伯都、列士，閬中人。婦人郭聖通、郭后諱。陰麗華、陰后諱。劉義王、武陽公主。劉中禮、涅陽公主。劉紅夫、館陶公主。俱世祖女。劉小姬、平皋公主。劉小迎、樂平公主。劉小民、成安公主。俱肅宗女。劉侍男、涅陽長公主。劉别得、舞陽長公主。劉久長、濮陽長公主。劉直得、平陽長公主。並清河孝王女弟。劉成男、冠軍長公主，順帝女。梁女瑩、桓帝后。馬宗姜、敦女。李羽生、中山簡王婢。《樂成王傳》。胡金盈、胡廣女。《蔡邕傳》。劉泰瑛、劉巨公女，楊元珍母。韓樹南、趙子賤妻。楊禮珪、元珍女。張禮修、趙伯高婦。杜泰姬、南鄭人趙宣母。陳順謙、陳惠謙、張亮則妻。曹貞玦、字瓊玉，牛鞞人。俱《華陽國志》。黄景華、司空黄瓊女。周爰支、安成人，河南尹周暢女。趙素臺、幽州刺史趙熙女。竇瓊英、武妹。趙愛兒、劉虞别駕漁陽趙該妹。張桃枝、沛人，司隸校尉朱寓母。張姜子、西州人張濟妹。郭芍藥、度遼將軍郭賽女。俱《真誥》。張玉蘭。張衡靈真女。《集仙録》。"衡案，元瑞又集得三國時二名者二十八人，周嬰刊其誤者八人，周氏又於胡氏外補三國時二名四十八人，又婦人二名十六人，兹不録。又案，谢承《後漢書》有路仲翁、許季長、廣漢儒、晋文經數人，俱是雙名。胡氏周氏所録，多有以字混作名者。又案，

《野客叢載》兩字名有郭延年,字之□又有。[①]

4.12 “不可”爲“叵”,“如是”爲“爾”,“而已”爲“耳”,“之乎”爲“諸”,西域二合之音,切字之原也。

【疏證】《夢溪筆談》:“切韻之學,本於西域。漢人訓字,止曰讀如某字,未用反切。然古語已有二聲合爲一字者,如‘不可’爲‘叵’,‘何不’爲‘盍’,‘如是’爲‘爾’,‘而已’爲‘耳’,‘之乎’爲‘諸’之類,似西域二合之音,蓋切字之原也。”又《容齋三筆》:“世人語音有以切脚而稱者,亦間見之於史書中。如以‘蓬’爲‘勃籠’,‘盤’爲‘勃闌’,‘鐸’爲‘突落’,‘叵’爲‘不可’,‘團’爲‘突欒’,‘鉦’爲‘丁寧’,‘頂’爲‘滴顂’,‘角’爲‘矻落’,‘蒲’爲‘勃盧’,‘精’爲‘即零’,‘螳’爲‘突郎’,‘諸’爲‘之乎’,‘旁’爲‘布朗’,‘茨’爲‘蒺藜’,‘圈’爲‘屈欒’,‘錮’爲‘骨露’,‘窠’爲‘突駝’是也。”衡案,此外尚有“筆”爲“不律”,“鄒”爲“邾婁”,“披”爲“勃鞮”,“木”爲“彌牟”,“殖”爲“舌職”,“穀”爲“句瀆”,“胥”爲“勃蘇”,“虎”爲“於菟”,“禘”爲“大祭”,“韠”爲“蔽膝”,“貍”爲“不來”,“芎”爲“鞠窮”,“椎”爲“終葵”,“那”爲“奈何”,“老”爲“潦倒”,“癃”爲“龍鍾”,“曲”爲“屈律”,“孔”爲“窟籠”,“衕”爲“衚衕”,“擺”爲“不乃”之類。

4.13 絳州碧落觀,天尊相高丈餘。唐龍朔中,刺史李諶爲母氏太妃追薦所造。上有篆文,老黄冠云:李使君,高宗之子。有二道士求篆此文,閉户篆畢,化爲二白鴿飛去。餘一及字,欠一畫。李陽冰學篆,凡十二年,終不得其妙。

4.14 明皇獲二十七仙玉像於寧州羅川縣金華洞,奇偉

① 案,“之”下一字難辨,疑似“游”字。又此處句義未完。

異狀，各各不同。内有心星一坐，甚美，手板復有明致御名，其地屬互可思，並其人已百歲。衡案，語有訛誤。汪本並作“莊”。後置真寧觀，改羅川爲真寧縣。今有《玉象圖》傳於世。

【疏證】《太平寰宇記》：“關西道寧州貞寧縣通聖觀，唐開元二十三年八月玄宗夢群星現於羅底，乃詔訪焉。於彭原羅川縣東王堡村底家莊，有一老人，引使者至洞口，見一白兔入穴，遂掘得二十七仙，並玉石之像，各題名姓得道去處，並老人亦一仙之數，以應二十八宿。仍於本縣置觀曰通聖，别塑真容，改縣曰貞寧。”又案《太平廣記》二十九引《神仙感遇傳》云：“唐開元中，玄宗皇帝晝景晏居，昏然思寐。夢二十七仙人云：‘我等二十八宿也，一人寓直在天不下，我等寄羅底間三年矣。與陛下鎮護國界，不令戎虜侵邊。衆仙每易形混迹遊處耳。’既寤，敕天下山川郡縣有羅底字處訪之，竟不能得。他夕又夢云‘有音樂處是也’，乃詔訪焉。於寧州東南五里，有地名羅川，川上有縣，縣以川名，有羅州山，相傳有洞穴，而翳薈不通，樵牧者聞音樂之聲。詔使尋之，久而不見，忽有白兔出於林中，徑入崖下，尋所入而得嵌竇焉。石室寬博，中有石像二十七真，得之以進。乃於内殿設位，晨夕焚香，躬自瞻謁，命夾紵工作二十七像，送於本洞。於其處置通聖觀，改縣爲真寧以旌之，賜寶香及爐，爐今猶在。”①

4.15　乾元末，肅宗獲十三寶於楚州，改元寶應。

【疏證】《舊唐書·肅宗紀》：“上元三年，建巳月庚戌朔壬子，楚州刺史崔侁獻定國寶玉十三枚，一曰元黄天符，二曰玉雞毛，三曰榖璧，四曰西王母玉環，五曰碧色寶，六曰如意寶珠，七曰紅靺鞨，八曰琅玕珠，九曰玉玦，十曰玉印，十一曰皇后采桑鈎，十二曰雷公石斧。《五行

---

① 此條有眉批，其眉批與疏證文自“《太平廣記》二十九引《神仙感遇傳》云”至“爐今猶在”全同，“猶在”下有“後著作郎東門諳爲贊序以紀之”十三字。

志》云：十三缺。十三寶置於日中，皆白氣連天。佽表云：'楚州寺尼真如，恍惚上升，見天帝授以十三寶曰：中國有災，宜以第二寶鎮之。甲寅太上皇崩，上哀悸，因兹大漸。乙丑詔皇太子監國，又曰上天降寶，獻自楚州，因以體元，叶乎五紀，其元年宜改爲寶應。'"《五行志》云："時肅宗方不豫，以爲瑞，乃改元寶應。"又《地理志》云："肅宗上元三年建巳月，於安宜縣得定國寶十三枚，因改元寶應，仍改安宜爲寶應。"又唐刺史鄭略《寶應録》云："時肅宗寢疾方甚，視寶促召代宗，謂曰：'汝自楚王爲皇太子，今上天賜寶，獲於楚州，天許汝也，宜保愛之。'代宗再拜受賜。以得寶之故，即日改爲寶應元年。"衡案，乾元在上元前，李氏誤記。唐楚州安宜縣，今江蘇揚州府屬寶應縣。

4.16 天寶中，大宛進汗血馬六匹，一曰紅叱撥，二曰紫叱撥，三曰青叱撥，四曰黄叱撥，五曰丁香叱撥，六曰桃花叱撥。上乃製名曰紅輦，曰紫玉輦，曰平山輦，曰淩雲輦，曰飛香輦，曰百花輦。後幸蜀，以平山、淩雲爲讖。①

【疏證】此見秦再思《紀異録》。

4.17 《西京雜記》："漢文自代還，有良馬九匹，皆天下駿也。一浮雲，二赤電，三絶群，四逸驃，五紫燕，六緑驪，七龍子，八驎駒，九絶塵，號九逸。舊聯上爲一條。

【疏證】見《西京雜記》。

4.18 《易林》曰："巽爲雞。雞鳴時節，②家樂無憂。"

【疏證】《初學記》二十八引《易林》同。

---

① 古今逸史本、四庫本此處不分條。
② "時節"，古今逸史本、四庫本作"節時"。

4.19　《皇覽》曰:"蚩尤冢在東郡壽張縣闞鄉城中,高七尺,常十月祠之。有赤氣出如絳,名爲蚩尤旗。"《史記集解·五帝紀》引《皇覽》云:蚩尤冢在東平郡壽張縣闞鄉城中,高七尺,民常十月祀之。有赤氣出如匹絳帛,民名爲蚩尤旗。

【疏證】此條見《水經·濟水》注。案《魏志·劉劭傳》:"文帝好學,劭等受詔,集五經群書,以類相從,凡千餘篇,號曰《皇覽》。"又《魏略》曰:"常侍王象受詔撰《皇覽》,領秘書監。"《後漢·郡國志》:"東平國壽張有堂聚,故聚屬東郡。"注:"《地道記》曰:有蚩尤祠。《皇覽》曰:蚩尤冢在縣闞城中,高五丈。"衡案,高五丈之説疑誤。《路史·蚩尤傳》注引《皇覽·冢墓記》云"高七尺",與此志同,當從之。《太平寰宇記》:"河南道鄆州中都縣古闞城,《皇覽·冢墓記》云:'鄆州壽張縣闞城中有蚩尤冢。支體異葬也,故此亦有冢焉。常以十月有氣如匹絳,自上屬下,號曰蚩尤旗。'"案闞城今屬濟寧鉅野。全祖望《經史問答》云:"蚩尤爲黄帝造兵,自是作者之聖,豈有倡亂之理?而阪泉之戰,則古來傳記俱有之。愚疑造兵之蚩尤是一人,阪泉倡亂之蚩尤又是一人。蓋皇帝在位久,故其後有聞蚩尤之名而即爲名者,以之弄兵惑衆,如古來作射之人名羿,而有窮之君亦以爲名,此其證也。後世所祭,則造兵之蚩尤,非阪泉倡亂之蚩尤也。且造兵之蚩尤冢在壽張,見於《皇覽》,而阪泉倡亂之蚩尤死於涿鹿,誰爲遠道葬之壽張者乎?是亦可見蚩尤之有二人。"

4.20　穀城西流泉西北入清水域,西北三里有項羽冢,石碣猶存。題云"項王之墓"。《皇覽》謂"去縣十五里",謬也。彭城穀陽城西南又有項羽冢,《水經》謂爲非。魯爲楚守,漢王以羽首示魯乃降,遂以魯公禮葬羽於穀城。以穀陽城、穀城二冢,得非身首異處乎?《皇覽》曰:"山陽鉅澤縣有肩髀冢。黄帝殺蚩尤,身首異處,故别葬,亦二冢也。"

【疏證】《史記·項羽本紀》:"項羽已死,楚地皆降漢,獨魯不下。乃持項羽頭示魯,魯父兄乃降。始楚懷王初封項籍爲魯公,及其死,魯最後下,故以魯公禮葬項王穀城。"集解引《皇覽》曰:"項羽冢在東郡穀城東,去縣十五里。"《水經》:"濟水又北,過穀城西。"酈注:"又西北入清水城,西北三里有項王羽之冢,半許毁壞,石碣尚存,題云項王之墓。皇覽云冢去縣十五里,謬也。今彭城穀陽城西,又有項羽冢,非也。余案史遷記,'魯爲楚守,漢王示羽首乃降,遂以魯公禮葬羽於穀城',寧得言彼也。"《太平寰宇記·河南道宿州蘄縣》:"項羽墓在縣東七十里。漢高祖以魯公禮葬於穀城,今濟北穀城有項羽冢,此又有墓。案《漢紀》:斬羽東城,楚悉定,獨魯不下,乃持羽頭示其父兄,魯乃降,故以魯公禮葬羽於穀城。《羽傳》云:陽喜等五人各分其體,豈此葬其體,穀城葬其頭也?"又《水經·濟水》注引《皇覽》曰:"山陽鉅澤縣有肩髀冢,重聚大小與闞冢等。傳言蚩尤與黄帝戰,剋之於涿鹿之野,身體異處,故别葬焉。"又引見《史記·五帝紀》集解。又《路史·蚩尤傳》"身首異處"注。今正冢在臨河壽張,而肩髀冢在鉅野縣東北九里,高三丈。《皇覽·冢墓記》云:"肩髀冢在山陽郡鉅野縣。"《寰宇記》云:"齊之鉅野有蚩尤墓,乃肩髀冢。"衡案,穀城,今山東泰安府東阿縣。彭城,今江蘇徐州府。鉅澤即鉅野,今屬山東曹州府。又案,蚩尤兄弟八十一人,此語雖屬不經,然亦可見族姓之繁,疑肩髀冢乃是葬其兄弟,非必如項羽之支體各分爲五也。

4.21　濟水東北,濼水出焉。濼水出歷縣,舊水涌若輪,[①]齊侯會於濼是也。有舜妃廟,對山有舜祠、舜井,舜耕歷山亦云在此。蒲坂縣西有歷觀,舜所耕歷山,有舜井。潙

---

① "歷縣舊",四庫本作"歷城舊縣"。

汭二水，山上有舜廟。周處《風土記》曰："舜葬上虞，耕處即始寧、剡二縣，山下多柞木。吴越之間名柞爲櫪，故曰歷山。"二説一以濼爲歷，一以櫪爲歷，未知孰是。皆酈道元説。

【疏證】《水經》："濟水又東，濼水出焉。"酈注："濼水出歷縣故城西南泉源上，舊水涌若輪。《春秋·桓公十八年》'公會齊侯於濼'是也，俗謂之娥英水也。以泉源有舜妃娥英廟故也。城南對山，山上有舜祠，山下有大穴，謂之舜井，抑亦茅山禹井之比矣。《書》舜耕歷山，亦云在此，所未詳也。"又《水經》"河水南過蒲阪縣南"酈注："郡南有歷山，謂之歷觀，舜所耕處也。有舜井，嬀、汭二水出焉，南曰嬀水，北曰汭水，乃徑歷山下，上有舜廟。周處《風土記》曰：'舊説舜葬上虞。'又記云：'耕於歷山，而始寧、剡二界上，舜耕田於山下，多柞樹，吴越之間名柞爲櫪，故曰歷山。'余疑周處此記多不近情，傳疑則可，證實非矣。安可假木異名，附山殊稱？强引大舜，既比寧懷，更爲失志記之本體，差實録之常經矣。"衡案，舜耕歷山，定在蒲坂，酈氏已闢周説。何李氏引道元説，而猶作兩可之辭也？

4.22 牧靡縣因草得名。牧靡可以解毒，①鳥多誤食烏喙，口中毒，必急飛往牧靡山，啄牧靡以解毒。

【疏證】《水經·若水》注："繩水又東，涂水注之。水出郡之牧靡縣南山。縣山並即草以立名，山在縣東北烏句山南五百里。山生牧靡，可以解毒。百卉方盛，鳥多誤食烏喙，口中毒，必急飛往牧靡山，啄牧靡以解毒也。"説又見《酉陽雜俎·廣動植四》。李時珍曰："牧靡不知何藥。"衡案《漢書·地理志》益州郡"收靡"注引李奇曰："靡音

① "牧靡可以"上，古今逸史本、四庫本並有"生"字。

麻，即升麻，殺毒。”又《後漢・郡國志》益州郡“牧靡”注引李奇曰：“靡音麻，出升麻。”又案《太平廣記》四百八引《感應經》云：“有牧麻草，大毒，有此草，值風吹其氣，所至則數里内稻皆即死。李淳風云：其汁本清，得水則稠，見日則濕，入蔭即乾，在夏欲凉，在冬欲温。”衡案，《感應經》説不可據。又案，牧靡即《山海經・大荒南經》壽麻之國，又即《王會解》之州靡。“州”“壽”一聲之轉，“靡”即“麻”。《地理志》作“收靡”，“收”“州”音相近。至《郡國》作“牧靡”，“牧”與“收”以字形相似而誤也。《水經》之建寧郡，蜀漢方置，在今雲南省。

4.23　馬出越睒之西，若羔，紐莎縻之粉米飲之，七歲可御，日馳數百里。

【疏證】《唐書・南蠻傳》：“越睒之西，多薦草，産善馬，世稱越睒駿。始生若羔，歲中紐莎縻之飲以米瀋，七年可御，日馳數百里。”

4.24　《東觀漢記》：王阜爲益州太守，神馬四出滇河中。魏末有神馬夜過官牧，迹大如斗，入河水中。

【疏證】《華陽國志》：“章帝元和二年，蜀郡王阜爲益州郡太守，治化尤異，神馬四匹出滇池河中。”

4.25　《真誥》：金陵古名之爲伏龍之地，句曲山秦時爲句金之壇，以積金山得名，山生黄金。漢靈帝詔采句曲之金，以充武庫。孫權遣宿衛人采金，屯伏龍之地，因改名金陵。陶弘景云：大茅山尚有數坑，名金井。山之近東諸處，碎石往往皆有金砂。《真誥》又云：水色白都不學道，飲此水亦令人壽。亦金津液之所漑耶。

4.26 岡山有穴，通大句曲山，有石腦在方山下。石腦故如石，但小斑色而軟，形狀圓小如層，[①]衡案，“層”字疑誤。色似鐘乳。李整昔有風疾，先多房事，服此乃愈。

【疏證】《北史》：“龜兹國北大山中，有如膏者，流出成川，數里入地，如醍醐，服之齒髮已落者能令更生，病人服之皆愈。”《玉芝堂談薈》二十四引《高奴縣志》云：“縣北有石油井，井出石油，六月取之，塗身體能已瘡疾。”此石腦大率類此。

4.27 豫章城南門曰松陽門，門内有樟，高七丈五尺，大二十五圍，垂蔭數畝。《漢官儀》曰：“豫章郡樹生庭中，因以爲名。”

【疏證】《水經・贛水》注：“豫章城之南門曰松陽門，門内有樟，樹高七丈五尺，大二十五圍，枝葉扶疏，垂蔭數畝。應劭《漢官儀》曰：‘豫章郡樹生庭中，故以名郡矣。’此樹嘗中枯，逮晋永嘉中，一旦更茂，豐蔚如初，咸以爲中宗之祥也。”

4.28 劉歆云：湖漢等九水入彭蠡，因言九江。

【疏證】徐文靖《管城碩記》卷三：“按《漢志》曰：豫章郡，鄱陽鄱水，餘汗餘水，艾縣修水，新淦淦水，南城盱水，建成蜀水，宜春南水，南野彭水，並入湖漢，湖漢水東至彭澤入江。《太康地記》曰：‘九江劉歆以爲湖漢九水入彭蠡澤也。’《漢志》又曰：廬江郡尋陽，《禹貢》九江在南。應劭曰：‘江自尋陽分爲九道，今彭蠡湖口所入之江，即尋陽江也。’”又卷二十九引方以智《通雅》曰：“《漢志》豫章彭蠡縣注云：《禹貢》彭蠡澤在其西，餘則言水入湖漢者八，入大江者一。而湖漢一水，則又自雩都東至彭澤入江。《山海經》言入江彭澤西者，本謂徑彭蠡

---

① “層”，四庫本作“甑”。

縣西而入江耳。《漢志》不知湖漢之即爲彭蠡，又不知入江者，亦瀦於彭蠡，又不知湖漢之爲湖，則皆承《禹貢》之衍疑而弗深考也。文靖案《太康地記》曰：‘劉歆以爲湖漢九水入彭蠡，則彭蠡之非即湖漢可知矣。’《水經注》曰：‘《山海經》：贛水出聶都山，東北流注於江，入彭澤西。班固稱南野縣，彭水所發，東入湖漢者也。《地志》豫章水出贛縣西南而北入江，蓋控引衆流，總成一川。’‘故《後漢·郡國志》曰：贛有豫章水，’‘水導源東北，流徑南野縣北，又徑贛縣右會湖漢水，水出雩都縣，導源西北流徑金雞石，又西北徑贛縣東，西入豫章水也。’據酈注，湖漢水出雩都縣，蓋湖漢一名章水，水出縣之聶都山，至贛而合於貢水，以章、貢合流，故又爲贛水也。水出雩都至彭澤入江，行千九百八十里，其行最遠，故湖漢所經之處，至南野則彭水東入焉，至新淦則南水東入，淦水西入焉，至南昌則蜀水東入，旴水西北入焉，彭澤則修水東北入焉，鄡陽則餘水東北入焉，鄱陽則鄱水西入焉。入者凡八，然後總入於大江。《山海經》謂之贛水，《漢志》謂之湖漢水，入江彭澤西，即《禹貢》彭蠡澤也。若以《山海經》之入江彭澤西，爲彭蠡縣，禹益時豈有縣乎？《山海經》又言廬江出三天子都，入江彭澤西，其不爲彭蠡縣可知，安得謂湖漢即彭蠡湖，而《漢志》有不知也。又全祖望《鮚埼亭集》曰：‘《郡國志》云：贛有豫章水。雷次宗云：十川均流，此源最遠。善長亦云贛水總納十川。案漢豫章郡贛縣下云：豫章水出西南，北入大江。雩都縣下云：湖漢水東至彭澤入江，行千九百八十里，即注所謂豫章水右會湖漢水者也，其十川。《漢志》南野縣下云：彭水東入湖漢。長安國安成縣下云：廬水東至廬陵，入湖漢。宜春縣下云：南水至新淦入湖漢。新淦縣下，應劭曰：淦水所出西入湖漢。南城縣下云：旴水西北至南昌入湖漢。建成縣下云：蜀水東至南昌入湖漢。餘汗縣下云：餘水在北，至鄡陽入湖漢。鄱陽縣下云：鄱水西入湖漢。艾縣下云：修水東北至彭澤入湖漢。行六百六十里，蓋十州者，合湖漢之經流而爲十也。”

4.29　沫水出廣柔徼外，有石紐鄉，禹所生也。生，舊作“至”，今改正。

【疏證】《水經》“沫水出廣柔徼外”酈注：“縣有石紐鄉，禹所生也。今夷人共營之。地方百里，不敢居牧，有罪逃野，捕之者不敢逼，能藏三年不爲人得，則共原之，言大禹之神所祐之也。”衡案，廣柔縣，今四川龍安府石泉縣地，石紐山在縣南。又《路史·夏后氏紀》①：“禹生於僰道之石紐鄉，所謂刳兒坪者。”注：“《孟子》曰：禹生石紐。”衡案，今本《孟子》無。《華陽志》、《郡國志》：“生於石紐村。”《寰宇記》：“今在茂之汶川縣北四十。”任豫《益州記》：“廣平之石紐林者，今其地名刳兒坪，蜀本紀作痸兒畔。”梁玉繩《人表考》辨之曰：“案禹所生之處，《史》正義引《蜀王本紀》、《三國·蜀志·秦宓傳》、《水經·沫水》注、《華陽國志》、《吴越春秋》並言禹生石紐鄉，爲蜀之汶山廣柔人，嗣後志地理者仍之。夫古帝王多起異方，其時蜀又不與中國通，即或禹曾至其地，亦必導江涉歷，詎得指爲生處乎？且鯀娶有莘氏女，莘在陳留，其封於崇，爲今鄠縣，相去不甚遠，何緣家居蜀土？考漢焦贛《易林》乾之中孚云：‘舜升大禹，石夷之野。’《御覽》引《世紀》云：‘禹生石坳。’《路史》注引《洛書》云‘有人出石夷’，引《隨巢子》云‘禹生崑石’，又言隨巢謂生碣石之東。然則所稱石夷、石坳、崑石者，指昆侖碣石戎夷之地，與《後書·戴良傳》禹生西羌合。世人傅會其説，移於蜀之石紐也。”衡案，伯鯀治水九載，自必南北奔馳，循源導脈，焉知不遠至沫水？綿歷歲時，適有莘氏同往，因而生禹於此，亦事之或有者。如今南方人生於北，北方人生於南，往往有之，非必定家居於此也。況諸書所言石夷、石坳、崑石皆不明言何地，未可指實。今廣柔正古西南夷地，統言之則曰西羌，專言之則曰石紐鄉，似可信。不然則《蜀王本紀》等書，何能妄爲此説，且歷歷言之如此也。若《淮南·修務訓》云“禹生於石”，“石”下

① “史”，原作“氏”，當爲筆誤，徑改。

脱一字。高誘注則云:“禹母感石而生。”《路史》又從而附之曰“獲石服媚之而孕”,此與啓母石事俱屬誕妄。

4.30　沬水自蒙山至南安溷崖,水脈漂疾,歷代爲患。蜀守李冰,發卒鑿平溷崖。河神贔怒,冰操刀入水,與神鬥,遂平溷崖。

【疏證】見《水經・沬水》注。

續博物志卷五

宋李石撰　江都陳逢衡考證

5.1　女媧之功烈，上際九天，下契黄壚，名聲被後世，光輝重萬物。乘雷車，服應龍，驂青虬，席蘿圖，震黄璐，援絶瑞。前白螭，後奔蛇。

【疏證】此見《淮南·覽冥訓》，"震黄璐"作"黄雲絡"。高誘注曰："上與九天交接，下契至黄壚，黄泉下壚土也。壚，讀繩纑之纑。駕應德之龍。在中爲服，在旁爲驂。有角爲龍，無角爲虬。一説應龍，有翼之龍也。殊絶之瑞，應援而致之也。羅列圖籍以爲席蓐，一説羅圖，車上席也。絡，讀道路之路，謂車之垂絡也。黄雲之氣絡其車，白螭導在於前。奔蛇，騰蛇也，從在於後，皆瑞應也。"衡案，女媧氏，《三墳》以爲伏羲后。唐盧同《與馬異結交詩》以爲伏羲婦，《路史》本《風俗通》，以爲伏羲妹。《通志》引《春秋世譜》云："華胥生男子爲伏羲，女子爲女媧。"《山海經·大荒西經》注："女媧，古神女而帝者。"伊古以來，皆以女媧爲婦人無異説。梁玉繩《人表考》曰："女當音汝。即如字直讀，亦古人姓名所有。夏女艾，商女鳩、女方，秦之先女防，大夫女父，晋女齊、女寛，鄭女堵父，陳女叔，《公羊傳》子女子，《莊子》女商，《後漢·方術傳》魯女生，《魏書·孫道登傳》宗女，《金史·列傳》活女，詎得指爲婦人哉？《文心雕龍·史傳》篇云：庖犧以來未聞女帝者也。"其説甚辯。

5.2 《項浚始學篇》曰："天地有天皇十三頭。"①《洞冥記》曰："一姓十三人。"徐整《曆紀》曰："歲紀攝提，元氣肇，有神靈一人，有十三頭。"《始學篇》曰："人皇九頭，兄弟九人，九州各居其一。"

【疏證】《太平御覽》七十八引《項峻始學篇》曰："天地立有天皇十三頭，②號曰天靈，治萬八千歲，以木德王。"又引《洞冥記》曰："天皇十二頭，一姓十二人也。"又引徐整《三五曆記》曰："溟涬始牙，濛鴻滋萌，歲起攝提，元氣肇起，有神靈人十三頭，號曰天皇。"又引《項峻始學篇》曰："地皇十一頭，治萬八千歲。人皇九頭，兄弟各三分，人各百歲，依山川土地之勢，裁度爲九州，各居其一方，因是而區別。"又引《洞紀》曰："古人質以頭爲數，猶今數鳥獸以頭爲計也。若云十頭鹿，非十頭也。"《路史》前紀注："《洛書》云：'人皇出於提地之國，兄弟別長九州，己居中州，以制八輔。'《寶櫝記》云：'斯頻國石室中有三皇石像，皆龍形，長六丈。天皇十二頭，地皇十一頭，人皇九頭。頭者，人也，若今人數牛馬然，古質故爾。'金望欣曰：'古言九頭，猶《孟子》言八口也。'"衡案，《隋書·經籍志》："《漢武洞冥記》五卷，後漢郭憲子横撰。"

5.3 夷者，觝也，其類九：畎夷、千夷、方夷、黄夷、白夷、赤夷、玄夷、風夷、陽夷。蠻者，慢也。其類八：天竺、咳首、僬僥、跂踵、穿胸、儋耳、狗軌、旁脊。戎者，凶也，其類六：僥夷、戎央、老白、耆羌、鼻息、天剛。狄者，辟也，其類五：月氏、絨貊、匈奴、單于、白屋。

【疏證】《爾雅》邢疏："案《風俗通》云：'東方人好生，萬物觝觸地

① "天地"，四庫本作"上古"。
② "十三頭"，商務印書館影宋本《太平御覽》引作"十二頭"。

而出，夷者柢也，其類有九。'依《東夷傳》，夷有九種：曰畎夷、千夷、方夷、黄夷、白夷、赤夷、玄夷、風夷、陽夷。又一曰玄菟，二曰樂浪，三曰高儷，四曰滿飾，五曰鳧更，六曰索家，七曰東屠，八曰倭人，九曰天鄙。蠻者，《風俗通》云：'君臣同川而浴，極爲簡慢，蠻者慢也，其類有八。'李巡云：'一曰天竺，二曰咳首，三曰焦僥，四曰跂踵，五曰穿胸，六曰儋耳，七曰狗軹，八曰旁脊。'戎者，《風俗通》云：'斬伐殺生，不得其中，戎者凶也，其類有六。'李巡云：'一曰僥夷，二曰戎夷，三曰老白，四曰耆羌，五曰鼻息，六曰天剛。'狄者，《風俗通》云：'父子嫂叔同穴無別，狄者辟也，其行邪辟，其類有五。'李巡云：'一曰月支，二曰穢貊，三曰匈奴，四曰單于，五曰白屋。'"

5.4　蜀蠻邛部川都王蒙備死，氣未絶。其妻子以錦數匹相續繫死者，曳之於地，置十數里外高山上，令氣絶。乃復以錦被裹而埋之。會其族哭之，名作鬼親守。近州蠻人説其事。①

5.5　倭辰餘國，或横書，或左書，②或結繩，或鍥木，唯高麗摹寫穎書法，穎，疑作"隸"。③ 取正中華。舊聯上爲一條。④

【疏證】《漢書·西域傳》：安息國"書革，旁行爲書記"。師古曰："今西方胡國及南方林邑之徒，書皆横行，不直下也。"又案梁僧佑《出三藏記集》云："昔造書之主凡三人，長曰梵，其書右行，次曰佉盧，其書左行。少者倉頡，其書下行。梵及佉盧居於天竺，黄史倉頡立於中華。"

---

① 古今逸史本、四庫本此處不分條。
② "左"，古今逸史本作"在"，蓋形近而誤。
③ "書"，古今逸史本、四庫本均無此字。
④ "華"，原作"筆"，形近而誤，據古今逸史本、四庫本改。

5.6 以清水漱口,飲酒至斗不亂。或曰酒毒自齒入也。

5.7 南人好飲茶,孫皓以茶與韋昭代酒,謝安詣陸納設茶果而已。北人初不識。開元中太山靈岩寺有降魔師,教禪者以不寐,人多作茶飲,因以成俗。

【疏證】吴淑《事類賦》注:"吴主孫皓每宴席飲無能不醉,每率以七升爲限,雖不悉入口,澆灌取盡。韋曜飲酒不過二升,初見禮異,密賜茶茗以當酒。"

5.8 楚人陸鴻漸爲《茶論》,並煎炙之法,造茶具二十四事,以都統籠貯之。常伯熊者,因廣鴻漸之法。伯熊飲茶過度,遂患風氣。或云北人未有茶,多黄病,後飲病多腰疾偏死。

【疏證】范攄《雲溪友議》:"陸羽字鴻漸,唐人,著《茶經》三卷,説茶之功效,并煎炙之法,造茶具二十四事,以都統籠貯之。"又云:"陸羽造茶具:一風爐;二筥;三炭檛;四火筴;五鍑,音輔,或作釜,或作鬴;六交床,支鍑者;七夾,以小青竹爲之,以炙茶;八紙囊,以白厚紙夾縫之,以貯所炙茶,使香不泄;九碾,用橘木;十羅合,今所謂羅池也;十一則,以準茶者;十二水方,受一斗;十三漉水囊;十四瓢,以酌水;十五竹夾;十六鹺簋,或瓶或罍,貯鹽花也;十七熟盂,以貯熟水;十八碗,瓷青者益茶,茶作白紅色;十九畚,以白蒲编之,所以貯碗;二十札;廿一滌方,以貯滌洗之器;廿二滓方,以集諸滓穢;廿三巾,以潔諸器;廿四具列,以木或竹爲之,以悉斂諸器。"《封氏聞見記》六云:"楚人陸鴻漸爲《茶論》,説茶之功效,並煎茶炙茶之法。造茶具二十四事,以都統籠貯之,遠近傾慕,好事者家藏一副。有常伯熊者,又因鴻漸之論,廣潤色之,於是茶道大行。"又云:"伯熊飲茶過度,遂患風,晚節亦不勸人多飲也。"

5.9 唐則天於東都造明堂，高三百尺，九州鼎置明堂之下。當中豫州鼎，高一丈八尺，受一千八百石。餘各依方面，高一丈四尺，受一千二百石。都用銅五十六萬七百一十二斤。

【疏證】《唐書》垂拱二年，“毁乾元殿，就其地創造明堂，凡高二百九十四尺，東西南北各廣三百尺。證聖元年正月，明堂後佛堂火，延燒明堂。三年又令重造明堂，高廣如舊制”。《舊唐書》：“萬歲通天元年，鑄銅爲九州鼎。既成，置於明堂之庭，各依方位列焉。神都鼎高一丈八尺，受一千八百石。冀州鼎名武興，雍州鼎名長安，兖州鼎名日觀，青州鼎名少陽，徐州鼎名東源，揚州鼎名江都，荆州鼎名江陵，梁州鼎名成都，其八州鼎高一丈四尺，各受一千二百石。司農卿宗晋卿爲九鼎使，都用銅五十六萬七百一十二斤。鼎上圖寫本州山川物産之象，仍令工書人著作郎賈膺福等分題之，左尚方署令曹元廓圖畫之。鼎成自玄武門外曳入，令宰相諸王南北牙宿衛兵十餘萬人，並仗内大牛白象共曳之，則天自爲曳鼎歌，令相唱和。”《封氏聞見記》四云：“垂拱四年，則天於東都造明堂，爲宗祀之所，高三百尺。又於明堂之側，造天堂以侔佛像。大風吹倒，重營之。火災延及，明堂並盡。無何，又敕於其所復造明堂，侔於舊制，所鑄九州鼎，置於明堂之下。當中豫州鼎，高一丈八尺，受一千八百石，其餘各依乃面，並高一丈四尺，受一千二百石，都用銅五十六萬七百一十二斤。開元中改明堂爲聽政殿。”

5.10 禹治洪水，觀於河，見白面長人魚身，出曰：“吾河精也。”案，此以見張華《博物志》。授禹河圖而返於淵。又曰：堯修河洛，有五老相謂河圖將來，告帝以期，知我者重瞳也。五老乃翻爲流星而入於昴。①

【疏證】《尚書中候》：“禹理洪水，觀於河，見白面長人魚身，出曰：‘吾河精也。’授禹河圖而還於淵。”《水經·河水》注：“堯帝修壇河洛，

① “入”，古今逸史本、四庫本並作“升”。

擇良議沉，率舜等升首山道河渚，有五老游焉。相謂河圖將來，告帝以期，知我者重瞳也。言訖，乃翻爲流星以入昴。”衡案《論語比考讖》云：“仲尼曰：吾聞帝堯率舜等游首山，觀河渚，有五老游河渚，一曰河圖將來告帝期，二曰河圖將來告帝謀，三曰河圖將來告帝書，四曰河圖將來告帝圖，五曰河圖將來告帝符。有頃，赤龍銜玉苞，舒禮朔版，題命可卷，金泥玉檢盛書。咸曰知我者重瞳也。五老乃爲流星，上入昴。黄姚視之，龍没圖在，堯等共發曰，帝當樞百則禪於虞。堯喟然曰，咨汝舜，天之曆數在汝躬，允執其中，四海困窮，天禄永終。乃以禪舜。”

5.11　山東風俗，遇正月，取五姓女十餘歲，共卧一榻，覆之以衾，以箕扇之。良久，如夢寐，或欲刺文繡，事筆硯，理管弦。俄頃乃寤，謂之扇天卜以乞巧。《玉芝堂談薈》二十一引。

5.12　衡山，五嶽之南嶽也。黄帝以潛霍爲山之副。《爾雅》云：“霍山爲南嶽。”至漢武，以衡山道遠，徙祭於廬江潛山。或曰衡山即霍山。《山海經》：衡山即岣嶁山。①

【疏證】《南嶽記》：“衡山者，五嶽之南嶽也，其來尚矣。至於軒轅，乃以灊霍之山爲其副焉。故《爾雅》云‘霍山爲南嶽’，蓋因其副焉。至漢武南巡，又以衡山南遠道隔江漢，於是乃徙南嶽之祭於廬江灊山，此亦承軒轅副義也。”又郭璞《爾雅注》云：“霍山在廬江郡灊縣，别名天柱山。漢武以衡山遼遠，讖緯以霍山爲嶽，故祭之。”《山海經》：“衡山一名岣嶁山。”

5.13　常山者，陰終陽始，其道長久，故北山曰常山，亦名恒山。四字舊訛作“山亦恒”。其山五穀四種五穫。舊聯上作一條。

① 今逸史本、四庫本此處不分條。

【疏證】《爾雅》:“恒山爲北嶽。”郭注:“常山。”《風俗通》:“恒,常也,萬物伏藏於北方也。”《白虎通》:“北方爲常山者,陰終陽始,其道常久,故曰常山焉。”《管子》:“其山北臨代,南俯趙,東接河海之間。早生而晚殺,五穀之所蕃熟,四種五穫焉。”

5.14　一勝粱米,[①]案,“勝”字疑誤。以純苦酒一斗漬之,三日出,百蒸百暴,遠行一餐,十日不飢,重餐四百九十日不飢。又方米一斗,赤石脂三斤,[②]水漬之二三日,搗爲圓,如李大,可辟穀。[③]《靈寶五符經》:用白鮮米九蒸九暴。“靈寶”十三字舊另行,今合爲一。

【疏證】《本草綱目》二十三青粱米:“李時珍曰:今粟中有大而青黑色者是也。孟詵曰:青粱米可辟穀。以純苦酒浸三日,百蒸百晒藏之。遠行日一餐之,可度十日,若重餐之,四百九十日不飢也。又方:以米一斗,赤石脂三斤,水漬置暖處,一二日上青白衣,搗爲丸,如李大,日服三丸,亦不飢也。”按《靈寶五符經》中:“白鮮米九蒸九暴,作辟穀糧。”而此用青粱米,未見出處。

5.15　庚桑名楚,《史記》作亢桑。

【疏證】《莊子·雜篇》:“老聃之役有庚桑楚者。”司馬彪云:“楚,名;庚桑,姓也。《史記·老子列傳》作亢桑。”

5.16　夏棘字子棘,爲湯大夫。《列子》作夏革。

【疏證】《列子·湯問》篇“殷湯問於夏革”,唐殷敬順釋文曰:“革音棘。夏棘字子棘,爲湯大夫。”金望欣曰:“案《莊子·逍遥遊》亦有

---

① “勝”,四庫本作“升”。
② “斤”,原作“斗”,今據古今逸史本、四庫本、《本草綱目》引孟詵改。
③ 古今逸史本、四庫本於此處分條。

‘湯之問棘也’之語。”衡案《三國·蜀志·秦宓傳》:“愚猶耻革子成之誤。”裴松之曰:“案今《論語》作棘子成。”

5.17 《月令》曰:椒是玉衡星精,服之身輕能老。柏是仙藥。又云:進酒次第,當從小起,以年少者起先。

【疏證】《御覽》引崔寔《四民月令》云:“元日進椒柏酒,椒是玉衡星精,服之令人身輕耐老,柏是仙藥。進酒次第,當從小起,以年少者爲先。”又《初學記》載《四民月令》云:“正旦飲酒,次第當從小起,以年小者起先。”又《齊民要術》引《四民月令》:“進椒柏酒次第從小起。”又案《容齋續筆》云:“今人元旦飲屠酥酒,自小者起,相傳已久,然固有來處。後漢李膺、杜密,以黨人同繫獄,值元日於獄中飲酒,曰正旦從小起。”《時鏡新書》云:“正旦飲酒,先從小者何也?勛曰:俗以小者得歲,故先酒賀之,老者失時,故後飲酒。”案董勛説引見《御覽》海西令問董勛答之云。

5.18 燃草爆竹起於《庭燎》。

【疏證】《庭燎》,見《詩·小雅·彤弓之什》。《説文》:“燭,庭燎火燭也。”《山海經·西山經》:“燭者,百草之末灰。”郝懿行曰:“是知上世爲燭,蓋亦用麻蒸葦苣爲之,詳見《詩疏》及《周禮疏》。”又案《太平御覽》二十九引應劭《風俗通》:“俗人以爆竹起於《庭燎》,不應濫於王者。”

5.19 正月望祭門,先以楊枝插門,隨楊枝所指,以酒脯飲食及豆粥插箸祭之。

【疏證】《荆楚歲時記》:“今州里風俗,望日祭門。先以楊柳枝插門邊,邊,當作隨。① 楊柳枝所指,仍以酒脯飲食及豆粥插箸而祭之。”

① 整理者按,若依陳氏“邊”作“隨”,則“隨”字當屬下讀。

又《玉燭寶典》云:"蜀中上元作膏粥以祀門户,以楊柳枝插門,隨楊柳枝所指,以酒脯豆粥插箸而祭之。"

5.20 酒杯籐出西域,籐大如臂,葉似葛,花實如梧桐。花堅可以酌酒,自有文章,[1]映徹可愛。實大如指,味如豆蔻,[2]香美銷酒。土人提酒來至籐下,[3]摘花酌酒,仍以其實醒酒。國人寶之,不傳中土,張騫使大宛得之。出《張騫出關志》。舊脱"自"字、"味"字、"土人提酒"四字,今從崔豹《古今注》補。

【疏證】此見崔豹《古今注》,又見《太平廣記》四百七引《炙轂子》,"酒杯籐"作"籐實杯",餘俱同。又《酉陽雜俎·廣動植》三:"酒杯籐大如臂,花堅可酌酒,實大如指,食之消酒。"此係截録。《古今注》、張騫《出關志》見《隋·經籍志》。

5.21 菊花舒時,采莖葉雜黍米釀之,至來年九月九日始熟,謂之菊花酒。

【疏證】《搜神記》二:"戚夫人侍兒賈佩蘭,後出爲扶風人段儒妻。説在宫内時,九月佩茱萸,食蓬餌,飲菊花酒,令人長命。菊花舒時,并采莖葉雜黍米釀之,至來年九月九日始熟,故謂之菊花酒。"衡案,此説亦見《西京雜記》。

5.22 孟詵云:葡萄不問土地,但收之釀酒,皆得美好。

【疏證】唐同州刺史孟詵,撰《食療本草》,又撰《必效方》、《補養方》,唐史有傳。案,西域大宛、龜茲、無雷、罽賓,皆有葡萄,見《漢書》。又磨鄰、老勃薩歲獻葡萄,西域篏赤建國多葡萄。焉耆國土宜

① "自",古今逸史本、四庫本無此字。
② "味",古今逸史本、四庫本無此字。
③ "土人提酒",古今逸史本、四庫本無此四字。

葡萄,見《唐書》。又河東葡萄有極大者,見《清異録》。

5.23　昔有於王敦城下得一銅鉦,中間鑄一物如羊頭,其身如篆文,乃飛廉也。

【疏證】《夢溪筆談》:"予昔年在姑孰王敦城下土中得一銅鉦,刻其底曰:'諸葛士全茖鳴鉦。'茖,即古'落'字也,此部落之落,士全部將名。其鉦中間鑄一物,有角,羊頭,其身亦如篆文,如今時術士所畫符。傍有兩字,乃大篆'飛廉'字。篆文亦古怪,則鉦間所圖蓋飛廉也。飛廉,神獸之名。淮南轉運使韓持正亦有一鉦,所圖飛廉及篆文,與此亦同。"

5.24　倉頡本鳥迹爲字,取其孳乳相生,故有六義。秦用篆文燒書,古文遂絶。或曰大篆出周宣王史籀,小篆出秦李斯及胡母敬。又曰古隸之書起於秦,自篆爲隸,①以便文行劇務,以明隸者篆之捷也。或曰程邈於雲陽增損,或云臨淄人發古冢,得銅棺前和,外隱爲隸字。言齊太公六世孫胡公之棺,②惟三字是古隸,證知隸自古,非始於秦。或曰秦人王次仲變倉頡舊文,爲今隸文。始皇奇而召之,三徵不至。秦檻車徵之,次仲化爲大鳥飛去,落二翮於山,③山有大翮小翮之名。④

【疏證】《水經・穀水》注:"倉頡本鳥迹爲字,取其孳乳相生,故文字有六義焉。自秦用篆書,焚燒先典,古文絶矣。魯恭王得孔子宅書,不知有古文,謂之科斗書。蓋因科斗之名,遂效其形耳。言大篆

① "自",古今逸史本、四庫本並作"省"。
② "六",古今逸史本、四庫本均無此字。
③ "二",原作"三",據四庫本改。
④ "山"字原無,據古今逸史本、四庫本補。

出於周宣之時，史籀創著。平王東遷，文字乖錯。秦之李斯及胡母敬，又改籀書謂之小篆，故有大篆小篆焉。然許氏字説，專釋於篆，而不本古文。言古隸之書起於秦代，而篆字文繁蕪，劇務者故用隸人之省，謂之隸書。或云即程邈於雲陽增損者，①是言隸者篆捷也。孫暘之嘗見青州刺史傅宏什，《初學記》引"什"作"仁"。説臨淄人發古冢，得銅棺，前和外隱爲隸字，言齊太公六世孫胡公之棺也，唯三字是古隸，《初學記》引"隸"作"餘"。同今書，證知隸自出古，非始於秦。"又《水經·漯水》注："郡人居庸縣。王次仲，少有異志，年及弱冠，變倉頡舊文爲今隸書。秦始皇時，官務煩多，以次仲所易文簡便於事要，奇而召之，三徵而轍不至。次仲履真懷道，窮數術之美。始皇怒其不恭，令檻車送之。次仲首發於道，化爲大鳥，出在車外，翻飛而去。落二翮於斯山，故其峰巒有大翮小翮之名矣。"②衡案《書斷》云："按古文者，黄帝史倉頡所造也。頡通於神明，仰觀奎星圜曲之勢，俯察龜文鳥迹之象，博采衆美，合而爲字，是曰古文。"又云："按大篆者，周宣王太史史籀所作也。或云柱下史，始變古文，或同或異，謂之篆。篆者傳也，傳其物理，施之無窮。""《漢書·藝文志》'史籀十五篇'是也。以此官製之，用以教授，謂之史書，凡九千字。"又云：籀文，"周太史史籀所作也。與古文大篆小異，後人以名稱書，謂之籀文。《七略》曰：史籀者，周時史官教學童書也，與孔氏壁中古文體異"。又云："小篆者，秦丞相李斯所作也。增損大篆，異同籀文，謂之小篆，亦曰秦篆。"又云："八分者，秦時人上谷王次仲所作也。王愔云：王次仲始以古書方廣少波勢，建初中以隸草作楷法，字方八分，言有楷模。始皇得次仲文簡略，赴急疾之用，甚喜，遣使召之，三徵不至。始皇大怒，製檻車送之，於道化爲大鳥飛去。"又云："隸書者，秦下邽人程邈所作也。邈字元岑，始爲縣吏。得罪，始皇幽繫雲陽獄中。覃思十年，益小篆方圓

① "雲"，原作"霍"，蓋形近致誤，《水經注·穀水》作"雲"，今據改。
② "巒"，原作"蠻"，《水經注》作"巒"，今據改。

而爲隸書三千字。奏之,始皇善之,用爲御史。以奏事煩多,篆字難成,乃用隸字以爲隸人佐書,故曰隸書。"

5.25 彭城縣,古彭祖之國也。《世本》曰:"陸終之子,其三曰籛,是爲彭祖。"下曰彭祖冢。案"下曰"上疑脱"葬彭城"三字。彭祖長年八百,綿壽永世,而亦有冢者,蓋亦元極之化。

【疏證】此見《水經·汳水》注。《漢書·地理志》:"楚國彭城縣,古彭祖國。"今徐州府治。《太平寰宇記》:"河南道徐州彭城縣,古大彭國地。""按《彭門記》云:'殷之賢臣彭祖,顓頊之元孫,至殷末壽七百六十七歲。'今墓猶存,故邑號大彭焉。"又:"劍南西道眉州彭山縣,《華陽國志》云:'彭祖冢及祠在此。'《路史·帝顓頊高陽紀》:陸終取鬼方氏曰嬇,生子六人,曰樊,曰惠連,曰籛,曰求言,曰晏安,曰季連。籛之字鏗,封於彭,是爲大彭。彭祖以斟雉養性事放勳。夏遷於商,老彭守官大夫,商王拼采女受術,籛始去之,終身不見,壽七百六十七。"又注云:"彭祖事備黄山君《彭祖經》、《中山傳》,以爲姓籛名鏗。此出《世本》。案宋衷注《世本》,以'求言'、'季連'是名,則'籛鏗'亦當是名,'籛'不得爲姓。'籛'乃古'剪'字,故虞翻云名'翦'。《國都記》:'陸終第三子曰剪,封於彭。'《莊子》云'彭祖得之上及有虞,下及五伯',如此而已。《彭祖傳》云商王時三百歲,已謬矣。《仙傳》乃云喪四十九妻,五十四子,或云壽七百,或云四百,俱妄。"衡案,羅氏注以爲妄者,蓋以明七百六十七之説爲可信也,而不知其又惑之甚者也。此云長年八百,本《列子·力命》篇云壽八百。王逸《天問》注:"彭祖至八百歲。"《淮南·説林》高注:"彭祖壽八百歲。"《抱朴子·對俗》篇:"彭祖止人間八百餘年。"又《釋滯》篇云:"彭祖爲大夫八百年。"《列仙傳》:"彭祖歷夏至殷末八百餘歲。"皇侃《論語義疏》:"老彭年八百歲,故曰老彭。"又《水經注》、《莊子釋文》引《世本》並同斯説。蓋統言之則云八百,專言之則云七百六十七,其實一也,而不知皆非也。又《莊子·逍遥遊》"彭祖"釋文引《楚辭注》作七百,又引李云:堯臣，“歷虞夏至商，年七百歲”。崔云：“堯臣，仕殷，其人甫壽七百年。”《大宗師》“彭祖”釋文引李云七百歲。《淮南·情欲》篇注“蓋壽七百歲”，《執一》篇注“壽蓋七百”，《爲欲》篇注“蓋壽七百餘歲”。《宋書·樂志》魏文帝西山歌云：“彭祖稱七百。”《漢書·王褒傳》注、《文選》孫子荆詩注、劉孝標論注俱引《列仙傳》作“年七百”：此俱作七百歲。《神仙傳》：“彭祖，顓頊之元孫，殷末已七百六十七歲。”《楚世家》正義引同，又以爲七百六十七歲。均非確據。又《世本》云：“在商爲守藏史，在周爲柱下史，年八百歲。”又以彭祖、老子合爲一人，俱屬妄謬。世間唯深山古木，可至千年，若人稟血氣而生，即上壽不過數百年耳。故老聃之死，見於《莊子》，如來涅盤，見於《内典》。彭祖即能修身養性，何至歷年如此之久哉？此其妄蓋惑於由顓頊以至帝堯，又見於殷商之世也。案彭籛乃顓頊之裔，即陸終氏所産者，以封於大彭，爲得姓之始，是一人。若彭鏗斟雉事堯，説見《天問》，蓋得修身養性之道者，故謂之彭祖，又是一人。若老彭見於《論語》，是殷人。漢包咸《論語注》：“殷賢大夫。”《大戴禮·虞戴德》稱“商老彭”，《後漢書·張衡傳》稱“殷彭”是也。豈有與孔聖志同道合之人，而有如《仙傳》之所謂哉？故《漢書·人表》列彭祖二等，於祝融、陸終之下，列老彭三等，於成湯時，顯以爲二人可證。然老彭信而好古，孔聖尚云竊比，則其人當列二等，若彭祖當列於堯舜之世。觀《史記·五帝紀》叙堯舜十臣，置彭祖於禹、益、皋、夔之間，可見則叙於陸終之下者，當是彭籛，非彭祖彭鏗也。蓋彭祖於彭籛、彭鏗二人之外，又另一人。明乎顓頊時一人，堯舜時一人，殷時又一人，則群疑自解，今乃混而爲一，故有歷年八百、歷年七百六十七之謬。若《莊子》所云“彭祖得之，上及有虞，下及五伯”，亦非謂年壽之永也。案《竹書紀年》帝啓十年，彭伯壽帥師征西河。《逸周書·嘗麥解》亦有“皇天哀禹，賜以彭壽”之語，此大彭氏之見於夏者。《紀年》又云“祖乙元年命彭伯”，此大彭之見於商者。然則《莊子》所云“下及五伯”者，蓋謂陸終之後，封於大彭。歷國之長久有如是耳，而豈年壽之謂哉？至彭祖之葬地有三。《水經·獲水》

注言葬彭城下，而《江水》注及《郡國志》注又言犍爲郡武陽縣有彭祖冢。又《寰宇記》眉州彭山縣有彭祖冢。蓋不知誰是彭籛、彭鏗、老彭之冢矣。若夫《神仙傳》之説，則道家者流炫惑以欺世耳。然“上士别床，中士異被，服藥百裹，不如獨卧”之語，養生家尚有取焉。

5.26　蒲坂西，舜所都。有姓劉名墮，采挹河流，醖成芳酎，食同枯枝之年，排於桑落之辰，故酒得其名。方土之貢，最爲佳酌。每云索郎，有顧思同旅語，索郎反語爲桑落也。

【疏證】《水經》“河水又南過蒲坂縣西”注：“皇甫謐曰：舜所都也。”“民有姓劉名墮者，宿擅工釀，采挹河流，醖成芳酎，懸食同枯枝之年，排於桑落之辰，故酒得其名矣。然香醑之色，清白若滫漿焉，别調氛氲，不與他同。蘭薰自成馨逸，方土之貢，選最佳酌矣。自王公庶友牽拂相招者，每云索郎，有顧思同旅語，索郎反語爲桑落也。”

5.27　海中有庭朔山，①案“庭朔”當作“度朔”。上有桃木，蟠屈三千里，枝東北鬼門，萬鬼所出入也。荼與鬱壘居其門，執葦索以食鬼。故十有二月歲竟臘之夜，遂以荼、壘并挂葦索於門。

【疏證】《論衡·亂龍》篇曰：“上古之人有神荼、鬱壘者，昆弟二人，性能執鬼。居東海度朔山上，立桃樹下，簡閲百鬼。鬼無道理，妄爲人禍，荼與鬱壘縛以蘆索，執以食虎。故今縣官斬桃爲人，立之户側，畫虎之形，著之門闌。”又《訂鬼》篇引《山海經》云：“滄海之中有度朔之山，上有大桃木，其屈蟠三千里。其枝間東北曰鬼門，萬鬼所出入也。上有二神人，一曰神荼，一曰鬱壘，主閲領萬鬼。惡害之鬼，執以葦索而以食虎。於是黄帝乃作禮以時驅之，立大桃人，門户畫神

① “庭”，四庫本作“度”。

荼、鬱壘與虎，懸葦索，以禦凶魅。”衡案《山海經》無此語。尋其文義，與《山海經》不類，大似《神異經》。又《後漢・禮儀志》注引《山海經》曰：“東海中有朔度山，山上有大桃樹，蟠屈三十里。其卑枝門曰東北鬼門，萬鬼出入也。上有二神人，一曰神荼，一曰鬱儡，主閲領萬鬼之惡害人者，執以葦索而用食虎。於是黄帝法而象之，毆除畢，因立桃梗於門户，上畫鬱儡持葦索以禦凶鬼，畫虎於門當食鬼也。”又《文選・東京賦》注引《風俗通》曰：“《黄帝書》：上古時有神荼、鬱壘昆弟二人，性能執鬼。度朔山上有桃樹下，“下”字上下有脱誤。常簡閲百鬼無道理者，神荼與鬱壘持以葦索，執以飼虎。是故縣官常以臘祭夕飾桃人垂葦索畫虎於門以禦凶也。”

5.28　王充云：會稽本山名，夏禹巡狩會計於此，遂以名郡。或曰此非五嶽，禹時吴祼斷髮文身，案，“吴”下脱“爲”字，“祼”下脱“國”字。無會計事。

【疏證】《論衡・書虚》篇：“吴君高説會稽本山名，夏禹巡狩，會計於此山，因以名郡，故曰會稽。夫言因山名郡可也，言禹巡狩會計於此山，虚也。巡狩本不至會稽，安得會稽於此山？誠會稽爲會計，禹到南方何所會計？舜亦巡狩至於蒼梧，安所會計？”“君高能説會稽，不能辯定方名。會計之説，未可從也。巡狩考正法度，禹時吴爲祼國，斷髮文身，考之無用，會計如何？”案《書虚》篇無“或曰此非五嶽”六字。衡謂王説過泥，吴雖祼國，必有君長，會計者，覲其能供臣職與否而黜陟之，且南方君長甚衆，不止一吴國也。若防風氏之戮，是其明證。

5.29　董生《春秋繁露》曰：春旱，以甲乙日爲蒼龍，長一丈八尺，居中央，爲小龍七，各長四尺，於東方，皆東向，其間相去八尺。小童八人，齋三日，服青衣而舞之，下三時準此。

皆燔雄雞，燒豭猪尾，於里北門及市中以祈焉。

【疏證】董仲舒《春秋繁露》求雨法：春旱求雨，“以甲乙日爲大青龍一，長八丈，居中央，爲小青龍七，各長四丈，於東方皆東鄉，其間相去八尺。小僮八人，皆齋三日，服青衣而舞之。田嗇夫亦齋三日，服青衣而立之”。“取三歲雄雞，三歲豭猪，皆燔之於四通神宇，令民闔邑里南門，置水其外，開里北門，具老豭猪一，置之里北門之外。市中亦置一豭猪，聞鼓聲，皆燒猪尾。取死人骨埋之”。夏求雨，“以丙丁日爲赤大龍一，長七丈，居中，又爲小龍六，長三丈五尺，於南方皆南鄉，其間相去七尺。壯者七人，皆齋三日，服赤衣而舞之。司空嗇夫亦齋三日，服赤衣而立之”。“取三歲雄雞豭猪，燔之四通神宇，開陰閉陽如春也”。季夏“以戊己日爲大黄龍一，長五丈，居中央，又爲小龍四，各長二丈五尺，於中央皆南鄉，其間相去五尺。丈夫五人，皆齋三日，服黄衣而舞之。老者亦齋三日，衣黄衣而立之。他皆如前”。秋“以庚辛日爲大白龍一，長九丈，居中央，爲小龍八，各長四丈五尺，於西方皆西鄉，其間相去九尺。鰥者九人，皆齋三日，服白衣而舞之。司馬亦齋三日，衣白衣而立之。他如前”。冬“以壬癸日爲大黑龍一，長六丈，居中央，又爲小龍五，各長三丈，於北方皆北鄉，其間相去六尺。老者六人，皆齋三日，衣黑衣而舞之。尉亦齋三日，服黑衣而立之。他皆如春”。

5.30　蜥蜴求雨法，以土實巨瓮，作木蜥蜴，小童操青竹，衣青衣以舞。歌曰：“蜥蜴蜥蜴，興雲吐霧，雨若滂沱，放汝歸去。”

【疏證】《宋史·禮志》内出蜥蜴祈雨法，捕蜥蜴數十，納瓮中，漬之以雜木葉。擇童男二十八人，持柳枝散洒，咒曰：“蜥蜴蜥蜴，興雲吐霧，雨今滂沱，放汝歸去。”又《倦遊雜録》：“熙寧中，京師久旱。按古法，令坊巷以瓮貯水，插柳枝泛蜥蜴，小兒呼曰：‘蜥蜴蜥蜴，興雲吐霧，降雨滂沱，放汝歸去。'時蜥蜴不能盡得，往往以蝎虎代雩，入水即死。小兒更曰：'冤苦冤苦，我是蝎虎，似恁昏沉，怎得甘雨？'"

5.31 交州安陽王，有神人名皋通，爲安陽王治弩一張，一發殺三百人。

【疏證】《水經・葉榆水》注："《交州外域記》曰：交阯昔未有郡縣之時，土地有洛田。其田從潮水上下，民墾食其田，因名爲洛民。設洛王、洛侯，主諸郡縣。縣多爲洛將，洛將銅印青綬。後蜀王子將兵三萬來討洛王、洛侯，服諸洛將，蜀王子因稱爲安陽王。後南越王尉佗舉衆攻安陽王，安陽王有神人名皋通，下輔佐，爲安陽王治神弩一張，一發殺三百人。南越王知不可戰，却軍住武寧縣。越遣太子名始，降服安陽王，稱臣事之。安陽王不知通神人，遇之無道，通便去，語王曰：'能持此弩王天下，不能持此弩者亡天下。'通去，安陽王有女名曰媚珠，見始端正，珠與始交通。始問珠令取父弩視之。始見弩便盜以鋸截弩訖，便逃歸，報越王。越進兵攻之，安陽王發弩，弩折，遂敗。安陽王下船，徑出於海。"

5.32 今之所謂石，九十二斤法爲準，漢秤三百四十一斤也。今之蹶弩九石，古之二十五石，比魏武卒二人之力。挽弓三石，古之三十四鈞，比顔高之弓，當五人有餘。

【疏證】《夢溪筆談》："鈞石之石，五權之名，石重百二十斤。後人以一斛爲一石，自漢已如此，飲酒一石不亂是也。挽厥弓弩，古人以鈞石率之，今人乃以粳米一斛之重爲一石。凡石者，以九十二斤半爲法，乃漢秤三百四十一斤也。今之武卒蹶弩，有及九石者。計其力，乃古之二十五石，比魏之武卒當二人有餘。弓有挽三石者，乃古之三十四鈞，比顔高之弓，當五人有餘。"

續博物志卷六

宋李石撰　江都陳逢衡考證

6.1　少典産黄帝，黄帝産元嚚，玄嚚産蟜極。[1] 蟜極産高辛，是爲帝嚳，帝嚳産放勛，是爲帝堯。

【疏證】《史記·五帝紀》：黄帝者，少典之子，姓公孫，名曰軒轅。娶於西陵之女，是爲嫘祖。生二子，其一曰玄嚚，是爲青陽，其二曰昌意。昌意娶蜀山氏女，曰昌僕，生高陽。又曰：帝嚳高辛者，黄帝之曾孫也。高辛父曰蟜極，蟜極父曰玄嚚，玄嚚父曰黄帝。帝嚳娶陳鋒氏女，生放勛；娶娵訾氏，生摯。帝嚳崩，摯代立。帝摯立，不善，崩，而弟放勛立，是爲帝堯。

6.2　黄帝産昌意，昌意産高陽，是爲顓帝。昌意，玄嚚弟，黄帝次子也。顓帝産窮蟬，窮蟬産敬康，敬康産勾芒，勾芒産蟜牛，蟜牛産瞽叟，瞽叟産重華，是爲帝舜及象。

【疏證】《史記·五帝紀》：帝顓頊高陽者，黄帝之孫而昌意之子也。帝顓頊生子曰窮蟬。又曰：虞舜者，名曰重華。重華父曰瞽叟，瞽叟父曰橋牛，橋牛父曰勾望，勾望父曰敬康，敬康父曰窮蟬，窮蟬父曰帝顓頊，顓頊父曰昌意，昌意以至舜七世矣。舜父瞽叟盲而舜母

---

① 玄，原作“元”，避康熙帝諱。《史記》作“玄”，今據改。

死，瞽叟更娶妻而生象。衡案，堯以女妻舜，斷非同姓。若如《史記》所云，黄帝至舜八世，至堯四世，是舜上娶曾祖姑矣，有是理乎？

6.3　顓帝産鯀，鯀産文命，是爲禹。

【疏證】《史記·夏本紀》："夏禹，名曰文命。禹之父曰鯀，鯀之父帝顓頊，顓頊之父曰昌意，昌意之父曰黄帝。禹者，黄帝之玄孫，[①]而帝顓頊之孫也。"衡案，堯自姓伊，舜自姓姚，禹自姓姒，不得謂爲同祖。《五德志》謂堯神農後，舜黄帝後，禹少昊後，或可信。

6.4　《唐六典》："三年一享帝嚳氏於頓丘，享唐堯於平陽，稷契配；享虞舜於河東，咎繇配；享夏禹於安邑，伯益配；享商湯於偃師，伊尹配；享周文王於豐，太公配；享武王於鎬，周公配；享漢高祖於長陵，蕭何配。[②] 皆以仲春之月。"

6.5　蜀州青城丈人山，每歲春秋二時，享以蔬饌，以縣令行。

【疏證】宋蜀州，今四川成都府崇慶州。案《青城甲記》："黄帝封青城山，爲五岳丈人。"《潛確類書·區宇部》十三引《續博物志》："青城縣歲春秋以蔬饌享丈人山，令躬行禮，蓋蜀之望山也。"與今本不同。

6.6　車頻《秦書》曰：苻堅高陸縣民，穿井得龜，大二尺六寸，背文負八卦古字。堅以石爲池，養之十六年而死。取其骨以問吉凶，名爲客龜，言我將歸江南，不遇，死於秦。曾此字疑誤。於夢中自解曰：龜三萬六千歲而終，苻秦亡之證。

① 玄，原作"元"，據《史记》改。
② "配"下，古今逸史本、四庫本均有"享"字。

【疏證】《水經·渭水》注引車頻《秦書》曰:"苻堅建元十二年,高陸縣民穿井得龜,大二尺六寸,背文負八卦古字。堅以石爲池,養之十六年而死。取其骨以問吉凶,名爲客龜。太卜佐高夢客龜言:'我將歸江南,不遇,死於秦。'高於夢中自解曰:'龜三萬六千歲而終,終必亡國之徵也。'爲謝玄破於淮肥,自縊新城浮圖中,秦祚因即淪矣。"

6.7 秦龜即山中龜,不入水。水中神龜長一尺二者佳,龜見蛇則呷而食之。

【疏證】《名醫别録》:"秦龜生山之陰土中。"陶弘景曰:"此即山中龜不入水者。"《禹貢》"九江納錫大龜"注:"尺二寸曰大龜。"《爾雅》"攝龜"郭注:"小龜也,腹甲曲折,解能自張閉,好食蛇,江東呼爲陵龜。"衡案《抱朴子》云:"蠳龜啖蛇。"陶弘景曰:"鴦,小龜也。"蘇恭曰:"鴦龜腹折,見蛇則呷而食之,故古人呼呷蛇龜,江東呼陵龜,居丘陵也。"衡案,居丘陵即《爾雅》山龜之類。《禮統》云:神龜長尺二寸。《史記》:神龜出於廬江,歲貢一尺二寸者上太官。

6.8 李德裕曰:[①]揚雄《蜀王本紀》言張儀築城,依龜行迹築之,到此問龜殼,舊作'聞',誤。[②] 酒庫宇文遇曰:[③]"比嘗爲主庫小吏,見龜殼長六尺。元和初,高崇文截以爲帶胯。"

【疏證】《孔六帖》:"張儀築成都城,依龜行路築之。李德裕鎮西川,龜殼猶在,後爲高崇文截作腰帶胯。"

6.9 野王縣東南有孔子廟,有碑。魏太和元年,孔靈度以舊宇毁址求修復。野王令范衆愛、河内太守元真、刺史高

---

① "裕",古今逸史本、四庫本均無此字。
② "問",古今逸史本、四庫本並作"聞"。
③ "酒"上,四庫本有"藏"字。"庫"下,古今逸史本有"官"字。

允表聞,立碑於廟。治中劉明、别駕吕次文、主簿向班虎、荀靈龜,以宣尼大聖,非碑頌所稱,宜立記焉。仲尼聞殺鳴犢,旋車而反,晋思之爲立廟。碑云:孔氏官於洛陽下,追思聖祖,故立廟,亦猶劉累遷魯立堯祠於山矣。

【疏證】《水經·沁水》注:"邗水又東南,徑孔子廟東,廟庭有碑。魏太和元年,孔靈度等以舊宇毁落,上求修復。野王令范衆愛、河内太守王真、刺史咸陽公高允表聞,立碑於廟。治中劉明、别駕吕次文、主簿向班虎、荀靈龜以宣尼大聖,非碑頌所稱,宜立記焉。云:仲尼傷道不行,欲北從趙鞅,聞殺鳴犢,遂旋車而反。及其後也,晋人思之,於太行嶺南爲之立廟,蓋往時迴轅處也。余案諸子書及史籍之文,並言仲尼臨河而嘆曰:'某之不濟,命也夫!'是非太行迴轅之言也。碑云:魯國孔氏,官於洛陽,因居廟下,以奉烝嘗。斯言至矣。蓋孔氏遷山下,追思聖祖,故立廟存饗耳。其猶劉累遷魯,立堯祠於山矣,非謂迴轅於此也。"

6.10 鷙鳥雄小雌大,庶鳥雄大雌小。

【疏證】見《酉陽雜俎》續集《支動》篇。

6.11 鸂鶒能敕水,故宿水而物不爲害。[①] 鳩一作鶴。能巫步禁蛇,啄木遇蠹,以觜畫字成符而蠹自出。《格致鏡原·鳥類》引"鸂鶒"二句,又引"啄木"至"自出"十四字。鵲有隱巢木,鷙鳥不能見。燕銜泥避戊巳日,[②]則巢固而不傾。鸛有長水石,故能於巢中養魚而水不涸。燕惡艾,雀欲奪之,則銜其中。《潛確類書·飛躍部》引末句作"銜艾置其中",又有"燕見輒避去此皆鳥

---

① "爲",古今逸史本、四庫本無此字。
② "泥",古今逸史本無此字,四庫本作"土"。

之有智者也”十三字，如此文義方足。惟《潛確類書》引作“陳所敏《續博物志》”，不可解。衡案，此條見陳政敏《遁齋閑覽》，蓋李氏采録之而陳氏又誤會也。案此條全文又見彭乘《墨客揮犀》卷二，末作“燕惡艾，雀欲奪其巢，即銜艾置其巢中，燕遂避去。此皆鳥之有智者也”。與《潛確類書》所引同。

【疏證】鸂鶒，一名溪鴨，見《異物志》。李時珍曰：“此鳥專食短狐，乃溪中敕逐害物者。”又曰：“案《爾雅翼》云：鴆知木石有蛇，即爲禹步以禁之。須臾木倒石崩而蛇出也。蛇入口即爛。”又於“鱗部”曰“鴆步則蛇出”注：“《禽經》云：鴆能禹步禁咒，使大石自轉，取蛇食之。蛇入口即糜也。”又於“啄木鳥”下引《博物志》云：“此鳥能以觜畫字，令蟲自出。”蓋誤以《續博物志》爲《博物志》也。又於“鵲”下引段成式云：“鵲有隱巢木如梁，令鷙鳥不見。人若見之，主富貴也。”又引陳藏器曰：“人探巢取鸛子，六十里旱，能群飛激散雨也。其巢中以泥爲池，含水滿中養魚蛇以哺子。”李時珍曰：“作池取石之説，出自陸璣《詩》疏。張華《博物志》，亦誤以《續博物志》爲張氏書也。李又云燕巢有艾則不居。”

6.12 鷺有長翰毛，江東人取以爲睫攡，名之曰白鷺纕。

【疏證】《爾雅·釋鳥》“鷺，舂鉏”郭注：“白鷺也。頭、翅、背上皆有長翰毛，今江東人取以爲睫㰕，名之曰白鷺縗。”衡案，“縗”字誤，當作“纕”。睫㰕，不知何物，疑“㰕”字當作“襹”。

6.13 虎鷹能飛捕虎豹，身大如牛，[①]翼廣二丈。

【疏證】《廣志》有雉鷹，有兔鷹，“一歲曰黄鷹，二歲曰鴘鷹，三歲曰青鷹。胡鷹獲獐，虎鷹能飛捕虎豹，大如牛，翼廣二丈”。《墨客揮犀》：“鼓山有老僧云：曾登靈源洞，見一禽，自海上至，身大如牛，翼廣

---

① “身”，原作“長”，據古今逸史本、四庫本改。

二丈餘，俄攫一羖羊而去。識者云是虎鷹，能捕捉虎豹。”

6.14　諼草一名鹿葱，花名宜男。《風土記》云：妊婦佩其花生男也。

【疏證】諼草一名鹿葱，李時珍曰：“其苗烹食，氣味如葱。而鹿食九種解毒之草，萱乃其一，故又名鹿葱。周處《風土記》云：‘懷妊婦人佩其花則生男。’故又名宜男。”衡案《續博物志》及李氏所引《風土記》俱截録之詞。

6.15　李衛公云：金錢花損眼。

【疏證】見《酉陽雜俎》續集《支植上》。又《墨客揮犀》云：“凌霄花、金錢花皆有毒，不可近。有人仰視凌霄花，露滴眼中，後遂失明。”

6.16　牡丹，初不載文字，惟以藥見《本草》。唐則天以後，洛花始盛，沈、宋、元、白亦不及也。劉夢得有《咏魚朝恩宅牡丹》，但云“一叢千朵”，謝靈運言永嘉竹間多牡丹，今越花不及洛花遠甚。或曰靈運之所謂牡丹，①今之芍藥，特盛於吴越。

【疏證】牡丹，一名鼠姑，一名鹿韭，治神志不足，無汗之骨蒸。《容齋隨筆》：“歐陽公《牡丹釋名》云：‘牡丹，初不載文字，唐人如沈、宋、元、白之流，皆善咏花，當時有一花之異者，彼必形於篇什，而寂無傳焉。唯劉夢得有《咏魚朝恩宅牡丹》詩，但云“一叢千朵”而已，亦不云其美且異也。’予案白公集《白牡丹》一篇十四韻，又《秦中吟》十篇，内《買花》一章，凡百言，云：‘共道牡丹時，相隨買花去。一叢深色花，十户中人賦。’而《諷諭樂府》有《牡丹芳》一篇，三百四十七字，絶道花

① “所”字原無，據古今逸史本、四庫本補。

之妖豔，至有‘遂使王公與卿士，游花冠蓋日相望’、‘花開花落二十日，一城之人皆若狂’之語。又《寄微之百韻》詩云：‘唐昌玉蕊會，崇敬牡丹期。’注：‘崇敬寺牡丹花，多與微之有期。’又《惜牡丹》詩云：‘明朝風起應吹盡，夜惜衰紅把火看。’《醉歸盩厔》詩云：‘數日非關王事繫，牡丹花盡始歸來。’元微之有《入永壽寺看牡丹》詩八韻、《和樂天秋題牡丹叢》三韻、《酬胡三咏牡丹》一絶，又有五言二絶句。許渾亦有詩云：‘近來無奈牡丹何，數十千錢買一窠。’徐凝云：‘三條九陌花時節，萬馬千軍看牡丹。’又云：‘何人不愛牡丹花，占斷城中好物華。’然則元、白未嘗無詩，唐人亦未嘗不重此花也。”《野客叢書》：“歐公謂牡丹初不載文字，自則天以後始盛，唐人如沈、宋、元、白之流，皆善咏花，寂無傳焉，唯劉夢得有《咏魚朝恩宅牡丹》一詩。《苕溪漁隱》、《容齋隨筆》引劉夢得、元、白數詩，以證歐公之誤。予案《龍城録》載高宗宴群臣，賞雙頭牡丹，知在唐已見於高宗之時矣。格物論自《謝康樂集》中始言永嘉間竹際多有之，唐開元末得之汾州，天寶中爲都城奇賞矣。徐文靖《管城碩記》：‘按《素問》“清明次五日牡丹華”王砅注引吕氏月令：田鼠化鴽，牡丹華。’段成式《酉陽雜俎》：‘《謝康樂集》中言永嘉竹間水際多牡丹。’北齊楊子華有畫牡丹極佳，歐公謂初不載文字，何也？唐玄宗内殿賞牡丹，問程修己曰：‘京師有傳唱牡丹詩者，誰稱首？’對曰：‘李正封詩云：國色朝酣酒，天香夜染衣。’則又在夢得前矣。”衡案《海記》：①“煬帝闢西院，易州進牡丹二十種。”有赬紅、鞓紅、飛來紅、袁家紅、醉妃紅、雲紅、天外紅、一拂黄、軟條黄、延安黄、先春紅、顫風嬌等名。據此，則大業之時，牡丹已盛行，不始於唐也。

---

① “海記”，疑當爲“海山記”。《佩文韻府·十四寒》“丹”字條下引《海山記》：“煬帝辟西苑，易州進牡丹二十種。”又《青瑣高議》後集卷五《隋煬帝海山記》載易州進二十四相牡丹，中有“赭紅”、“飛來紅”、“袁家紅”、“醉妃紅”、“一拂黄”、“軟條黄”、“延安黄”、“先春红”、“顫風嬌”等名目。

6.17 杞菊、山芋、牛蒡,道家以爲嘉蔬。江淮百合根大而味甘,南地微苦。其次决明、合歡、槐芽亦可食。孫思邈以合歡爲萱草。嵇叔夜:合歡蠲忿,萱草忘憂,兩物也。

【疏證】案,菊無"杞菊"之名,當謂枸杞與甘菊二物也。山芋一名蹲鴟,一名土芝。寇宗奭曰:"江浙二川者最大而長,京洛者差圓小,然味佳,他處不及也。當心出苗者爲芋頭,四邊附之而生者爲芋子,八九月以後掘食之。"牛蒡一名惡實。李時珍曰:"其實狀惡而多刺鈎,故名。其根葉皆可食。人呼爲牛菜,術人隱之,呼爲大力也,俚人謂之便牽牛,南人呼爲夜叉頭。"百合一名强瞿,一名摩羅,一名重箱。陶弘景曰:"根如葫蒜,數十片相累,人亦蒸煮食之。"李時珍曰:"其根如大蒜,其味如山藷,故俗稱蒜腦藷。"衡案,百合苦者不中食。决明,《名醫别録》曰:"葉如茳芒子,形似馬蹄,呼爲馬蹄决明。"寇宗奭曰:"决明苗高四五尺,春亦爲蔬。"甄權曰:"葉作菜食,利五臟,明目,甚良。"李時珍謂决明有二種:一種馬蹄决明,莖高三四尺,葉大於苜蓿,而本小末奓,晝開夜合。一種茳芒决明,《救荒本草》所謂山扁豆是也,苗莖似馬蹄决明,但葉之本小末尖,正似槐葉,夜亦不合。但茳芒嫩苗及花與角子,皆可瀹茹及點茶食,而馬蹄决明苗角皆韌,苦不可食也。衡案,又有一種草决明,即青箱子。合歡一名夜合,一名青裳。寇宗奭曰:"合歡花,其色如今之醮暈緑,上半白,下半肉紅,散垂如絲,爲花之異,其緑葉至夜則合也。嫩時煠熟水淘亦可食。"槐一名櫰。李時珍曰:"槐之生也,季春五日而兔目,十日而鼠耳,更旬而始規,二旬而葉成。初生嫩芽可煠熟水淘過食,亦可作飲代茶。"宋袁文《瓮牖閑評》曰:"嵇康《養生論》並《博物志》云:合歡蠲忿,萱草忘憂,自古以爲二花。今沈存中《忘懷録》種合歡法下注云'萱草也',謂合歡即萱草。存中之言誤矣。"李時珍曰:"嵇康《養生論》:'神農經言中藥養性,故合歡蠲忿,萱草忘憂。'鄭樵《通志》乃言萱草一名合歡者,誤矣。"衡案,此條云孫思邈以合歡爲萱草,則其誤不始於沈括、鄭樵也。崔豹《古今注》云:"欲忘人之憂,則增以丹棘。丹棘,萱草也。欲蠲人之忿，則贈以青裳。青裳，合歡也。"古以爲二物，顯然可見。且萱是草，合歡是木，焉得合而一之？

6.18 山蕭一名山繅，《神異經》作"猱"，《永嘉郡記》作"魅"，一名山駱，一名蛟，一名濯肉，一名熱肉，一名暉，一名飛龍，如鳩青色，亦曰冶鳥。巢大如五斗器，飾以土堊，赤白相間，狀如射侯。犯者役虎害人，燒人廬舍。昔值洪水，食都樹皮，餓死化爲鳥。姚、汪、王三姓其後也。①

【疏證】自"山蕭一名山繅"至"燒人廬舍"，見《酉陽雜俎·諾臯記》，末有"俗言山魈"四字。又云："舊説一姓姚，二姓王，三姓汪，昔值洪水，食都樹皮，餓死化爲鳥都，皮骨爲猪都，婦女爲人都。鳥都左腋下有鏡印，闊二寸一分，右脚無大指，右手無三指，左耳缺，右目盲。在樹根居者名猪都，在樹半可攀及者名人都，在樹尾者名鳥都。"衡案，此云姚、王、汪三姓是其後，蓋亦本於《諾臯記》，然則鳥都、猪都、人都俱是野人，不得以鳥都爲即鳥也。李氏引《酉陽雜俎》之説，而於"餓死化爲鳥"下截去"都"字，意以此鳥即是冶鳥，誤矣。冶鳥"如鳩青色"至"犯者役虎害人"，已見茂先《博物志》，其説甚詳。蓋是妖鳥，與鳥都異。《酉陽雜俎》既未能分晰，而《續博物》又混而爲一也。

6.19 俗諱五月上屋。言五月人蜕上屋，見影魂當去。

【疏證】《太平御覽》二十二引《荆楚歲時記》："或問董勛曰：俗五月不上屋。云五月人或上屋，見影魂便去。勛答曰：蓋秦始皇自爲之禁夏不得行，漢魏未改。案《月令》：仲夏可以居高明，可以遠眺望，可以升山陵，可以處臺榭。鄭玄以爲順陽在上也。今之不得上屋，正與禮反。敬叔云：見小兒死而禁暴席，何以異此乎？俗人月諱，何代無

---

① "後"，古今逸史本作"姓"，四庫本作"孫"。

之？但當矯之，歸於正耳。”

6.20　二廣有草名胡蔓，以急水吞之即死，慢水即緩死。取毒蛇殺之，以此草覆之，洒水菌生其上，末爲毒藥殺人。

【疏證】胡蔓草，即鉤吻。陳藏器曰：“鉤吻食葉，飲冷水即死，冷水發其毒也。彼土毒死人懸尸樹上，汁滴地上，生菌子，收之，名菌藥，烈於野葛也。”李時珍曰：“按李石《續博物志》云：‘胡蔓草出二廣。廣人負債急，每食此草而死以誣人。以急水吞即急死，慢水吞死稍緩。或取毒蛇殺之，覆以此草，澆水生菌爲毒藥害人。’”案所引較今本爲備，不知所據何本。此見《本草綱目》卷十七下。又卷二十八引楊士瀛《直指方》云：“廣南人殺毒蛇，覆之以草，以水洒之，數日菌生，采乾爲末，入酒毒人。遇再飲酒，毒發立死。”

6.21　北人淫南婦，辭歸，以毒置食，約以年月復還，解以他藥。不爾，毒發死矣，謂之定年藥。南遊者宜志之。

6.22　宋劉亮合仙丹，須白蟾蜍、白蝙蝠，得而服之立死。《玉芝堂談薈》卷三十五引。唐人陳子真得蝙蝠，大如鴉，食之，一夕大瀉而死。《本草綱目》四十八引。

【疏證】此論甚正。後卷七“丹水有石穴”一條又云“服之使人神仙”，與此説相背。《玉芝堂談薈》載《仙傳》：“武陽北平山有白蛤蟆，謂之肉芝。王喬食而仙去。”不足據。

6.23　小蜘蛛長脚者，一名蠨蛸，一名長蝽，俗名喜子。陸璣《詩》疏名長脚，荆州河内人謂之喜母。

【疏證】《爾雅》“次蟗鼅鼄鼄蝥也。土鼅鼄，草鼅鼄，蠨蛸，長踦。”郭注：“今江東呼鼅鼄爲鼄蝥，長脚者爲蟢子。”疏云：“小鼅鼄長脚者，一名蠨蛸，一名長踦，俗呼爲喜子。”陸璣《詩》疏：“蠨蛸，長踦，一名長脚。荆州河内人謂之喜母。此蟲來著人衣，當有親客至，有喜也。幽州人謂之親客，亦如蜘蛛爲網羅居之。”《采蘭雜志》：“昔有母子離别，母每見蠨蛸垂絲著衣，則曰子必至也，果然，故名曰喜子。子思其母亦然，故號曰喜母。均之一物也。”

6.24 段成式云：主夜神咒，可辟惡夢，咒曰“婆珊婆演帝”。

【疏證】《酉陽雜俎・詭習》篇：“雍益堅云：主夜神咒，持之有功德，夜行及寐，可已恐怖惡夢。咒曰‘婆珊婆演底’。”

6.25 清泰小字二十三，蓋正月二十二日生也，以是日爲千秋節。人臣奏對，但云“兩旬三日”，或數物則云二十二更過二十四，①不敢斥尊也。

【疏證】後唐李從珂立，改元清泰。《天中記》：“後唐潞王，小字二十三，蓋正月二十三生也。人臣奏對，但云‘兩旬三日’，或數物則云二十二，更過二十四，不敢斥尊也。宰臣李愚等表曰：‘梅花映雪於上林，椒酒迎春於秘殿。謂於是月特舉嘉名，請以降誕日爲千春節。’從之。”

6.26 《先賢傳》：魯有恭士，名曰氾。行年七十，其恭益甚，冬日行陰，夏日行陽，一食之間三起。

【疏證】《説苑・敬慎》篇：“魯有恭士，名曰机氾。行年七十，其恭益甚，冬日行陰，夏日行陽，市次不敢不行參。行必隨，坐必危，一食

① “二十二”，原作“二十三”，古今逸史本、四庫本並作“二十二”。據上下文義，作“二十二”是，今據改。

之間，三起不羞，見衣裘褐之士則爲之禮。魯君問曰：'机子年甚長矣，不可釋恭乎？'机氾對曰：'君子好恭以成其名，小人學恭以除其刑。對君之坐，豈不安哉，尚有差跌；一食之上，豈不美哉，尚有哽噎。今若氾所謂幸者也，固未能自必。鴻鵠飛冲天，豈不高哉，矰繳尚得而加之。虎豹爲猛，人尚食其肉，席其皮。譽人者少，惡人者多。行年七十，常恐斧質之加於氾者，何釋恭爲？'"衡案《隋書·經籍志》："《魯國先賢傳》二卷，晋大司農白褒撰。"此云"《先賢傳》"，疑即此。

6.27　秦穆公時，有人掘地得物若羊。將獻之，道逢二童子謂曰："此名爲媪，常在地中食死人腦。若欲殺之，以柏東南枝捶其首。"由是墓皆植柏。《玉芝堂談薈》卷二十引"由是"下多"今人"二字。又曰柏爲鬼廷。

【疏證】《述異記》："陳倉人有得異物者，其形不類猪，亦不似羊，衆不能名。忽有二童子至，云：'此名媪，常在地下食死人腦。若欲殺之，柏葉插其頭。'"又名糟費迷。《漢書·東方朔傳》"柏者鬼廷也"師古注："鬼神尚幽闇，故以松柏之樹爲廷府。"

6.28　漢孝和時，南海獻龍眼、荔枝，十里一置，五里一候。《交州記》曰："龍眼高五六丈，似荔枝而圓小。"《謝承書》曰："唐羌字伯游，上書諫，以龍眼、荔枝及生鮮獻之，驛馬晝夜傳送，至有死者。二物升殿，未必延年益壽。帝從之。"

【疏證】《後漢·和帝紀》："舊南海獻龍眼、荔枝，十里一置，五里一候，奔騰阻險，死者繼路。時臨武長汝南唐羌，縣接南海，乃上書陳狀。帝下詔曰：'遠國珍羞，本以薦奉宗廟，苟有傷害，豈愛民之本？其敕太官勿復受獻。'由是遂省焉。"注："《交州記》曰：'龍眼樹高五六丈，似荔枝而小。'《廣州記》曰：'子似荔枝而員，七月熟。荔支樹高五六丈，如桂樹，實如雞子，甘而多汁，似安石榴。'"《謝承書》曰："唐羌，字伯游，辟公府，補臨武長。縣接交州，舊獻龍眼、荔支及生鮮獻之，驛馬晝夜傳送，至有遭虎狼毒害，頓仆死亡不絕。道經臨武，羌乃上書諫曰：'臣聞上不以滋味爲德，下不以貢膳爲功。故天子食太牢爲尊，不以果實爲珍。伏見交趾七郡，獻生龍眼等，鳥驚風發，南州土地，惡蟲猛獸，不絕於路，至於觸犯死亡之害。死者不可復生，來者猶可救也。此二物升殿，未必延年益壽。'帝從之。"

6.29　魏初，傳古文出邯鄲淳，石經古文轉失淳法。石長八尺，廣四尺，碑石四十八枚，廣三十丈。魏文帝刊《典論》六碑，附於其次。陸機：《太學贊》別一碑，在講堂下，載蔡邕、韓説、高堂溪等名。《太學弟子贊》復一碑，在外門中。又一碑，漢順帝陽嘉八年立，云：建武二十七年，造太學，永建六年九月，詔書修太學。工徒十一萬二千人，陽嘉九年八月作畢。有《晋辟雍行禮碑》，是太始二年立。

【疏證】《水經·穀水》注："魏初，傳古文出邯鄲淳，石經古文轉失淳法。樹之於堂西，石長八尺，廣四尺，列石於其下。碑石四十八枚，廣三十丈。魏文帝又刊《典論》六碑，附於其次。陸機言：《太學贊》別一碑，在講堂西，下列石龜，碑載蔡邕、韓説、高堂溪等名。《太學弟子贊》復一碑，在外門中。今二碑並無。石經東有一碑，是漢順帝陽嘉八年立，文云：建武二十七年造太學，年積毁壞，永建六年詔書修太學。刻石記年，用工作徒十一萬二千人，陽嘉九年八月作畢。碑南面刻頌，表裏鏤字，猶存不破。漢石經北，有《晋辟雍行禮碑》，是太始二年立，其碑中折。"衡案《三國·魏志·王粲傳》附潁川邯鄲淳注引《魏略》曰："淳一名竺，字子叔。"又附光禄大夫韋誕注引《文章叙録》曰："魏初傳古文者，出於邯鄲淳。至正始中立《三字石經》，轉石淳法。"又案《三少帝紀》注引《搜神記》以《典論》爲魏明帝立，詔三公曰："先帝昔著《典論》，不朽之格言，其刊石於廟門之外，及太學與石經，並以永示萬世。”至齊王紹位之初，西域獻火浣布，子桓夙謂不然，於是刊滅此論，而天下笑之。《水經注》云：“魏文帝刊《典論》附於其次。”失之。

6.30　子曰：乾之動直靜專，坤動闢靜翕。其根也，天根每日兩度蹴入尾閭巨壑，則海沸出潮。

6.31　世傳費長房得符於壺公，以是制服百鬼。其後鬼竊其符，因以殺長房。

【疏證】《後漢·方術傳》：“費長房者，汝南人也，曾爲沛市掾。① 市中有老翁賣藥，懸一壺於肆頭。及市罷，輒跳入壺中。長房睹之異焉，因往再拜，遂欲求道。翁爲作一符，以此主地上鬼神，遂能鞭笞百鬼，或驅使社公，或在他坐目恚怒。人問其故，曰：吾責鬼魅之犯法者耳。後失其符，爲衆鬼所殺。”

6.32　道士尸解，謂之身經太陰。

【疏證】《抱朴子·論仙》篇：“案《仙經》云：上士舉形升虚，謂之天仙，中士於名山，謂之地仙，下士先死後蜕，謂之尸解。”《真誥》：尸解之法：人死必視其形如生人者，尸解也；足不青皮不皺者，亦尸解也；目不落光無異生人者，尸解也；髮盡落而失形骨者，尸解也。若非尸解之例，暫遊太陰者，太乙守尸，三魂營骨，七魄侍肉，胎靈護氣，皆數满再生而飛天。《酉陽雜俎·玉格》篇：“白日去曰上解，夜半去曰下解，向曉向暮謂之地下主者，太乙守尸，三魂營骨，七魄衛肉，胎靈録氣，所謂太陰練形也。”

---

① “掾”，原誤作“椽”，據《漢書》改。

6.33 李泌在衡山,事明瓚禪師。瓚云:"欲學者先將筆硯碎却。"明瓚,北宇大照之門人,性懶。群僧令看鹽,雨至流於池,群僧毆之,不怒。冬月卧於竈前不起,以粥洒其頭,因就頭取喫,號"懶瓚",作《明心論》。

【疏證】《太平廣記》九十六"異僧十"引《甘澤謡》曰:"懶殘者,唐天寶初衡嶽寺執役僧也,退食即收所餘而食,性懶而食殘,故號懶殘也。晝專一寺之工,夜止群牛之下,曾無倦色,已二十年矣。時鄴侯李泌,寺中讀書,察懶殘所爲,曰非凡物也。聽其中宵梵唱,響徹山林。李公情頗知音,能辨休戚,謂懶殘經音悽惋而後喜悦,必謫墮之人,時將去矣。候中夜,李公潛往謁焉,望席門通名而拜。懶殘大詬,仰空而唾曰:'是將賊我。'李公愈加敬謹,惟拜而已。懶殘正撥牛糞火出芋啖之,良久乃曰:'可以席地。'取所啖芋之半以授焉。李公捧承盡食而謝。謂李公曰:'慎勿多言,領取十年宰相。'又拜而退。居一月,刺史祭嶽,修道甚嚴,忽中夜風雷而一峰頹下,①其緣山磴道爲大石所欄,乃以十牛縻絆以挽之,又以數百人鼓噪以推之,力竭而愈固,更無他途可以修事。懶殘曰:'不假人力,我試去之。'衆皆大笑,以爲狂人。懶殘曰:'何必見嗤,試可乃已。'寺僧笑而許之。遂履石而動,忽轉盤而下,聲若雷震,山路既開,衆僧皆羅拜,一郡皆呼至聖,刺史奉之如神。懶殘悄然乃懷去意。寺外虎豹,忽爾成群,日有殺傷,無由禁止。懶殘曰:'授我箠,爲爾盡驅除。'衆皆曰:'大石猶可推,虎豹當易制。'遂與之荆挺,皆躡而觀之。纔出門,見一虎銜之而去。懶殘既去之後,虎豹亦絶踪迹。後李公果十年爲相也。"又蘇東坡《次韻毛滂法曹感雨詩》"芋火對懶殘"王十朋引次公注:"與《甘澤謡》泌拜而退以上仿佛。"又云事見《高僧傳》。

---

① "下",原作"卞",筆誤,徑改。

6.34　後漢崔篆著《易林》六十四篇。篆，駰之祖父。或曰《卦林》，或曰《象林》。

【疏證】《後漢書》：崔駰，字亭伯，涿郡安平人也。高祖父朝生子舒。小子篆，王莽時爲郡文學，以明經徵詣公車。篆自以宗門，受莽僞寵，慚愧漢朝，遂辭歸不仕，客居滎陽。閉門潛思，著《周易林》六十四篇，用決吉凶，多占驗。臨終作賦以自悼，名《慰志》。篆生毅，以疾隱身不仕，毅生駰。

6.35　白馬猶緇布，名實而已。

【疏證】《孔叢子》："子高曰：《春秋》記'六鷁退飛'，睹之則六，察之則鷁。鷁猶馬也，六猶白也，睹之得見其白，察之則知其馬，色以名別，内猶外顯，謂之白馬，名實當矣。若以絲麻，加之女工爲淄素青黄，色名雖殊，其質則一。是以《詩》有素絲，不曰絲素，《禮》有淄布，不曰布淄，犧牛玄武，此類甚衆。先舉其色，後名其質，萬物之所同，聖賢之所常也。"

續博物志卷七

宋李石撰　江都陳逢衡考證

7.1　老子"谷神不死"至"用之不勤",此章全是黄帝之言,今在五千文内。則老氏所著書,恐非專己出。

【疏證】《封氏聞見記》一云:"圂寇《天瑞》篇引黄帝之書曰:'谷神不死,是爲玄牝。玄牝之門,是謂天地根。綿綿若存,用之不勤。'此章黄帝之言,而存五千之内,則老氏所書同出已明矣。"此李氏所本也。

7.2　正月不食生葱,三月勿食小蒜。四月勿食大蒜,五月勿食薤。六月、七月勿食茱萸,成血痢,八、九月勿食薑并肝、心、肺。十月勿食椒,十一月、十二月勿食帶甲之物并脾腎。[1] 稗海本"腎"作"胃"。

【疏證】此出《孫真人食忌》,蓋道家語也,故多以辛辣之物爲戒。案《本草綱目》載孫思邈曰:"正月食生葱,令人面上起遊風。小蒜三月勿久食,傷人志性。四月、八月食葫傷神,大蒜,一名葫。令人喘悸,口味多爽。八、九月多食薑,至春多患眼,損壽減筋力。"又"吴茱萸"下引孫思邈曰:"多食傷神,令人起伏氣,咽喉不通。"

---

① "帶",古今逸史本、四庫本均作"戴"。

7.3 眼者身之鏡,耳者體之牖。視多則鏡昏,聽衆則牖閉。面者神之庭,髮者腦之華。心悲則面燋,腦減則髮素。精者體之神,明者身之寶。勞多則精散,營竟則明消。①

【疏證】案道書《九華經》:真妃曰:眼者身之鏡,耳者體之牖。視多則鏡昏,聽衆則牖閉。妾有磨鏡之石,決牖之術。面者神之庭,髮者腦之華。心悲則面燋,腦減則髮素。所以精元内喪,丹津損竭。妾有童面之經,還白之法。精者體之神,明者身之寶。勞多則精散,營競則明消。妾有益精之道,延明之經。

7.4 人死必視其形如生人,足不青,皮不皺,目光不毁,頭髮盡脱而失形骨者,皆尸解也。② 舊聯上作一條,今分爲二。

【疏證】此條出《真誥》,見《太平御覽》六百六十四引,又見《酉陽雜俎·玉格》篇,説載前卷六。

7.5 武德三年,晋州人吉善行於羊角山,見白衣父老呼善行曰:"爲吾語唐天子,吾爲老君,即汝祖也。"高祖因立廟,高宗追尊玄元皇帝,明皇親注《老子》,令學者習之。兩京及諸州各置玄元皇帝廟,京師號玄元宫,諸州號紫極宫。尋改西京爲太清宫,東京爲太微宫,皆置學生。舊聯上二條合爲一,今作另條。

【疏證】《太平寰宇記》:"河東道晋州神山縣,老君祠在縣東南二十里。唐武德三年見神於羊角山下,語曲沃縣人吉善行曰:'報大唐天子,得聖理一千年。'其年敕遣通事舍人柳憲立祠,因改縣爲神山。

① "竟",古今逸史本作"鏡",四庫本作"競"。又古今逸史本、四庫本此處不分條。

② 古今逸史本、四庫本此處不分條。

開元十四年，於舊廟置慶唐觀。”衡案，唐晉州神山縣，今山西平陽府浮山縣。又案唐高宗乾封元年正月封泰山，駕還至亳州，尊老君爲太上玄元皇帝。《唐書·藝文志》：“玄宗注《道德經》二卷，又疏八卷。天寶中加號《玄通道德經》。”案《郡齋讀書志》：“《老子》疏六卷，唐玄宗撰。”玄宗既爲注，又爲疏六卷，《唐藝文志》有之，則是注與疏共爲八卷也。又《地理志》：“亳州真源縣有老子祠，天寶二年曰太清宫。”《舊唐書》開元二十九年正月制兩京諸州各置玄元皇帝廟，天寶二年三月改西京玄元廟爲太清宫，東京爲太微宫，天下諸郡爲紫極宫。《封氏聞見記》一云：“高祖武德三年，晉州人吉善行，於羊角山見白衣老父，呼善行謂曰：‘爲我語唐天子，吾是老君，即汝祖也。今年無賊，天下太平。’高祖即遣使致祭，立廟於其地，遂改浮山縣爲神山縣，拜善行爲朝散大夫。高宗乾封元年，還自岱嶽，過真源縣，詣老君廟，追尊爲玄元皇帝。玄宗開元二十一年，親注老子《道德經》，令學者習之。二十九年，兩京及諸州各置玄元皇帝廟，京師號玄元宫，諸州號紫極宫。尋改西京玄元宫爲太清宫，東京玄元宫爲（缺二字）宫。”此《續博物志》所本也，所缺二字當作“太微”。

7.6　萵菜出咼國，有毒，百蟲不敢近。蛇虺過其下，誤觸之則目瞑不見物。有中其毒者，唯生薑汁解之。

【疏證】説見彭乘《墨客揮犀》。案萵菜即今萵苣，氣味苦冷微毒，一名千金菜。咼國不知何國，《淮南·説山訓》有咼氏之璧。

7.7　食黄顙魚後飲荊芥湯即死。

【疏證】黄顙魚，無鱗魚也，一名黄鱨魚。反荊芥害人。《本草》：假蘇一名薑芥，一名荊芥。李時珍曰：“荊芥反魚蟹河豚之説，本草醫方並未言及，而稗官小説往往載之。按李廷飛《延壽書》云：‘凡食一切無鱗魚，忌荊芥，食黄鱨魚後食之，令人吐血，惟地漿可解。與蟹同食動風。’又蔡絛《鐵山叢話》云：‘予居嶺嶠，見食黄顙魚犯薑芥者立死，甚於鉤吻。’洪邁《夷堅志》云：‘吴人魏幾道，啖黄顙魚羹後，采荊芥和茶飲，少頃足痒，上徹心肺，狂走，足皮欲裂，急服藥，兩日乃解。'陶九成《輟耕録》云：'凡食河豚，不可食荆芥藥，大相反。予在江陰，見一儒者因此喪命。'《葦航細談》云：[①]'凡食荆芥風藥忌食魚，楊誠齋曾見一人立致於死也。'又案《物類相感志》言：'河豚用荆芥同煮三五次，换水則無毒。'其説與諸書不同，大抵養生者寧守前説爲戒可也。"

7.8 草木之生，動摇者生而不暢。人之導引，動摇形體者，[②]形體，舊作"引體"，誤。何故壽而不死？

【疏證】《論衡·道虚》篇："道家或以導氣養性，度世而不死，以爲血脈在形體之中，不動摇屈伸，則閉塞不通，不通積聚則爲病而死，此又虚也。夫人之形，猶草木之體也。草木在高山之巔，當疾風之衝，晝夜動摇者，能復勝彼隱在山谷，障於疾風者乎？案草木之生動摇者傷而不暢，人之導引動摇形體者，何故壽而不死？夫血脈之藏於身也，猶江河之流地。江河之流，濁而不清，血脈之動，亦擾不安。不安則猶人勤苦無聊也，安能得久生乎？"衡案，養生家導引摇動，日有常度，非盡晝夜爲之也。夫流水不腐，門樞不朽，鬱滯之爲患甚矣。王氏此説，頗不得養生要旨。

7.9 堯若腊，舜若腒，桀紂之君，垂腴尺餘。

【疏證】《論衡·語增》篇："傳語曰：聖人憂世深，思事勤，愁擾精神，感動形體，故稱堯若腊，舜若腒，桀纣之君，垂腴尺餘。夫言聖人憂世念人，身體羸惡，不能身體肥澤可也，言堯舜若腊與腒，桀紂垂腴尺餘，增之也。"衡案，堯臞，舜墨，禹跳，湯偏，聖人憂勤惕厲，日昃不

---

① "細"，當作"紀"，下文"凡食荆芥風藥忌食魚"云云出《葦航紀談》。今本《本草綱目·假蘇》引亦作"《葦航紀談》"。

② "形"，古今逸史本作"引"，四庫本作"四"。

遑,其勞悴之容可見。若桀紂厚自顧養,故有豐富之體。王氏此論亦未允當。

7.10 王充曰:雷公有形,[1]雷聲有器,安得謂之神?正月陽動故始雷,五月陽盛故雷迅,秋冬陽衰故雷潛。太陽用事,陰氣乘之,陰陽分爭,則相激射。爲毒中人則死,中木則折。人以震死,試以斗水沃冶鑄之火,火氣激烈,則爲雷聲。或曰雷火之及,金石焦熔,而漆器不壞,何也?道家以雷燒石投井中,石焦水寒,激聲大鳴。

【疏證】《論衡·雷虚》篇:"何以爲神?曰神者恍惚無形,出入無門,上下無根,故謂之神。今雷公有形,雷聲有器,安得爲神?如無形,不得爲之圖象;如有形,不得謂之神。"又曰:"實説雷者,太陽之激氣也。何以明之?正月陽動,故正月始雷。五月陽盛,故五月雷迅。秋冬陽衰,故秋冬雷潛。盛夏之時,太陽用事,陰氣乘之,陰陽分爭,則相校軫。校軫則激射,激射爲毒中人輒死,中木木折,中屋屋壞。人在屋下木間,偶中而死矣。何以驗之?試以一斗水,灌始鑄之火,氣激礬裂若雷之音矣。或近之,必灼人體。"又曰:"道術之家,以雷燒石色赤,投於井中,石燋井寒,激聲大鳴,若雷之狀。"衡案《雷虚》篇無"或曰雷火之及"至"何也"十七字。細核王氏此説,似謂雷無知識,不過陽氣激裂,故中人則死。然千古未聞雷擊良善之人,蓋莫之爲而爲之中有神道焉,而豈冥然之謂哉?

7.11 顔淵與孔子俱上泰山,東南望吴昌門外。孔子見白馬,引顔淵指之:"若見吴昌門乎?"顔淵曰:"見之,有繫練之狀。"孔子撫其目而止之。顔淵髮白齒落,遂以病死。蓋精

---

① "形",古今逸史本、四庫本並作"神"。

力不及聖人而強役之也。

【疏證】《論衡・書虛》篇:"傳書或言:顔淵與孔子俱上魯太山。孔子東南望吴閶門外有繫白馬,引顔淵指以示之曰:'若見吴閶門乎?'顔淵曰:'見之。'孔子曰:'門外何有?'曰:'有如繫練之狀。'孔子撫其目而止之,因與俱下。而顔淵髮白齒落,遂以病死,蓋以精神不能若孔子,精華竭盡,故早夭死。殆虛言也。"又云:"案魯去吴千有餘里,使離朱望之,終不能見,况使顔淵,何能審之?"衡案《韓詩外傳》亦有顔回望吴門,見一匹練,孔子曰馬也之説,然終是附會之詞。

7.12 椴似茱萸而小,赤色。

【疏證】椴一名藙,一名艾子,見《本草圖經》。《博雅》謂之越椒,《本草拾遺》謂之欓子,《唐本草》謂之食茱萸。《説文》:"椴,似茱萸,出淮南。"《唐唐疑作廣。韻》:似茱萸而實赤。

7.13 樝似梨而酢澀。鹿食椒橘葉,其肉自然作椒橘香。江東呼虆爲藤,似葛而粗大,梗似豫章。杼斗爲櫟,或言皂斗。棪實似柰,柚似橙而酢。

【疏證】樝一名木桃,見《埤雅》。木瓜酸香而生脆,木桃酢澀而多渣,故謂之樝。陶弘景曰:"《禮》云樝梨鑽之,謂鑽去核也。鄭玄不識,以爲梨之臧者。郭璞以爲似梨而酢澀,古以爲果,今不入例矣。"衡案《説文》:"樝,木名,與相同,似梨而酢。"《廣韻》:"相同樝,似梨而酸。"《爾雅・釋木》:"相梨曰攢之。"虆,與"藟"通。《博雅》:"藟,藤也。"《爾雅・釋木》:"山虆似葛。"《韻會》引《爾雅注》云:"江東謂虆藇爲千歲虆,即今言萬歲藤。"《玉篇》:"梗木似豫章。"杼斗即橡實,一名橡斗,一名皂斗,見《説文》。《爾雅》云"栩,杼也",又曰"櫟,其實梂"。孫炎注云:"栩,一名杼也。櫟,似樗之木也。梂,盛實之房也。其實名橡，有梂彙自裹之。”《詩・唐風》“集於苞栩”，《秦風》“山有苞櫟”，陸璣疏云：“即柞櫟也。秦人謂之櫟，徐人謂之杼，或謂之栩，其子謂之皂，亦曰皂斗，其殼煮汁，可染皂也。”《爾雅・釋木》“梂櫄其”郭注：“實似柰，赤可食。”柚與櫾同，其大者謂之朱欒，最大者謂之香欒，小者如橙，大者如瓜，樹葉皆似橙。《埤雅》云：“橙，柚屬也。”

7.14　《淮南子》曰：“狠者類知而非知也，愚者類君子而非君子也，戇者類勇而非勇也。使人相去也，若玉之與石也，葵之與莧也，則論人易矣。夫亂人者，若芎藭之與槁本，蛇床之與蘼蕪。”

【疏證】《淮南・氾論訓》：“狠者類知而非知，愚者類仁而非仁，戇者類勇而非勇。使人之相去也，若玉之與石，美之與惡，則論人易矣。夫亂人者，芎藭之與稿本也，蛇床之與蘼蕪也，此皆相似者，故劍工惑劍之似莫邪者，惟歐冶能名其種，玉工眩玉之似碧盧者，唯猗頓不失其情。”

7.15　蓂莢一名曆莢，聖王以是占日月之數。

【疏證】《論衡・是應》篇：“古者蓂莢夾階而生，月朔日一莢生，至十五日而十五莢。於十六日日一莢落，至月晦莢盡。來月朔一莢復生。王者南面視莢生落，則知日數多少，不須煩擾，案日曆以知之也。”《孫氏瑞應圖》曰：“蓂莢者，葉圓而五色，一名曆莢。十五葉，日生一葉，從朔至望畢，從十六日毀一葉，至晦而盡，月小則一葉卷而不落。聖明之瑞也，人君德合乾坤則生。”《帝王世紀》：“堯時蓂莢夾階而生，每月朔則生一莢，至月半而十五莢。十六日落一莢，至晦而盡，若月小盡則餘一莢，厭而不落。王者以之占曆。”

7.16　朱草狀如小桑，栽長三四尺，枝葉皆丹，汁如血。

朔望生落如蓂莢，周而復始。可以染絳，成黼黻之章。金銀投其汁可使成圓泥，投水爲金漿。[1] 以玉投之爲玉醴，飲之令人長生。出《抱朴子》。

【疏證】《孝經援神契》"朱草生"注："朱草者，百草之精，狀如小桑，栽子長三四尺，枝莖如珊瑚，生名山石岩之下。刺之如血，其葉生落，隨月晦朔，亦如蓂莢。"《三禮義宗》云："朱草赤草也，可以染絳爲服，以别尊卑。王者施德有常，則應德而生。"《大戴禮》曰："朱草日生一葉，至十六日落一葉，周而復始。"《白虎通》曰："朱草赤色也，可以染絳成黼黻之服，列爲尊卑。"《抱朴子》曰："朱草狀似小桑，栽長三四尺，枝葉皆赤，莖如珊瑚，生名山嶺石之下，刻之汁流如血。以玉及八石金銀投其中，立可丸爲泥。以金投中名曰金漿，以玉投之名曰玉醲，服之皆長生也。"

7.17　驃國諸蠻，並不養蠶。收娑羅木子，破其殼，中如柳絮細，織爲幅服之，謂之娑羅籠段。

【疏證】沈懷遠《南越志》言："南詔諸蠻不養蠶，惟收娑羅木子中白絮，紉爲絲，織爲幅，名娑羅段。"又祝穆《方輿志》言："平緬出娑羅樹，大者高三五丈，結子有綿，紉綿織爲白氈兜羅綿，此亦斑枝花之類。"

7.18　蠻法煮鹽成團爲顆，質則以顆計之。

7.19　茶出銀生諸山，采無時，雜椒薑烹而食之。[2]

---

① "投"，原作"成"，四庫本作"投"。案作"投"義長，今據改。
② "食"，古今逸史本、四庫本並作"飲"。

7.20　生金出長傍諸山。取法：以春或冬，先於山腹掘坑，方夏水潦蕩沙泥土注之坑，秋始披而揀之。有得片塊，大者重一斤或二斤，小者不下三四兩。先納官十分之八，餘許歸私。仍累勞效免征賦。麩金出麗水河聧川。有罪送淘金所，最爲重役。會同川銀山出銀礦，私置冶官，收十之三。諸聧川有錫山，出錫。

【疏證】案字書無“聧”，字當作“睽”。

7.21　蘇躭，郴縣人，嘗與衆兒共牧牛，更直爲師録。“師”當作“帥”，“録”下脱“牛無散”三字。每至躭直，牛不逐自還。既而辭母仙去。又説年疫，穿一井飲之，可得無恙。

【疏證】《神仙傳》：“蘇仙公者，桂陽人也，漢文帝時得道。早喪怙，鄉中以仁孝聞。家貧，常自牧牛，與里中小兒更日爲牛郎。先生牧之，牛則徘徊側近，不驅自歸；餘小兒收牛，牛則四散，跨岡越險。諸兒問曰：‘爾何術也？’先生曰：‘非汝輩所知。’先生嘗與母共食，母曰：‘食無鮓，他日可往市買也。’先生於是以箸插飯中，携錢而去，斯須即以鮓至。母曰：‘何處買來？’對曰：‘便縣市也。’母曰：‘便縣去此百二十里，道途徑險，往來遽至，汝欺我也。’欲杖之。先生跪曰：‘買鮓之時，見舅在市，與我語云，明日來此。請待舅至，以驗虚實。’母遂寬之。明曉舅果到，云昨見先生便縣市買鮓。母即驚駭，方知其神異。數歲之後，先生洒掃門庭。友人曰：‘有何邀迎？’答曰：‘仙侶當降。’俄頃之間，乃見天西北隅，紫雲氤氳，有數十白鶴，飛翔其中，翩翩然降於蘇氏之門，皆化爲少年，儀形端美，如十八九歲人，怡然輕舉。先生斂容逢迎，乃跪白母曰：‘某受命當仙，被召有期，儀衛已至，當違色養。’即便拜辭，母至歔欷。母曰：‘汝去之後，使我如何存活？’先生曰：‘明年天下疾疫，庭中井水，檐邊橘樹，可以代養。井水一升，橘葉一枚，可療一人。兼封一櫃留之，有所闕乏，可以扣櫃言之，所須當至,慎勿開也。'言畢即出門,踟躕顧望,聳身入雲。紫雲捧足,群鶴翱翔,遂升雲漢而去。來年果有疾疫,遠近悉求母療之,皆以水及橘葉,無不愈者。有所闕乏,即扣櫃,所須即至。三年之後,母心疑,因即開之,見雙白鶴飛去,自後扣之,無復有應。母年百餘歲,一旦無疾而終,鄉人共葬之。忽見州東北斗脾山,紫雲蓋上,有號哭之聲,咸知蘇君之神也。先生哭處,有桂竹兩枝,無風自掃,其地恒淨。三年之後,無復哭聲。自後有白鶴來止郡城東北樓上,人或挾彈彈之,鶴以爪攫樓板似漆書云:'城郭是,人民非,三百甲子一來歸,吾是蘇君彈何爲?'至今修道之人,每至甲子日,焚香禮於仙公之故第也。"又案《桂陽列仙傳》云:"蘇耽郴縣人,①少與衆兒共牧,更直爲帥,録牛毋散,每至耽爲帥,牛輒不逐自還。"

7.22 道士譚紫霄,有觀燈之術,説人禍福必中。

【疏證】陸游《南唐書》:"譚紫霄,泉州人,幼爲道士。初有陳守元者,亦道士,劚地得木札數十,貯銅盎中,皆漢張道陵符篆,朱墨如新,藏之而不能用,以授紫霄。紫霄盡能通之,遂自言得道陵天心正法,劾鬼魅,治疾病多效。閩王王昶尊事之,號金門羽客,正一先生。閩亡,遁居廬山栖隱洞,學者百餘人。武昌節度使何敬洙,嘗殺女奴,投尸井中,人無知者。遇疾,召譚紫霄中夜披髮仗劍考治,見女奴自訴。詰旦屏人以語敬洙,乃丹篆符遣之,疾即愈。廬山僧闢路,有大石堅不可鑱,紫霄往視曰:'此固易耳。'索杯水噀之,命工施鑱,應手如粉。後主聞其名,召見,賜官階辭不受。俄無疾卒,年百餘。今言天心法者,祖紫霄。"衡案,譚峭,唐國子司業洙之子,師嵩山道士,得辟穀養氣之術,見沈汾《續仙傳》。又道家稱峭爲紫霄真人,其人與《五代·閩世家》所説之譚紫霄同時,不知即一人否。葉夢得《避暑録話》云:"唐末有道士程紫霄,一日朝士會終南太極觀守庚申,紫霄笑曰:'三

---

① "郴",原作"彬",形近而誤,徑改。

尸何有？此吾師托是以懼爲惡者爾。'"此又一紫霄也，然亦是唐末人，或譚姓誤作程字。《郡齋讀書後志·五行類》：《占燈法》一卷，皇朝李淳風撰。

7.23　郭頒《世語》云：魏黄初盜發吴芮冢，見芮尸容貌衣服並如生。吴平，發冢人於壽春見南蠻校尉吴綱曰："君形貌何類長沙王吴芮乎？但君微短耳。"綱矍然曰："是先祖也。"自芮卒至冢發四百年，至綱又四十年矣。

【疏證】《三國·魏志·諸葛誕傳》注引《世語》曰："黄初末，吴人發長沙王吴芮冢，以其磚於臨湘爲孫堅立廟。芮容貌如生，衣服不朽。後豫發者見吴綱曰：'君何類長沙王吴芮，但微短耳。'綱矍然曰：'是先祖也。君何由見之？'見者言所由。綱曰：'更葬不？'答曰：'即更葬矣。'自芮之卒，至冢發四百餘年。綱，芮之十六世孫矣。"案此條又引見《水經·湘水》注，與《續博物志》同，但"盜"作"吴人"，"發吴芮冢"下，多"取木於縣立孫堅廟"八字，"取木"疑"取磚"之誤。又案《漢書·列傳》：吴芮，秦時番陽令也。項羽入關，立芮爲衡山王，都邾。項籍死，漢高以其將梅鋗有功，從入武關，故德芮徙爲長沙王，都臨湘，一年薨。案前後漢至魏王曹丕篡位，合共四百零八年。

7.24　丹水有石穴，蝙蝠大者多倒懸，百歲者倒懸，得而服之，使人神仙。

【疏證】《水經·澧水》注："丹水又經亭下，有石穴甚深，未嘗測其遠近。穴中蝙蝠，大者悉多倒懸。《玄中記》曰：'蝙蝠百歲者倒懸，得而服之，使人神仙。'"即此條所本也。案此與前卷六"宋劉亮"一條相背，但知鈔撮而無選擇，於此可見。又案《拾遺記》："岱輿山有五色蝙蝠，黄者無腸，倒飛腹向天。白者腦重頭垂自挂，黑者如鳥，至千歲形如小燕，青者毛長二寸，色翠赤者止於石穴。"《玄中記》："百歲之鼠，化爲蝙蝠。”又曰：“百歲伏翼色赤，止則倒懸，千歲伏翼色白，得而食之，使人神仙。”《抱朴子》：“千歲蝙蝠色如白雪，集則倒懸，腦重故也。此物得而陰乾末服之，令人壽四萬歲。”衡案，此皆道家不根之論。

7.25　陶隱居云：“學道之士居山，宜養白犬白雞，可以辟邪。”

【疏證】陳藏器曰：“白雄雞養三年，能爲鬼神所使。”李時珍曰：“案陶弘景《真誥》云：‘學道山中，宜養白雞白犬，可以辟邪。’”

7.26　蘇枋木自然蟲糞爲紫粉。

【疏證】蘇枋木即蘇方木。李時珍曰：“按嵇含《南方草木狀》云：‘蘇方樹類槐，黄花黑子，出九真。煎汁忌鐵器則色黯，其木蠹之糞名曰紫納，亦可用。’”衡案“紫納”疑“紫粉”之誤。

7.27　秦二十一年，鑄金狄十二，釋氏之原本。霍去病討休屠王，獲其祭天金人，武帝以爲神，列於甘泉宫。魏黄初元年，徙長安銅狄，重不可致，或言金狄泣，因留霸城南。人有見薊子訓與父老共摩銅狄曰：“正見鑄此時，計爾日已近五百年矣。”董卓毁其九爲錢，苻堅毁其二爲錢，其一百姓推置陜北河中。或云翁仲頭髻長出，[①]晋軍至，髻不復出。

【疏證】《水經》：河水又西，徑陜城故城南。酈注：“西北帶河水涌起，方數十丈，有物居水中，父老云銅翁仲所投處。或云翁仲頭髻長出，水之漲減，恒與水齊。晋軍當至，髻不復出。案秦始皇二十一年，長狄十二見於臨洮，長五丈餘，以爲善祥，鑄金十二以像之，各重二十四萬斤，坐之宫門之前，謂之金狄。漢自阿房徙之未央前，俗謂之翁

① “長”，古今逸史本、四庫本作“常”。

仲矣。後董卓毁其九爲錢,其在者三。魏明帝欲徙之洛陽,重不可勝,至霸水西停之。《漢晋春秋》曰:'或言金狄泣,故留之。'石虎取置鄴宫,苻堅又徙之長安,毁二爲錢,其一未至而苻堅亂。百姓推置陝北河中,①於是金狄滅除。"又渭水注:"魏文帝黄初元年,徙長安金狄,重不可致,因留霸城南。人有見薊子訓與父老共摩挲銅人曰:'正見鑄此,計其日,似近五百年矣。'"衡案,此志蓋合兩説而抄撮爲一者也。《漢書·霍去病列傳》:"元狩二年春,驃騎將軍將萬騎出隴西有功,收休屠祭天金人。"如淳曰:"祭天以金人爲王也。"張晏曰:"佛徒祠金人也。"師古曰:"今之佛像是也。"

7.28 陳正敏所取者,陳摶、李瀆、林逋、魏野,皆遁世之士。希夷先生陳摶,服氣辟穀二十餘年,或寢百餘日不起。太平興國中,召入,復放還山。一旦自作表云:"臣摶大數有終,聖朝難戀。已於今月二十二日化形於蓮華峰。"如期而卒,七日支體猶温,五色雲蔽洞口,彌月不散,已百餘歲矣。

7.29 劉向《列仙傳》、葛洪《神仙傳》、沈玢《續仙傳》、曾慥《集仙傳》,以異代事著於本朝者。自爾朱洞、吕嵓、陳摶、賀元,曾被祖宗眷異者。名臣如歐陽修、劉九石、②延年皆在。賀元仕,石晋爲水部員外郎,章聖東封謁道左,天聖初使弟子喻澄詣闕獻浮屠老子像,直數十萬。

【疏證】《隋書·經籍志》:《列仙傳》二卷,劉向撰;《神仙傳》十卷,葛洪撰。《唐書·藝文志》同,又云:沈汾《續神仙傳》三卷。《欽定四庫書簡明目録》云:"案汾或作玢,蓋字之誤。上卷載飛升十六人,中

① "北河"二字原誤倒,據上文及《水經注》乙正。
② "九",四庫本作"凡"。

卷載隱化十二人,下卷載隱化八人。"陳振孫《直齋書録解題》:《續傳》三卷,唐溧水令沈汾撰,或作玢。《道樞》二十卷,曾慥端伯撰。慥自號至游子。《集仙傳》十二卷,曾慥撰。自岑道願而下,一百六十二人。蘇東坡《送喬同寄賀君詩序》:"舊聞靖長官賀水部皆唐末五代人,得道不死。章聖皇帝東封,有謁於道左者,其謁云:晋水部員外郎賀亢。再拜而去,上不知也。已而閲謁,見之大驚,物色求之不可得。天聖初又使其弟子喻澄者,詣闕進佛道像,直數十萬。張公安道與澄游具得其事。又有喬同者,少得大風疾,幾死。賀使學道,今年八十,益壯盛。人無復見賀者,而同數見之。元祐二年十二月,同來京師十許日,余留之不可,曰:賀以上元期我於蒙山;又曰:吾師嘗游密州,識君於常山道上,意若喜君者。作是詩以送之,且作五絶句以寄賀。"查慎行《蘇詩補注》曰:"《陳後山集》有《賀水部傳》,云'賀充,世莫詳其年,仕石晋爲郎',與公詩引大略相同,但陳作賀充,詩作賀亢,兩處必有一訛。"馮應榴《蘇詩合注》曰:"七集本又作賀元。"衡案,《續博物志》作賀元似可據。馮又引何焯曰:"朱子云:東坡記賀水部事,或云無此事,蓋喬同紿東坡以求詩耳,見《石林避暑餘話》。然此事後山特爲作傳,①似與丹元子不同。"衡案,章聖皇帝是宋真宗,天聖是宋仁宗年號。

7.30 毛女在華山,山客獵師世世見之。體生毛,自言秦始皇宫人。陳摶在華山,或謗以與毛女往來。

【疏證】《列仙傳》:"毛女字玉姜,在華陰山中。山客獵師世世見之。形體生毛,自言秦始皇宫人也,秦亡流亡入山。道士教食松葉,遂不飢寒,身輕如此。至西漢時已百七十餘年矣。"

7.31 孔安國撰孔子弟子七十二人,劉向傳列仙亦七十

---

① "後",原作"后",陳師道號後山居士,作"後"是,徑改。

二人,皇甫士安撰高士亦七十二人,陳長文撰耆舊亦七十二人。

【疏證】《史記·仲尼弟子列傳》:顔回,魯人,字子淵。閔損,字子騫。鄭玄《孔子弟子目録》云魯人,《索隱》:"《家語》亦云魯人。"冉耕,字伯牛。鄭玄曰魯人。《索隱》:"按《家語》云魯人。"冉雍,字仲弓。鄭玄曰魯人。冉求,字子有。鄭玄曰魯人。仲由,字子路,卞人。《索隱》:"《家語》一字季路,亦云是卞人。"衡案,王肅本《家語》"卞"作"弁"。宰予,字子我。鄭玄曰魯人。《索隱》:"《家語》亦云魯人。"端木賜,衞人,字子貢。案《索隱》"木"作"沐",下注云:"《家語》作木。"言偃,吴人,字子游。《索隱》:"《家語》云魯人。"案,偃仕魯爲武城宰耳,今吴郡有言偃冢,蓋吴郡人爲是也。卜商,字子夏。《家語》云衞人。鄭玄曰温國卜商。《索隱》:"温國今河内温縣,元屬衞故。"顓孫師,陳人,字子張。《索隱》:鄭玄目録陽城人。陽城,縣名,屬陳郡。曾參,南武城人,字子輿。《索隱》:按魯更有北武城,故言南也。澹臺滅明,武城人,字子羽。宓不齊,字子賤。孔安國曰魯人。《索隱》:"《家語》云魯人。"原憲,字子思。《索隱》:"鄭玄曰魯人。《家語》宋人。"《聖門志》:"河南歸德商丘人。"公冶長,齊人,字子長。《索隱》:"《家語》云魯人,名萇,字子長。范寧云:字子芝。"鄭環《弟子列傳考》云:"《闕里考》名芝,字子長。"按襄二十九年,季武子取卞,使公冶問長其氏族歟,當從《家語》作魯人。又案周人諱名,無名與字同者,當從《釋文》字子張,或從《索隱》名萇。南宫适,字子容。孔安國曰:容,魯人。《索隱》:"《家語》作南宫縚。按其人是魯孟僖子之子仲孫閲也,蓋居南宫,因姓焉。"衡案,南宫括,與仲孫閲當是二人。公晳哀,字季次。《孔子家語》云齊人。《索隱》"晳"作"晳",又注云:"《家語》作公晳剋。"①衡案,王本《家語》公析哀,齊人,字季沉。蓋取沈潛剛克之義,"哀"當從《索隱》作"克"。曾蒧,字晳。"晳",《索隱》作"晳",又注云:"《家語》曾點,字子晳,曾參之父。"顔無繇,字路。《索隱》:《家語》云顔由,字路,回之父也。商瞿,魯人,字子木。高柴,字子羔。《左傳》作"季羔",《檀弓》《韓非子》作"子皋"。《索隱》:"鄭玄云衞人,《家語》

① 作公晳剋,今本《史記索隱》引《家語》"剋"作"克"。

齊人，高氏之别族。”鄭環曰：“按子羔後仕於衞，非衞人也。《檀弓》疏以爲鄭人，亦誤，當從《家語》。”漆雕開，字子開。《漢書·古今人表》作漆雕啓，《藝文志》：“《漆雕子》十二篇，孔子弟子漆雕啓後。”據此，則開本名啓。《索隱》：“鄭玄云魯人。《家語》云蔡人，字子若。”公伯僚，字子周。《索隱》僚作繚，周上無子字，下注云：“馬融云魯人，《家語》無公伯繚，而有申子周，而譙周云疑公伯繚是讒訴之人，非弟子之流，今亦列比在七十二賢之數，蓋太史公誤。”衡案，此公伯僚，疑另一人，蓋與訴子路之公伯僚，名同而人異。如魯有曾參，而殺人之人亦號曾參，當時有同名姓之人，亦無足異。不然子服景伯云“吾力猶能肆諸市朝”，豈有對師欲殺其弟之理？夫子答辭亦甚淡淡，曰“公伯僚其如命何”，若與己不相關屬者。觀夫子責冉求“鳴鼓而攻”之語，辭甚激烈，一對觀而可知矣。吾故曰訴子路之公伯僚，蓋是季氏家臣，沮墮都出甲之事者，於聖門無涉。而聖門弟子之公伯僚，又另一人。況《索隱》作繚，其字又與“僚”異乎？明人遽請黴兩廡之祀，何歟？司馬耕，字子牛。《索隱》：《家語》云宋人，字子牛。孔安國亦云宋人，弟安子曰司馬犁也。牛是桓魋之弟，以魋爲宋司馬，故牛遂以司馬爲氏也。樊須，字子遲。《索隱》：“鄭玄云齊人，《家語》云魯人也。”有若。《索隱》：《家語》魯人，字子有。公西赤，字子華。《家語》魯人。鄭玄曰魯人。巫馬施，字子旗。《索隱》：“鄭玄云魯人。《家語》云陳人，字子期。”衡案，陳人是。《論語》作巫馬期。梁鱣，字叔魚。“鱣”亦作“鯉”。《索隱》：《家語》云齊人。顔幸，字子柳。《索隱》：《家語》云：顔幸字柳。案《禮記》有顔柳，或此人。冉孺，字子魯。《索隱》：“《家語》字子魯，魯人，作冉儒。”衡案，王本《家語》：“冉孺，字子魚。”“魚”字誤。曹卹，字子循。《闕里志》：蔡人。伯虔，字子析。析，《索隱》作“折”，下注云：“《家語》作伯處，字子晳，皆轉寫字誤，未知適從。”衡案，王本《家語》：“伯虔，字揩。”《咸淳臨安志》魯人。公孫龍，字子石。《索隱》：“《家語》或作寵，又云礱，七十子圖非礱也。按字子石，則礱或非謬。鄭玄云楚人，《家語》衞人，然莊子所云堅白之談，則兵人也。”衡案《弟子考》，龍字子石，若趙人名龍者字子秉，故莊子謂惠子曰：“儒墨楊秉四，與夫子爲五，果孰是耶？”所云秉者龍也，詭辭數萬，騁堅白異同之辨，初非孔子弟子，小司馬《史記索隱》認爲一人，誤。又案顧述曰：龍當作龎。《爾雅》：“厖，大也。”《詩》：“爲下國駿厖。”《爾雅·釋詁》：“碩，大也。”《漢書》卷二十：“石，大也。”古石、碩通，龎、龍亦通。冉季，字子産。《集解》：鄭玄曰魯人。公祖句兹，字子之。《家語》作公祖兹，鄭玄曰魯人。秦祖，字子南。《集解》："鄭玄曰秦人。"《索隱》"南"上無"子"字。漆雕哆，字子斂。《集解》："哆，赤者反"，"鄭玄曰魯人"。鄭環曰："《家語》哆作侈。"衡案王本《家語》正作哆。顏高，字子驕，《索隱》："《家語》名産，孔子在衛，南子招夫子爲次過市，時産爲御也。"衡案王本《家語》，顏刻，魯人，字子驕。下亦有衛靈公與夫人南子同車，使孔子爲次乘事，正是一人。又顏高見《左傳·定八年》"顏高之弓六鈞"，不知即此人否。鄭環曰："案驕當作喬。《爾雅·釋詁》：'喬，高也。'《説文》：'僑，高也。'古文僑、喬、驕通，故誤作驕。"顧述曰："按高爲亭字之訛。亭，刻同《説文》亭，象屋下刻木之形，故《家語》作刻。"衡案，《孔子世家》及《漢書·人表》俱作"刻"，《通典》字子精，義頗與名"刻"字協。漆雕徒父。《索隱》："《家語》字固也。"衡按，王本《家語》：漆雕從，字子文。"從"與"徒"以字形相近而誤。古人多以"父"爲字，不以取名，"父"字當衍。《闕里考》云：或字子有。宋高宗贊作字子期。壤駟赤，字子徒。《集解》："鄭玄曰秦人。"《索隱》"徒"上無"子"字，下注云："《家語》字子徒者。"衡案，王本《家語》："穰駟赤，字子從。"從、徒二字相近而誤。穰與壤通。《通志略》以壤駟氏爲複姓，不可從。商澤。《集解》：《家語》曰字子秀。衡案，商澤，《索隱》本作石高澤，下注云："《家語》字季。"案，王本《家語》"商澤，字子秀"，與《集解》引同。鄭玄曰魯人。石作蜀，字子明。《索隱》無"子"字，下注云："《家語》同。"衡案，王本《家語》："右作蜀，字子明。""右"之爲姓不見經傳，當是"石"字之誤。鄭環曰："古本《家語》作石之蜀，今本《家語》作石子蜀。"張璿曰："《氏族略·複姓》篇有石作氏，注石作蜀，孔子弟子。"據此則"石作"複姓也。任不齊，字選。《集解》："鄭玄曰楚人。"《索隱》："《家語》字子選也。"公良孺，字子正。《集解》："鄭玄曰陳人。"《索隱》："《家語》作良儒，陳人。鄒誕本作公襄儒。"衡案，王本《家語》作公良孺。后處，字子里。《集解》："鄭玄曰齊人。"案《索隱》本無"子"字，下注云："《家語》同也。"檢王本《家語》，石處字子里。秦冉，字開。《家語》無。公夏首，字乘。《集解》："鄭玄曰魯人。"《索隱》："《家語》同也。"衡案，王本《家語》："公夏首，字子乘。"又《魏志》有公夏浩，或子乘之後，則"公夏"是複姓。奚容箴，字子皙。《索隱》："家語同也。"《正義》："衛人。"衡案，王本《家語》："奚箴，字子楷。"鄭環曰："《家語》作奚蒧，字子偕，一作楷，俱誤。按古蒧、點通。點，黑；皙，白：名與字義相合。宋高宗贊作點。"張璿曰："奚，奚仲之後。《家語》止作奚蒧，當稱奚子，今稱奚容子爲複姓，誤也。"衡按,“楷”與“箴”義亦相合。公肩定,字子中。《集解》:“鄭玄曰魯人,或曰晋人。”《索隱》無“子”字,下注云:“《家語》同也。”衡按,王本《家語》:“公實,字子仲。”“實”字誤。公肩,複姓,《春秋繁露》有公肩子。顔祖,字襄。《索隱》:“《家語》無此人也。”衡案,王本《家語》:“顔相,字子襄。”鄭環曰:“按襄有輔相之義,名與字皆當從《家語》,《索隱》蓋不知祖乃相之訛也。”鄡單,字子家。《索隱》:“《家語》無此人也。徐廣曰一云鄔單,鉅鹿有鄡聚,太原有鄔聚。”按《左傳》祁盈家臣有鄔臧,鄔之以邑爲氏久矣,今亦有之。而鄡無聞,“鄡”蓋“鄔”之誤。句井疆。《集解》:“鄭玄曰衛人。”鄭環曰:“《闕里考》、古本《家語》字子疆,今本《家語》字子界,《世紀》一字子野。”衡按,王本《家語》止“句井疆”三字。罕父黑,字子索。《闕里志》魯人。張璿曰:“考《氏族略》無罕父氏,止有宰父氏,注云:孔子弟子有宰父黑。則《家語》作宰父爲是。愚按《集解》駰按《家語》罕父黑字索,則崔駰《家語》已作罕父。鄭漁仲所據特宋本《家語》耳。罕父複姓。”衡案,“崔駰”是“裴駰”之誤。裴駰是劉宋時人,所見本已作“罕父”,若作“罕父”是宋國人姓,非魯人。又檢王本《家語》作“宰父黑”。秦商,字子丕。《集解》:“鄭玄曰楚人。”《索隱》:“《家語》魯人,字丕慈。”鄭環曰:“《左傳》孟獻子以秦堇父爲右,生秦丕兹,事仲尼,《釋文》一作不兹。按古不與丕通,兹與慈通。《正義》引《家語》亦曰魯人,字丕兹。則《史記》作子丕,康成曰楚人,俱誤。”申黨,字周。《索隱》:“《家語》有申繚,字周,《論語》有申棖。鄭玄云:‘申棖魯人,弟子也。’蓋申堂是棖不疑,以棖、堂聲相近。衡案,《索隱》本“黨”作“堂”,故云。王本《家語》申績,字子周。鄭環於《文翁石室圖》“申棖”下注:“《論語正義》鄭云蓋孔子弟子申續,《史記》云申棠字周,《家語》云申續字周也。按今本《史記》申黨字周,包咸注云:魯人或作棠,即申棖也。《家語》申續,字子周,或作績。環按,古史引《索隱》《文翁圖》棠作堂,申棖、申棠、申堂、申黨本一人,申續、申績又一人。康成疑申棖爲申續,非也。古棖與棠通,棠、堂、黨皆以形似輾轉,而棖與續形迥不相似也。”顔之僕,字叔。《集解》:“鄭玄曰魯人。”衡案,王本《家語》字子叔。榮旂,字子祺。《索隱》:“《家語》榮祈,字子顔也。”衡按,王本《家語》榮祈字子祺,《索隱》引作“子顔”,誤。鄭環曰:“祈,求也;祺,福也。當作祈。《闕里志》魯人。”縣成,字子祺。《集解》:“鄭玄曰魯人。”《索隱》:“《家語》作子謀也。”衡案,王本《家語》“懸成字子横”,故“縣”字無“心”,後人所加,“横”字誤,當從《索隱》作“子謀”,“謀”與

"成"義合。左人郢,字行。《集解》:"鄭玄曰魯人。"《索隱》:"《家語》同也。"衡按,左人,複姓。王本《家語》左郢,字子行。燕伋,字思。《索隱》"思"作"恩",下注云:"《家語》同也。"衡按,"恩"字誤。王本《家語》燕伋字子思。鄭環曰:"今本《家語》燕級,字子思,注魯人。"張璿曰:"以孔伋字子思例之,則《史記》作伋爲是。《石室志》秦人,《闕里志》燕人,《聖門志》兖州府人。"鄭國,字子徒。《索隱》:"《家語》薛邦字徒,《史記》作國而《家語》稱邦者,蓋避漢祖諱而改。鄭與薛,字誤也。"衡按,王本,《史記》薛邦字子從,《闕里志》魯人。秦非,字子之。《集解》:鄭玄曰魯人。施之常,字恒。案《列仙傳》壺公即施之常,甚屬附會。顔噲,字子申。《集解》:鄭玄曰魯人。步叔乘,字子車。《集解》:"鄭玄曰齊人。"按《廣韻》"孔子弟子有少叔乘",係複姓,以"步叔"作"少叔",疑誤。原亢籍。《集解》:"《家語》曰:名忼,字籍。"《索隱》:"《家語》:名亢,字籍。"衡案,王本《家語》:"原抗,字子籍。"據此則《史記》"亢"字下脱"子"字。樂欬,字子聲。鄭環曰:"《家語》一作樂欣。"《正義》:"魯人。"衡案,"欣"字誤。廉絜,字庸。《集解》:"鄭玄曰衛人。"《索隱》字子庸,下注云:"《家語》同也。"衡案,王本《家語》:"廉潔,字子曹。""曹"字字誤。鄭環曰:"古史齊人。"叔仲會,字子期。《索隱》曰:"鄭玄云晋人。《家語》:魯人,少孔子五十四歲,與孔璇年相比,二孺子俱執筆迭侍於夫子。"據此則魯人爲是。顔何,字冉。《集解》:"鄭玄曰魯人。"《索隱》:"《家語》字稱。"衡案,《家語》無,小司馬所見本有之。鄭環曰:"古稱、偁作爯,與冉相似而混。當從《索隱》作爯。"狄黑,字哲。《索隱》:"《家語》同。"衡案,王本《家語》"黑狄字哲"之誤,當作子哲。鄭環曰:"王肅云衛人。"邽巽,字子歛。《集解》:"鄭玄曰魯人。"《索隱》作"邦巽",下注云:"《家語》巽作選,字子歛,《文翁圖》作國選,蓋亦由避漢諱故也。劉氏作邽巽,邽音圭,所見各異也。"衡案,王本《家語》:"邽巽,字子歛。"鄭環曰:"孔本邽選,字子飲,《世紀》一作欽。按飲與欽皆歛之誤。"孔忠。《集解》:"《家語》曰:忠字子蔑,孔子兄之子。"公西輿如,字子上。《索隱》:"《家語》同。"衡案,王本《家語》:"公西與,字子上。""與"字誤。《聖門志》:兖州府人。公西蒧,字子上。《集解》:"鄭玄曰魯人。"《索隱》"蒧"作"箴",下注云:"《家語》子上作子尚也。"衡案,王本《家語》:"公西減,字子上。""減"字誤。鄭環謂"蒧"當作"葴",亦無據。衡案,梁玉繩《史記志疑》曰:《史記·仲尼弟子列傳》凡七十七人,與《漢書·地理志》同。有作七十人者,孟子云七十子,《吕氏春秋·遇合》篇達徒七十人。《淮南子·泰族》及《要略訓》俱言七十,《漢書·藝文志序》、《楚元王傳》亦云七十,蓋舉大數而言。有作七十二人者,《孔子世家》、《文翁禮殿圖》、《後漢書·蔡邕傳》、《鴻都畫像》、《水經注》八、《漢書峻冢壁象》、《魏書·李平傳》、《學堂圖》皆七十二人。《孔子家語·七十二弟子解》實七十七人,今本脱顏何,止七十六。其數無定,難以臆斷。然細考弟子之數,尚不止七十七人。《家語》有琴牢、陳亢,鄭康成注《論語》以亢爲孔子弟子,至衛人琴牢字子開,一字子張。《莊子·則陽篇》又稱子牢,事見《論語》、《孟子》、《左傳》。趙岐以《孟子》琴張爲子張非,《家語》叔仲會傳内有孔璇,又别有惠叔蘭。案惠叔蘭與子游善,子游使之受學於孔子,即《檀弓》之司寇惠子。朱彝尊以《荀子·法行》篇之南郭惠子即叔蘭,誤。孔璇與叔仲會年相比,執筆迭侍孔子。此四人爲孔子之徒,顯有明文。《索隱》引《文翁圖》有蘧伯玉、林放。夫伯玉乃孔子所嚴事,不當在弟子列。皇侃《論語義疏序》言林放在弟子之數,唐宋俱有封爵。孔農部《闕里文獻考》言乾隆己卯泰安崇禮鄉之放城集,掘地得古碑,著放之字曰子丘。畢尚書沅《關中金石記》言開寶八年,韓從訓蒼頡廟碑在白水,其陰列弟子姓名,亦云放字子丘。又碑有孟孫,字子嗣。必孟懿子何忌,何忌奉父僖子之命,偕其弟説並事孔子,明載《左傳》、《論語》、《孔叢》。再魯峻石壁殘象,有子景伯,即子服何,有子象即縣亶。朱彝尊《弟子考》引唐劉懷玉《孔聖真宗録》以景伯在七十子之間。而魯壁别有左子慮、襄子孺、襄子魚、公子虛、顏子思、駟子言、字缺。乎子、乎字未詳。荀子八人,未知所出。《論語》有闕黨、互鄉二童子,孟武伯問仁問孝,往來聖門,疑父子俱事孔子。《孟子》有牧皮、曾晳、牢張,號爲狂士,孔子之所與,尤不應遺之。《禮·雜記》有孺悲,哀公使學士喪禮於孔子,《射義》有公罔之裘、序點,從孔子射矍相之圃。《家語》載子路曰"由與二三子之爲司馬何如",則其爲弟子無疑。《廣韻》注:"公罔之裘,孔子弟子。"左丘明受經孔子,漢晋以來諸儒均以爲孔子弟子。《史·孔子世家》有顏濁鄒，《吕覽·尊師》、《淮南·氾論》有顏濁聚，並受業孔子。濁鄒即衛讐由，與濁聚是二人。又《氾論訓》季襄"立節抗行"，高誘注："季襄，魯人，孔子弟子。"《晏子春秋·外篇》有孔子門人盆成适，孔鮒《詰墨》作盈成匡，恐以形近致訛。《晏子春秋》又有孔子之徒鞠語，《莊子·德充符》有常季，郭注："孔子弟子。"朱氏考謂《樂記》賔牟賈在弟子之列，又謂《文翁禮殿圖》有廉瑀，陶宏景《真誥》言壺公施存，齊人，孔子弟子。此皆在七十七人外者。以上俱梁氏説甚詳，余爲截録之如此。

劉向《列仙傳》二卷，《隋·經籍志》、《唐·藝文志》俱載。仁和孫志祖《讀書脞録》曰："《世説·文學》篇注引《列仙傳贊》曰：歷觀百家之中，以相檢驗，得仙者百四十六人。其七十四人，已在佛經，故撰得七十，可以多聞，博識者遐觀焉。案，'撰得七十'下，脱'二人'二字，蓋百四十六人，除七十四人外尚有七十二人也，故李石《續博物志》云《列仙傳》七十二人。陳直齋《書録解題》亦云'《列仙傳》凡七十二人，每傳有贊'，是宋本尚不誤也。今本《列仙傳》止七十人，末有總贊一篇，亦無出佛經之語，蓋今本爲後人綴輯，非向書之舊。"衡案，《列仙傳贊》有二，一爲晉郭元祖贊。至《文學》篇所引《列仙傳贊》之語，不知出何人手。其今本所列之總贊，又不知出何人手，未可以此定非向書之舊也。沈濤《十經齋文集·列仙傳斠注序》云："劉向《列仙傳》二卷，不見於《漢書·藝文志》。《崇文總目·道書類》：《列仙傳》二卷，劉向撰，凡七十二人。陶隱居《真誥》亦云劉向撰《列仙》七十二人，《抱朴子·論仙》篇：劉向撰《列仙傳》七十有餘。而今本及道藏本皆止七十人。栖霞郝蘭皐農部德配王安人嘗校此書，據《史記索隱》、《藝文類聚》補羨門、劉安二傳，以符七十二人之數。然考《顏氏家訓·書證》篇云：'《列仙傳》，劉向所造，而贊云七十四人出佛經。'《法苑珠林·涅盤部》稱《列仙傳》云'其七十四人已見佛經'，則此書實有七十四人。今案《史記·老子列傳》引《列仙傳》曰'老萊子，楚人也'云，則本有《老萊子傳》。《太平廣記》七十六《方士部》'趙廓,齊人也'云云,出《列仙傳》,則又有《趙廓傳》,合之適得七十四人。"衡案,此説大誤,蓋不知得仙者百四十六人,除去七十四人,劉向所傳止有七十二人也。沈氏誤會《顔氏家訓》、《法苑珠林》,故所言無當。

《隋書·經籍志》:"《高士傳》六卷,皇甫謐撰。"《唐書·藝文志》:"皇甫謐《高士傳》十卷。"孫志祖曰:"《續博物志》云皇甫謐《高士傳》亦七十二人,而《直齋書録解題》則云皇甫謐《高士傳》十卷,自被衣至管寧,八十七人,是宋本已不同矣。今《高士傳》止三卷,自被衣至焦先,九十一人,卷數少而人數多,蓋亦出於後人之增損也。予所見選注諸書所引皇甫書,多有在今本之外者,嘗逐一標記本書之上。其但題《高士傳》而疑於叔夜之書者不泛及也。今書謐自序云'自堯至魏,凡九十餘人',疑亦後人僞撰。"衡案,晁公武《郡齋讀書志》:《神仙傳》,晋葛洪之弟子滕升嘗問曰:"古之仙者,豈有其人乎?"洪答云:"秦阮倉所記有數百人,劉向所纂,又七十一人,今復録及古之仙者,以傳真識之士云。"又《讀書後志》云:"《高士傳》十卷,晋皇甫謐撰,纂自陶唐至魏八代二千四百餘載世士高節者,其或以身徇名,雖如夷齊兩龔皆不録,凡九十六人,而東漢之士居三之一。"據此則《列仙傳》比《續博物志》陳氏所見本少一人,《高士傳》比《續博物志》多二十四人,比陳氏多九人。蓋此二書在宋時已參錯不同如此。《欽定四庫書簡明目録》云:"《列仙傳》二卷,舊本題漢劉向撰。自赤松至元俗,凡七十一人。人繫一贊,篇末又有總贊一首。"據此則今本所傳與晁公武所引葛洪之説合,其一人或係遺脱。又《簡明目録》云:"《高士傳》三卷,晋皇甫謐撰。原書本載七十二人,見《續博物志》,此本乃九十六人,蓋原書散佚,後人摭《太平御覽》所引鈔合成編,而益以嵇康《高士傳》十條,《後漢書·隱逸傳》十條,故真僞參半,人數轉多於原本也。"衡案,所云九十六人,疑即晁氏《讀書後志》所見之本,與孫志祖所見今本又不同,蓋原本止七十二人。余閲隋唐書志載皇甫謐《高士傳》十卷,又《逸士傳》一卷,另有嵇康《高士傳》三卷,虞盤《高士傳》二卷,孫綽《至人高士傳贊》二卷。疑自宋以來，將《逸士傳》附入《高士傳》内，又或姅入嵇、虞、孫《高士傳》，故晁氏所見有九十六人，而四庫書所見亦即此本也。又閱《漢魏叢書》所刻皇甫謐《高士傳》載被衣、王倪、齧缺、巢父、許由、字仲武。善卷、子州、支父、壤父、石户之農、蒲衣子、披裘公、吴人。江上丈人、楚人。小臣稷、齊人。弦高、鄭人。商容、老子李耳、字伯陽，陳人。庚桑楚、楚人。老萊子、楚人。林類、魏人。榮啓期、荷蕢、衛人。長沮、桀溺、石門守、荷篠丈人、陸通、字接輿，楚人。曾參、顔回、原憲、漢陰丈人、楚人。壺丘子林、鄭人。老桑氏、列禦寇、鄭人。莊周、宋之蒙人。段干木、晋人。東郭順子、魏人。公儀潛、魯人。王斗、齊人。顔斶、齊人。黔婁先生、齊人。陳仲子、齊人。漁父、楚人。安期生、琅琊人。河上丈人、樂臣公、宋人。蓋公、齊之膠西人。四皓、河内軹人。黄石公、下邳人。魯二徵士、魯人。田何、子莊，齊人。王生、漢文景時人。摯峻、字伯陵，京兆長安人。韓福、涿人。成公、成帝時人。安丘望之、京兆長陵人。宋勝之、南陽安衆人。張仲蔚、平陵人。嚴遵、君平，蜀人。彭城老父、楚之隱人。韓順、子良，天水成紀人。鄭樸、子真，谷口人。李弘、仲元，蜀人。向長、子平，河内朝歌人。閔貢、仲叔，太原人。王霸、儒仲，太原廣武人。嚴光、子陵，會稽餘姚人。牛牢、字君直。東海隱者、梁鴻、伯鸞、扶風平陵人。高恢、伯達、京兆人。臺佟、孝威，魏郡鄴人。韓康、伯休，京兆霸陵人。丘訢、季春，扶風人。矯慎、仲彦，扶風茂陵人。任棠、季卿。摯恂、季直。法真、高卿，扶風郿人。漢濱老父、徐稚、孺子，豫章南昌人。夏馥、子治，陳留圉人。郭太、林宗，太原人。申屠蟠、子龍，陳留外黄人。袁閎、夏甫，汝南人。姜肱、伯淮，彭城廣□人。①管寧、幼安，北海朱虚人。鄭玄、康成，北海高密人。任安、定祖。龐公、姜岐、子平，漢陽上邽人。荀靖、叔慈，潁川人。胡昭、孔明，潁川人。焦先。孝然。案所載止九十五人，與所謂九十六人、九十一人又别。其曾參、顔回、原憲三人是孔子弟子，不應列《高士傳》。據《唐·藝文志》有嵇康《聖賢高士傳》八卷，則當

---

①“廣”下空一字。

屬之嵇康，而非皇甫氏語也。又案陳振孫《書録解題》《高士傳》十卷，士安序稱自堯至魏咸熙，二千四百餘載，得九十餘人。今自披衣至管寧，惟八十七人，所見本人數又别。

《隋書·經籍志》："《益部耆舊傳》十四卷，陳壽撰。"《唐·藝文志》同。今據《續博物志》云亦七十二人，似親見此書，則在宋時應有，何以《郡齋讀書志》、《直齋書録解題》均不載此書？陶九成《説郛》卷五十八載《益都耆舊傳》，想亦從《太平御覽》鈔撮耳。

7.32 李泌絶粒五六載，身輕，能行於屏風上。引指使氣，可以吹燭至滅。導引骨，珊然有聲，號鎖子骨。"引骨"下脱"節"字。

【疏證】見《太平廣記》三十八引《鄴侯外傳》。

7.33 鬻子名熊，楚人，爲文王師。年九十，見文王曰："使臣捕獸逐麋已老矣，使臣坐策國事尚少也。"

【疏證】《鬻子》："文王初見鬻子，年已九十。王曰：'老矣。'對曰：'君若以臣逐麋則老矣，坐策國事臣尚年少。'"

7.34 按葛仙公云：《素書》乃河上公以授漢文帝也。黄石公所授張子房多云《陰符》，非也。一云《三略》乃子房所著，非所授之書。或曰河上公授漢文帝，不應於子房墓中得之。黄石公丹書，身之八殺：貪、殘、奸、酗、狡、佞、訐、愎；命之四業：背惠，恃己，狎不肖，妒賢能。

【疏證】《欽定四庫書總目·子部·兵家類》："《素書》一卷，舊本題黄石公撰，宋張商英注。《後序》稱圯上老人以授張子房。晋亂，有盗發子房冢，於玉枕中得之，始傳人間。"又："《黄石公三略》三卷。案，黄石公事見《史記》。《三略》之名，始見於《隋書·經籍志》，云下邳神人撰，成氏注。唐、宋《藝文志》所載並同。相傳其源出於太公，圯上老人以一編書授張良者，即此。”《三略》一書，漢志不著於録，張商英僞作《素書》，托盜者得之張良家中，而以稱《三略》出黄石公者爲誤。衡案，《神仙傳》：“河上公者，莫知其姓字。漢文帝時，結草庵於河濱。帝讀《老子》有所不解者數事，幸其庵，親問之。授《素書》二卷，曰：‘余注此，凡傳三人，連子四矣。’遂失所在。帝於西山築臺望之。”又案，《陰符》有三：一《陰符經》，舊題黄帝撰；一《太公陰符》；一《周書陰符》。所謂黄帝《陰符經》乃僞托，蓋即《戰國策》所云得《太公陰符》者。歷代史志以《周書陰符》著録兵家，而黄帝《陰符》入道家，然黄帝《陰符》亦糅雜兵家語。

7.35　昔有一人好道，而不知求道之方，唯朝夕跪拜，向一枯樹，輒云乞長生，如此二十八年不倦。枯木一旦忽然生華，華又有汁，甜如蜜。有人教令食之，遂取此華及汁並食之，食訖即仙。

【疏證】見《獨異志》。又見宋魯應乾《閑窗括異志》。①

7.36　劉少翁曾數入太華山禮拜向山，如此二十年，遂忽一旦得見西岳丈人，授其仙道。②

7.37　一人數旦旦詣河邊，拜河水，如此十年。河侯河伯遂與相見，與其白璧十雙，教授水行不溺法。

【疏證】事見《真誥》，又見《異苑》。

① 今本《閑窗括異志》題宋人魯應龍撰，此云“魯應乾”，疑誤。
② “西”，原作“兩”，四庫本作“西”，今據改。

7.38 薏苡，一名簳珠。收子蒸令氣餾曝乾，挼取之作飯麵，主不飢。①

【疏證】薏苡，《本草圖經》謂之薏珠子，《救荒本草》謂之回回米，《别録》謂之藾米，雷氏作穗米，陶氏作簳珠。陳藏器云："炊飯作麵食，主不飢。"

7.39 作乾薑法：水淹三日畢，置流水中六日，更去皮，然後曝乾入瓮瓶，謂之釀也。末句有訛誤。

【疏證】陶弘景曰：凡作乾薑法，水淹三日，去皮，置流水中六日，更刮去皮。然後晒乾，置瓷缸中釀三日，乃成。

7.40 淫羊藿，一名仙靈脾，淫羊一日百遍，食藿所致。

【疏證】陶弘景曰：淫羊藿，服之好爲陰陽。西川北部有淫羊，一日百遍合，蓋食此藿所致，故名淫羊藿。

7.41 新生艾作乾菜妙，②作餛飩吞三五枚，以飯壓之良，療一切鬼氣。

【疏證】孟詵曰：春月采嫩葉作菜食，或和麵作餛飩，如彈子，吞三五枚，以飯壓之，治一切鬼惡氣。長服止冷痢。又以嫩葉作乾餅子，用生薑煎服，止瀉痢，及産後瀉血，甚妙。

7.42 蘇合香，《本草》云生中臺川。陶云是師子屎，又云是諸香汁煎之，非一物。從西域來者如紫檀，重如石。③

① "飢"，古今逸史本、四庫本並作"饑"。
② "生"，古今逸史本作"主"。
③ 古今逸史本、四庫本此處不分條。

【疏證】《名醫别録》："蘇合香出中臺中谷。"陶弘景曰："蘇合香，俗傳是獅子屎，外國説不爾。今皆從西域來，亦不復入藥，惟供合好香爾。"陳藏器曰："蘇合香色黄白，獅子屎色赤黑，二物相似而不同。獅子屎極臭。或云獅子屎是西國草木皮汁所爲，胡人將來，極貴重之，故飾其名爾。"蘇頌曰："今廣州雖有蘇合香，但類蘇木無香氣，藥中只用如膏油者，極芬烈。陶隱居以爲獅子矢者，亦是指此膏油者言之。《梁書》云：中天竺國出蘇合香，是諸香汁煎成，非自然一物也。"蘇恭曰："今從西域及昆侖來者紫赤色，與紫真檀相似，堅實，極芳香，性重如石，燒之灰白者好。"

7.43　蘡薁是山葡萄。舊聯上爲一條。

【疏證】蘡薁，即《詩》所云"六月食薁"也，一名山葡萄，一名野葡萄。蘇頌曰："蘡薁子生江東，實似蒲萄，細而味酸。"

7.44　江東人通名楊柳，楊葉短，柳葉長。

【疏證】陳藏器曰："江東人通名楊柳，北人都不言。楊樹枝葉短，柳樹枝葉長。"李時珍曰："楊枝硬而揚起，故謂之楊；柳枝弱而垂流，故謂之柳。蓋一類二種也。"

7.45　高座道人不肯作漢語。或問此意，簡文曰："此簡應對之煩。"和尚胡名尸梨密，宋云高座。《西域人傳》三：①"國王子，以讓弟，遂爲沙門。永嘉中到中國。"②

【疏證】西竺僧尸梨密據高座説法，世謂高座道人。《世説新語·言語》篇："高坐道人不作漢語。或問此意，簡文曰：'以簡應對之

① "三"，疑爲"云"字之誤。
② 古今逸史本、四庫本此處不分條。

煩。'"注:"《高坐别傳》曰:'和尚胡名尸梨密。'《西域人傳》云:'國季以國讓弟,遂爲沙門。永嘉中始到此土,止於太市中。性高簡,不學晋語。諸公與之言,皆因傳譯,然神領意得,頓在言前。'"

7.46　順帝時,琅琊宫崇上其師于吉於曲陽泉水上得神書百七十卷,號《太平清領書》,其言以陰陽五行爲家,而多巫覡雜語。後張角頗有其書。按《江表傳》:"道士于吉,東來吴會,立精舍,燒香讀書。孫策斬之,曰:'昔南陽張津,爲交州刺史,常着絳帕頭,鼓琴焚香,讀邪俗道書,爲蠻夷所殺。此甚無益。'"舊聯上爲一,今分爲二。

【疏證】《後漢書·襄楷傳》:"臣前上琅琊宫崇受于吉神書,不合明聽。"注:"于姓,吉名也。神書,即今道家《太平經》也。其經曰甲、乙、丙、丁、戊、己、庚、辛、壬、癸爲部,每部一十七卷也。"楷傳又云:"初,順帝時,琅琊宫崇詣闕,上其師于吉於曲陽泉水上所得神書百七十卷,號《太平清領書》。其言以陰陽五行爲家,而多巫覡雜語。有司奏崇所上妖妄不經,乃收藏之。後張角頗有其書焉。"注:"今潤州有曲陽山,有神溪水;定州有曲陽山,有神溪水;海州有曲陽城,北有羽潭水;壽州有曲陽城,又有北溪水。而于吉、宫崇並琅琊人,蓋東海曲陽是也。"《三國·吴志·孫策傳》注引《江表傳》曰:"時有道士琅琊于吉,先寓居東方,往來吴會,立精舍,燒香讀道書,製作符水以治病,吴會人多事之。策嘗於郡城門樓上,集會諸將賓客,吉乃盛服杖小函,漆畫之,名爲仙人鏵,趍度門下。諸將賓客三分之二下楼迎拜之,掌賓者禁訶不能止。策即令收之。諸事之者,悉使婦女入見策母,請救之。母謂策曰:'于先生亦助軍作福,醫護將士,不可殺之。'策曰:'此子妖妄,能幻惑衆心,遠使諸將不復相顧君臣之禮,盡委策下楼拜之,不可不除也。'諸將復連名通白事陳乞之,策曰:'昔南陽張津爲交州刺史,捨前聖典訓,廢漢家法律,常著絳帕頭,鼓琴燒香,讀邪俗道書,云以助化，卒爲南夷所殺。此甚無益，諸君但未晤爾。今此子已在鬼籙，勿復費紙筆也。'即催斬之，縣首於市。諸事之者，尚不謂其死，而云尸解，復祭祀求益。"《後漢書・襄楷傳》注引《江表傳》稍節。

7.47 《真誥》云：吞琅玕之華而更營丘墓者，衍門子、高丘子、洪崖先生。羨門子墓在幽州漁陽，高丘子墓在中山，洪崖先生墓在武威，此三郡縣人並云上古死人空冢。

【疏證】《酉陽雜俎》：食琅玕之華而方營丘墓，高丘子、衍門子、洪崖先生是也。漱玉醴而死訣，顧瓊精而扣棺，先師王西成、趙伯玄、劉子先是也。服金丹而告終者，臧延甫、張子房、墨翟子是也。抱九轉而尸臭，吞刀圭而蟲流，洪崖先生墓在武威姑臧縣，司馬季主、寧仲君、燕熙王、王子晋是也。[①]《真仙通鑑》："高丘子，殷人也，好道。入六景山，積五百二十餘歲，但讀《黄素道經》，服餌术，後合鴻丹以得陸仙。遊行五嶽二百餘歲，後得金液以升大清也。"事又見《集仙傳》："司馬天師五嶽朝儀：青城山洞周圍二千里，昔洪崖先生服琅玕之華而隱，代爲青城真人。"胡應麟《玉壺暇覽》引《洪崖先生傳》云："洪崖先生者，或云黄帝之臣伶倫也。得道仙去，姓張氏，帝堯時已三千歲矣。"衡案，此語妄。案洪崖先生墓在武威姑臧縣。

7.48 王子喬墓在京陵，戰國時有發墓者，唯見一劍。

【疏證】《太平御覽》六百六十五《劍解》引《東鄉序》云："王子渤海之冢，劍鳴空椁。王喬有京陵之墓，劍飛沖霄。"又云："王子喬墓在景陵。戰國時復有發其墓者，見一劍。人適欲取，視其劍，忽然上飛去。王子喬事舊説浮丘公携與乘鶴，共登嵩山，此事不同，解化時年正十

---

① "食琅玕"至"王子晋是也"，今本《酉陽雜俎》無此語。又其中"洪崖先生墓在武威姑臧縣"十一字與上下文無涉，殊爲不類，疑是此條疏證末句誤羼入此處。

五六耳。"[1]衡案,《東鄉序》以王子喬、王子晋混爲一人,誤矣。王子者,周靈王之太子也,名晋,並無子喬之名。其説自劉向《列仙傳》已誤。若王喬,另有三人,亦不得有子喬之名。余有辨在《逸周書王子晋解》。又《世語》載:"王子喬墓在京陵,戰國時有盜發之者,都無所見,惟有一劍,停在穴中。欲進取之,劍作龍吟虎嘯,遂不敢進。俄而徑飛上天。"此則合《東鄉序》兩事爲一。又《真誥》云:"王子者,帝俈也。曾詣鐘山,獲《九化十變經》,以隱遁日月,遊行星辰,一旦疾崩,營冢在渤海山。夏中衰時,有發王子墓者,室中無所有,唯見一劍,在北寢上,自作龍吟虎嗥之聲,人遂無敢近者。"又《路史·高辛氏紀》"頓丘墓"下注云:"夏中衰,有人發渤海山王子墓,室中無有,唯一劍在北寢上,作龍鳴數聲,人不敢近。蓋仙者言解法,多以劍自代也,後失所在云。"衡案,《路史》本陶弘景《真誥》。高辛聖人之墓,何至被發?既云帝俈,則不得稱王子。蓋道家者流,轉相附會,故一以爲帝俈,一以爲王子喬耳。

7.49 《漢·地理志》:大江九江中,一源而三目。

【疏證】檢《漢·地理志》無此語。《初學記》云:"按三江,《漢書·地理志》:岷江爲大江,至九江爲中江,至徐陵爲北江,蓋一源而三目。"俟考。

7.50 揚雄《益州箴》:"岩岩岷山,古曰梁州。"[2]

【疏證】揚雄依《虞箴》作《十二州牧箴》,曰冀州、兖州、青州、徐州、揚州、荆州、豫州、益州、雍州、幽州、并州、交州。其《益州牧箴》云:"岩岩岷山,古曰梁州。華陽西極,黑水南流。茫茫洪波,鮌堙降音洪。陸。於時八都,厥民不隩。禹導江沱,岷嶓啓乾。遠近底

[1] "正十五六",今本《太平御覽》引作"五十五六"。
[2] 古今逸史本、四庫本此處不分條。

貢,磬錯砮丹。絲麻條暢,有粳有稻。自京徂畛,民攸温飽。帝有桀紂,湎沉頗僻。遏絶苗民,滅夏殷績。爰周受命,復古之常。幽厲夷業,破絶爲荒。秦作無道,三方潰叛。義兵征暴,遂國於漢。拓開疆宇,恢梁之野。列爲十二,光羡虞夏。牧臣司梁,是職是圖。經營盛衰,敢告士夫。"

7.51 魯城北有孔子學堂,蜀有文翁講堂,北海有鄭司農儒林講堂。宅亦曰第,言有甲乙之次第也。《漢書》成帝生甲觀中畫堂,①魏有茅堂。

【疏證】學堂即講堂。《後漢書·明帝紀》:"帝幸孔子宅,祠仲尼及七十二弟子,親御講堂。"注:"孔子宅在今兖州曲阜縣故魯城中歸德門内闕里之中,背洙面泗,矍相圃之東北也。"《水經·江水注》:"文翁爲蜀守,立講堂,作石室於南城。"《漢書·高帝紀》:"爲列侯者賜大第。"注:"孟康曰:有甲乙次第,故曰第也。"《漢書·元后傳》:"生成帝於甲館畫堂,爲世嫡皇孫。"《成帝紀》:"孝成皇帝,元帝太子也。母曰王皇后。元帝在太子宫生甲觀畫堂,爲世嫡皇孫。"師古曰:"甲者,甲乙之次第也。畫堂謂畫飾耳。"

---

① "生",古今逸史本作"王",四庫本作"有"。案,古今逸史本蓋因形近致誤,四庫本蓋涉下文"魏有"之"有"而誤。

續博物志卷八

宋李石撰　江都陳逢衡考證

8.1　後漢襄楷延熹中上疏云："宫中立黄老、浮屠祠，陛下嗜欲不去，豈獲其祚？或云老子入夷狄爲浮屠。[1] 浮屠不三宿桑下，不欲久生恩愛，精之至也。天神遺以好女，浮屠曰：'此但革囊盛血。'遂不眄之。"

【疏證】《後漢書》：襄楷字公矩，平原隰陰人也，善天文陰陽之術。桓帝時上疏曰："又聞宫中立黄老、浮屠之祠。此道清虚，貴而無爲，好生惡殺，省欲去奢。今陛下嗜欲不去，殺罰過理，既乖其道，豈獲其祚哉？或言老子入夷狄爲浮屠，浮屠不三宿桑下，不欲久生恩愛，精之至也。天神遺以好女，浮屠曰：'此但革囊盛血。'遂不眄之。其守一如此，乃能成道。今陛下淫女艷婦，極天下之麗，甘肥飲美，單天下之味，奈何欲如黄老乎？"注引《四十二章經》曰："天神獻玉女於佛，佛曰：'此特革囊盛衆穢耳。'"

8.2　漢帝問陳蕃："徐稚、袁宏孰爲後先？"蕃答："袁生公族，不鏤自雕。至於徐稚，杰出薄城，故宜爲先。"

---

① "夷狄"，四庫本作"西北"。

【疏證】《後漢書》:“袁閎字夏甫。”又《徐稚傳》:“徐稚字孺子,豫章南昌人也。延熹二年,尚書令陳蕃、僕射胡廣等,上疏薦穉,桓帝乃以安車玄纁備禮徵之,並不至。帝因問蕃曰:‘徐稚、袁閎、韋著,孰爲先後?’蕃對曰:‘閎生出公族,聞道漸訓,著長於三輔禮義之俗,所謂不扶自直,不鏤自雕。至於穉者,爰自江南卑薄之城,而角立杰出,宜當爲先。’”

8.3 伏生爲秦博士。文帝撰五經《尚書大傳》,使掌故歐陽生等受《尚書》於伏生。漯水有徵君伏生墓。

【疏證】《水經》“漯水又東,徑漢徵君伏生墓南”酈注:“碑碣尚存。以明經爲秦博士,秦坑儒生,伏生隱焉。漢興,教於齊魯之間。文帝撰五經《尚書大傳》,安車徵之,年老不行,乃使掌故歐陽生等,受《尚書》於徵君,號曰伏生者也。”衡按,李氏此條本《水經注》。王漁洋《香祖筆記》以爲舛誤,何哉?今伏生墓,在濟南府鄒平縣東北一十里。黟縣俞正燮理初《癸巳類稿》卷十一《與成君瓘書》云:“承示伏墓考證,彼稱臨濟鎮在章丘東北三十里,今鄒平城在濟水北,即宋移詔濟陽廢城,適足資笑耳。南宋紹興時,資陽李知幾作《續博物志》,言漯水北有伏生墓,汲有太公泉、太公廟,皆本《水經》。王文簡《香祖筆記》謂伏墓非漯水,乃獺水,太公在鄘不在汲,李石附會可笑,是文簡不檢《水經》,豈知伏墓考證?謂《水經》漯即今獺云,更荒謬哉!”

8.4 《晋書·地道志》曰:遼西人見遼水上有浮棺,欲破之。語曰:“我孤竹君也,汝破我何爲?”因爲立祠。或曰漢靈帝時遼西太守廉翻因夢得之。此與前志小異。衡按,此六字注疑出門人黄公泰校閲之辭,亦或明弘治都穆刻時所校。

【疏證】此事見巳張華《博物志》卷七。① 據此則遼西太守爲廉翻矣。

8.5　沈彬,保大中以尚書致仕,居江西高安。手植一木於平野,戒諸子曰:"必葬我此地。"子孫伐木掘土深丈餘,得一石椁,上刊八字云:"開成二年,壽椁一所。"即葬之。

【疏證】保大是南唐李景年號,開成是唐文宗年號。陳仁錫《潛確類書·藝習七》引《江南野史》云:"沈彬將八十,近居阜上有一大樹,可數拱。未殂前,嘗指示家人曰:'吾死可葬於是。'既葬,穴其處,乃古冢爾。觀其間,儼然復見一古燈臺上有漆一盞,壙頭獲一銅牌,上有鐫篆文曰:'佳城今已開,雖開不葬埋。漆燈猶未爇,留得沈彬來。'"又按《太平廣記》五十四引《稽神録》云:"吴興沈彬,少而好道,及致仕歸高安,恒以朝修服餌爲事。彬恒戒其子云:'吾所居堂中,正是吉地,即葬之。'及卒,如其言。掘地得自然磚壙,製作甚精,磚上皆作吴興字。彬年八十餘卒。"按此二説俱與此不同。又陶岳《五代史補》云:"沈彬,宜春人,能爲歌詩,格高逸。應進士不第,遂遊長沙。會武穆方霸,彬獻《頌德詩》云:'金翅動身摩日月,銀河轉浪洗乾坤。'武穆覽而壯之,欲辟之在幕府,以其有足疾,遂止。彬由是往來衡湘間,自稱進士。邊鎬之下湖南也,後主聞其名,召歸金陵,令爲縣宰。彬辭不就,遂授金部郎中,致仕年八十九。初,彬既致仕,營别業於鍾山,庭有古柏,可百餘尺。一旦爲迅雷所擊,仆於地,自成四片。彬視之,欣然謂子庭瑞曰:'此天所以賜吾也,汝宜成之。'庭瑞曰:'雷擊之木,恐非祥,不宜爲棺。'彬怒曰:'吾命汝,安得違之!'庭瑞懼,遂如教,卒竟用此棺。及葬,掘地未及丈餘,又得石椁,上有篆文四字云'沈彬之椁'。其制度大小,與棺正相稱,遂葬之,時人異焉。"

---

① "見巳",疑爲"巳見"之誤。

8.6 墨子惡樂，故朝歌回車。《論語撰考讖》曰：“邑名朝歌，顔子不舍，七十弟子掩目，宰予獨顧，由蹶墮車。”宋均曰：“子路患宰予顧視凶地，故以足蹶之。”

【疏證】《淮南·説山訓》：“墨子非樂，不入朝歌之邑。”《水經·淇水》注：“晋灼曰：‘《史記·樂書》：紂爲朝歌之音，朝歌者歌不時也。故墨子聞之，惡而迴車，不徑其邑。’《論語撰考讖》[1]曰：‘邑名朝歌，顔淵不舍，七十弟子掩目，宰予獨顧，由蹶墮車。’宋均曰：‘子路患宰予顧視凶地，故以足蹶之，使墮車也。’”

8.7 齊時有發古冢，得銘云：“青州二十子，東海女郎，河東賈昊以爲司馬越女，嫁爲荀晞子婦。”檢之果然。[2]

【疏證】此見《封氏見聞記》六。又《南齊書·賈淵傳》：“孝武世，青州人發古冢，銘云：‘青州世子，東海女郎。’帝問學士鮑照、徐爰、蘇寶生，並不能悉。淵對曰：‘此是司馬越女，嫁荀希兒。’檢訪果然。”説又見《南史》。案諸説俱云青州世子，不當云二十子。又案《南齊書》是賈淵，《南史》作賈希鏡，希鏡，賈淵字也。此及《封氏見聞録》皆以爲賈昊，疑誤。又封氏“荀晞”作“苟晞”，俟考。

8.8 東都殖業坊十字街有王戎墓。隋代釀家穿其旁作窖，[3]得銘曰：“晋司徒尚書令安豐侯王君銘。”

【疏證】此見《封氏見聞記》六。又《太平寰宇記》：“河南府洛陽縣，王戎墓在殖業坊，高四丈。故老傳云：‘隋大業遷都之始，人爲酒窖，得銘云：晋司徒尚書令安豐元年王君之墓銘。’”衡按：《寰宇記》

① “語”，古今逸史本、四庫本均無此字。

② “荀”，古今逸史本、四庫本均作“苟”。“檢”，古今逸史本作“憸”，四庫本作“驗”。

③ “旁”，古今逸史本作“傍”。

"元年"二字誤,當從《續博物志》作"安豐侯"。

8.9 廣川王去疾發魏王子且渠冢,甚淺狹,無棺柩,有石床,床下悉是雲母。床上兩尸,一男一女,皆年二十許,東首裸卧,顏色如生人,鬒髮齒牙亦如生人。[1] 王畏懼,不敢近。

【疏證】《西京雜記》:"廣川王去疾,好聚無賴少年,發掘冢墓,不可勝紀。魏王子且渠冢甚淺狹,無棺柩,有石床,廣六尺,長一丈。石屏風下,悉是雲母。床上兩尸,一男一女,皆年二十許,俱東首卧,無衣衾,肌膚顏色如生人,鬒髮齒爪亦如生人。王畏懼之,不敢侵近,還擁閉如舊焉。"廣川王去疾,是廣川惠王越之孫,據《漢書·景十三王傳》止名"去",有聽愛姬昭信譖陶望卿及榮愛,銷鉛灌其口中事。《太平御覽》七百七十九引陶望卿事,九百四十三引榮愛事,皆作廣川王去疾,疑今本《漢書》"去"下脱"疾"字。《漢書》不云有發墓諸事。

8.10 晋靈王冢,王字誤,當作公。尸亦不壞,惟玉蟾蜍一枚。

【疏證】《西京雜記》:"晋靈公冢甚瑰壯,四角皆以石爲獲犬捧燭,石人男女四十餘皆立侍。棺器無復形兆,尸猶不壞,孔竅中皆有金玉。其餘器物皆朽爛不可别,唯玉蟾蜍一枚,大如拳,腹空容五合水,光潤如新,王取以爲書滴。"

8.11 幽王冢甚高壯,雲母深尺餘,百餘尸相枕藉,皆不朽,惟一男子,餘皆女子。

【疏證】《西京雜記》:"幽王冢甚高壯,羡門既開,皆是石堊,撥除

---

① "鬒",古今逸史本作"鬢"。

丈餘,乃得雲母,深尺餘。見百餘尸,縱横相枕藉,皆不朽。唯一男子,餘皆女子,或坐或卧,亦猶有立者,衣服形色不異生人。”衡按,幽王死於驪山犬戎之手,其葬墓未必如此。或是晋幽公墓,蓋廣川王所發皆魏晋冢。

8.12 欒書冢有一白狐,王擊之,傷其足,王尋病足死。此三條俱當上并廣川王去疾爲一。

【疏證】《西京雜記》:“欒書冢,棺柩明器,朽爛無餘,有一白狐見人驚走,左右遂擊之,不能得,傷其左脚。其夕王夢一丈夫,鬚眉盡白,來謂王曰:‘何故傷吾左脚?’乃以杖叩王左脚。王覺,脚腫痛生瘡,至死不差。”

8.13 蕭穎士與行侣共濟瓜洲。舟中二少年相顧曰:“甚有肖鄱陽忠烈王。”穎士是鄱陽曾孫,即自款陳。二子曰:“吾識而祖久矣。”遽負擔而去。穎士北歸盱眙,吏獲發冢盗五六人,穎士認江中二少年亦在内。穎士以前説詢之,曰:“我嘗開鄱陽王冢,當門貴人,顔色如生,與穎士相類。”此與吴綱似吴芮事頗同。芮事出《水經》,穎士事出薛用弱《集異記》。

【疏證】薛用弱《集異記》:“蘭陵蕭穎士,楊府功曹秩滿南遊,行侣共濟瓜洲。舟中有二少年,熟視穎士相,顧曰:‘此人甚有似於鄱陽忠烈王也。’穎士是鄱陽曾孫,即自款陳。二子曰:‘吾識爾祖久矣。’穎士以廣衆中,未敢詢訪,俟及岸,方將啓請,而二子忽遽負擔而去。穎士必謂非仙即神,虔心向矚而已。明年穎士北歸,止於盱眙邑長之署。方與邑長下簾晝坐,自門遽白云:‘某吏於某處禽獲發冢盗,共五六人。’登令召入,皆反接其手,束縛甚固,旅之於庭。而穎士懸認江中二少年,亦縲紲於内。穎士驚曰:‘斯二子非仙即神。’因具述曩事,邑長即令先窮二子。須臾款服，佐驗明著，皆云'我之發丘墓，今有年矣'。穎士即以前説，再令詢之。皆曰：'我嘗開鄱陽王冢，大獲金玉。當門有貴人，顏色如生，年方五十，鬚鬢斑白，僵臥於石塌，姿狀正與穎士相類，無少差異。我舟中遇子，又知蕭氏，固是鄱陽胤也，因此啓言。我豈有他術哉！'用弱嘗聞人之紹續，其或三五世，則必有一人有肖其祖先之形狀者，斯其驗歟？"吴綱似吴芮，事見前。

8.14　九真山多大蛇，名曰髯蛇，長十丈，圍七八尺，吞鹿，角骨鑽皮出。夷以大竹籤殺而食之。楊氏《南裔異物志》曰："髯唯大蛇，既洪且長。采色駁犖，其文錦章。食犬吞鹿，腴成養創。賓享佳燕，[1]是豆是觴。"

【疏證】《水經・葉榆水》注："山多大蛇，名曰髯蛇，長十丈，圍七八尺。常在樹上伺鹿獸，鹿獸過便低頭繞之。有頃鹿死，先濡令濕訖，便吞，頭角骨皆鑽皮出。山夷始見蛇不動時，便以大竹籤籤蛇頭至尾，殺而食之，以爲珍異。故楊氏《南裔異物志》曰：'髯唯大蛇，既洪且長。采色駁犖，其文錦章。食豕吞鹿，腴成養創。賓享佳宴，是豆是觴。'言其食創之時，肪腴甚肥，搏之，以婦人衣投之，則蟠而不起走，便可得也。"衡按，楊氏謂楊孚。

8.15　武強縣有行於塗，得一小蛇，養之，名擔生。長而噬人，里人遂捕繫獄。擔生負而奔，邑淪爲湖，縣官吏爲焦矣。

【疏證】《水經・濁漳水》注："武強淵西南之側有武強縣治，故淵得其名焉。耆宿云：邑人有行於途者，見一小蛇，疑其有靈，持而養之，名曰擔生。長而吞噬人，里中患之，遂捕繫獄。擔生負而奔，邑淪

---

[1] "佳"，古今逸史本、四库本并作"嘉"。

爲湖,縣長及吏咸爲魚矣。”衡按,晋武強縣,今直隸深州武強縣。又按《太平廣記》四百五十八引《廣異記》云:“昔有書生,路逢小蛇,因而收養。數月漸大,書生每自擔之,號曰擔生。其後不可擔負,放之范縣東大澤中。四十餘年,其蛇如覆舟,號爲神蟒。人往於澤中者,必被吞食。書生時以老邁,途經此澤,畔人謂曰:‘中有大蛇食人,君宜無往。’時盛冬寒甚,書生謂冬月蛇藏,無此理,遂過大澤。行二十里,忽有蛇逐書生。尚識其形色,遥謂之曰:‘爾非我擔生乎?’蛇便低頭,良久方去。迴至范縣,縣令問其見蛇不死,以爲異,繫之獄中,斷刑當死。書生私忿曰:‘擔生養汝,翻令我死,不亦劇哉!’其夜,蛇遂攻陷一縣爲湖,獨獄不陷,書生獲免。”按此即從《水經注》擔生化出。夫見蛇不死,何致繫獄當刑?並疑《水經注》亦是烏有之事,小説家往往掩襲不足道如此。

8.16 漢光武二年,鮮于冀爲清河太守,作公廨未就而亡。後守趙高,計用工二百萬,①黄秉、劉適言四百萬。冀乃鬼見白日,道從入府,與高及秉等對共計校定,爲適、秉所割匿。冀乃書表自理,言高貴不尚節,壟畝之夫而箕踞遺類,媚世求顯,偷竊銀艾,鄙辱天官,臣不勝鬼言。去三十里,車馬皆滅不見。秉等伏地物故。高以狀聞,詔差代以旌幽中之訟。

【疏證】《水經·淇水》注:“漢光武建武二年,西河鮮于冀爲清河太守,作公廨未就而亡。後守趙高計功用二百萬,五官黄秉、功曹劉適言四百萬錢。於是冀乃鬼見白日,遂從入府,與高及秉等對共計校訂,爲適、秉所割匿。冀乃書表自理,其略言:高貴不尚節,壟畝之夫而箕踞遺類,研密失機,婢妾其性,媚世求顯,偷竊銀艾,鄙辱天官,易

① “用工”,古今逸史本、四庫本並作“工用”。

讖負乘,誠高之謂。臣不勝鬼言,謹因千里驛聞。待高上之,便西北去三十里,車馬皆滅不復見。秉等皆伏地物故。高以狀聞,詔下還冀西河田宅妻子焉,兼爲差代以旌幽中之訟。”衡按,可爲後世乾没者戒。

8.17　老人晨渡朝歌水而怯,紂曰:“老者髓不實,故晨寒。”因斮脛以視髓。

【疏證】《書·泰誓》:“斮朝涉之脛。”《水經·淇水》注:“太和泉源水,水有二源:一水出朝歌城西北,東南。老人晨將渡水,而沈吟難濟。紂問其故,左右曰:‘老者髓不實,故畏晨寒也。’紂乃於此斮脛而視髓也。”

8.18　紂有新聲靡樂,作邑朝歌。《史記》曰:“朝歌之音,歌不時也。”①

【疏證】《水經·淇水》注:“紂都在冀州大陸之野,有糟丘酒池之事焉。有新聲靡樂,號邑朝歌。晋灼曰:《史記·樂書》‘紂爲朝歌之音’,朝歌者,歌不時也。”

8.19　虞虢之間,傅説隱室,傅岩名之爲聖人窟。舊聯上爲一條。

【疏證】《水經·河水》注:“北出虞山,東南徑傅岩,歷傅説隱室前,俗名之爲‘聖人窟’。孔安國傳‘傅説隱於虞虢之間’,即此處也。”

8.20　劉向叙《晏子春秋》稱古冶子曰:“吾嘗濟於河,黿銜左驂,以入砥柱之流,吾從而殺之。”

---

① 古今逸史本、四庫本此處不分條。

【疏證】《晏子春秋·内篇諫下第二》:"古冶子曰:'吾嘗從君濟於河,黿銜左驂,以入砥柱之流。當是時也,冶少不能游,潛行逆流百步,順流九里,得黿而殺之。左操驂尾,右挈黿頭,鶴躍而出。人皆曰河伯也。'"又《搜神記》:"齊景公渡沈之河,"沈之河"三字有誤。黿銜左驂没之,衆皆惕。古冶子拔劍從之,邪行五里,逆行三里,至於砥柱之下,乃黿也。左手持黿頭,右手挾左驂,燕躍鵠踊而出,仰天大呼。水爲逆流三百步,觀者皆以爲河伯也。"

8.21　孔子臨狄水而歌曰:"狄水衍兮風揚波,船楫顛倒更相加。"①

【疏證】孔子臨狄水,將應趙簡子之聘,聞殺竇鳴犢,援琴而歌,作《將歸操》,説見蔡邕《琴操》。《水經·河水》注:"孔子臨狄水而歌曰:'狄水衍兮風揚沙,船楫顛倒更相加。'"宋本《韓文考異》引《水經注》末句有"歸來歸來兮胡爲斯",今據此條所云,亦無末句。

8.22　汲縣舊汲郡,有石夾水爲磻溪,太公釣處,有太公泉、太公廟。舊聯上爲一。②

【疏證】《水經》"清水又東,過汲縣北"酈注:"縣故汲郡治,晋太康中立。城西北有石夾水,飛湍浚急,人亦謂之蟠溪,言太公嘗釣於此也。城北三十里有太公泉,泉上又有太公廟。廟側高林秀木,翹楚競茂,相傳云太公之故居也。晋太康中,范陽盧無忌爲汲令,立碑於其上。太公避紂之亂,屠隱市朝,遁釣魚水,何必渭濱,然後磻溪,苟愜心神,曲渚則可,磻溪之名,斯無嫌矣。"衡按,李氏蓋本《水經注》爲説,何王漁洋《香祖筆記》以爲附會舛誤也?

---

① 古今逸史本、四庫本此處不分條。
② 古今逸史本、四庫本此處不分條。

8.23 牧野,《竹書》作坶野,有比干墓,前有石銘,題隸云:"商大夫比干之墓。"所記唯此。漢高宗孝文各爲立碑。舊聯上二條合爲一,今分另條。

【疏證】《水經·清水》注:"清水又東,與倉水合。其水東南流,潛行地下,又東南復出,俗謂之雹水。東南歷坶野,自朝歌以南,南暨清水,土地平衍,據皋跨澤,悉坶野矣。《郡國志》曰:'朝歌縣南有牧野。'《竹書紀年》:'周武王率西夷諸侯伐殷,敗之於坶野。《詩》所謂"坶野洋洋,檀車煌煌"者也。'有殷大夫比干冢,前有石銘,題隸云:'殷大夫比干之墓。'所記唯此,今已中折,不知誰所志也。太和中,高祖孝皇帝南巡,親幸其墳,而加吊焉,刊石樹碑,列於墓隧矣。"衡案,太和是北魏高祖孝文皇帝宏年號,此云漢高宗,誤。《太平寰宇記》:"比干墓在衛州汲縣北十里。"又按,比干墓銘題之字,或謂是孔子所書。然隸始於秦,則非出先聖之手明矣。又後魏孝文帝吊比干碑文,見曹氏安《太師比干録》及《衛輝府志》,説見趙一清《水經注釋》。

8.24 顔含,[①]字洪都。兄畿得疾,死於醫,家人迎喪。引喪者顛仆,曰:"我壽命未死,但服藥太多,傷五臟耳。"及還,婦夢之曰:"吾當生,[②]急開槨。"以手刮棺,指爪盡傷,氣息甚微,飲食所須,托之以夢。含侍養足不出户者十三年,畿竟不起。

【疏證】《搜神記》十五:"晋咸寧二年十二月,琅邪顔畿,字世都,得病,就醫,張瑳自治,死於張家。棺斂已久,家人迎喪,旐每繞樹木而不可解,人咸爲之感傷。引喪者忽顛仆,稱畿言曰:'我壽命未應死,但服藥太多,傷我五臟耳。今當復活,慎無葬也。'其父拊而祝之曰:'若爾有命,當復更生,豈非骨肉所願?今但欲還家,不爾葬也。'

① "含",四庫本作"舍"。
② "生"上,古今逸史本、四庫本並有"復"字。

旐乃解。及還家，其婦夢之曰：'吾當復生，可急開棺。'婦便説之。其夕，母及家人又夢之，即欲開棺，而父不聽。其弟含，時尚少，乃慨然曰：'非常之事，自古有之，今靈異至此，開棺之痛，孰與不開相負！'父母從之。乃共發棺，果有生驗。以手刮棺，指爪盡傷，然氣息甚微，存亡不分矣。於是急以綿飲，瀝口能咽，遂與出之。將護累月，飲食稍多，能開目視瞻，屈伸手足，不與人相當，不能言語飲食，所須托之以夢。如此者十餘年，家人疲於供護，不復得操事。含乃棄絶人事，躬親侍養，以知名州黨。後更衰劣，卒復還死焉。"

8.25　二廣深溪石壁上有鬼影，如淡墨畫。船人行以爲其祖考，祭之不敢慢。[①]

【疏證】《集異記》："漢靈帝熹平二年六月，洛陽民訛言虎賁寺東壁中有黄人形容，鬚眉良是，觀者數萬。"《酉陽雜俎》："高郵縣有一寺，講堂西壁，每日晚車輦悉透壁上，衣紅紫者，影中鹵莽可辨。"又云："湘潭界中有寺，名方廣，每至四月朔日，在東壁則見維揚官府樓堞，居民宇舍，隱隱可數。"此二廣深溪壁上之影，大率類此。

8.26　俗好於門畫虎頭，書"聻"字，謂陰司刀鬼名。讀漢舊史，儺逐疫鬼，又立桃人、葦索、滄耳虎等。"聻"字蓋滄耳也。[②] 舊聯上爲一條。

【疏證】《酉陽雜俎·貶誤篇》："俗好於門上畫虎頭，書'聻'字，謂陰司刀鬼名，可息疫癘也。予讀《漢儀説》，儺逐疫鬼，又立桃人、葦索、滄耳、虎等。'聻'爲合滄耳也。"衡按，《龍魚河圖》："刀神名滄耳，一名聻。"

---

① 古今逸史本、四庫本此處不分條。
② "字"，古今逸史本作"爲"。

8.27　俗傳鍾馗起於唐明皇之夢，非也。《北史》堯暄本名鍾葵，字辟邪；于勁字鍾葵；宋宗愨妹名鍾葵。非特明皇時，但葵、馗一字異耳。又曰：鍾葵，菜名。《魏書》堯暄本名鍾葵，字辟邪。又有淮南王子名鍾葵，有揚鍾葵、丘鍾葵、李鍾葵、慕容鍾葵、喬鍾葵、段鍾葵，于勁字鍾葵，張白澤本字鍾葵。《唐書》有王武俊將張鍾葵。又《恩倖傳》有宫鍾馗，《北史》喬鍾馗。《左傳·定四年》分康叔以殷民七族有終葵氏，是又不可知其定名之義也。①

【疏證】《圖畫見聞志》："昔吴道子畫鍾馗，衣藍衫，一足，眇一目，腰笏巾首而蓬髮，以左手捉鬼，以右手抉鬼目。"楊慎《外集》云："鍾馗即終葵。晋宋人猶以終葵爲名，其後訛爲鍾馗。俗畫一神像，帖於門首，執椎以擊鬼，好怪者便傳會説鍾葵能啖鬼。畫士又作《鍾馗元夕出遊圖》，又作《鍾馗嫁妹圖》，訛之又訛矣。文人又戲作《鍾馗傳》，言鍾馗爲開元進士，尤爲無稽。"按孫逖、張説文集有《謝賜鍾馗畫表》，先於開元久矣。蘇易簡作《硯譜》云："虢州歲貢鍾葵二十枚，亦未知鍾葵得號之由也。"按硯以鍾葵名，即《考工記》終葵大圭之義，蓋硯形如大圭耳。

又楊氏《丹鉛録》云："後世畫鍾葵於門，謂之辟邪，由堯暄而傳會也。宋宗愨妹名鍾葵，後世畫工作《鍾馗嫁妹圖》，由宗愨妹而傳會也，但葵、馗二字異耳。俗傳鍾馗起於唐明皇之夢，非也，蓋唐人戲作《鍾馗傳》，虚撝其事。"衡按，菸葵，菜名，見《爾雅》："菸葵，蘩露。"注："承露也。大莖小葉，華紫黄色。"此菜名，與鍾馗無涉。即《考工記》之"杼上終葵首"，亦與鍾馗無涉。楊氏謂畫工作《鍾馗嫁妹圖》由宗愨妹而誤，亦非。焉得以宗愨妹名鍾葵，而又謂之嫁妹乎？蓋鍾馗貌至醜惡，故畫一至美者，以爲之妹，此游戲筆墨，不足置辨。案《易》歸妹卦初九"跛而履"，九二"眇而視"；歸，嫁也；兑爲妹，震爲兄，故嫁妹。見虞翻《易注》。故吴道子畫鍾馗，竴一足，眇一目，而又有鍾馗

① 古今逸史本、四庫本此處不分條。

嫁妹之説，其托義蓋亦巧矣。

沈括《夢溪補筆談》云："禁中有吴道子画鍾馗，其卷首有唐人題記曰：'明皇開元，講武驪山，幸翠華還宫，上不懌，因痁作將逾月。巫醫殫伎，不能致良。忽一夕，夢二鬼，一大一小。其小者衣絳犢鼻，屨一足，跣一足，懸一屨，搢一大筠紙扇，竊大真紫香囊及上玉笛，繞殿而奔。其大者戴帽，衣藍裳，袒一臂，鞹雙足，乃捉其小者，刳其目，然後擘而啖之。上問大者："爾何人也？"奏云："臣鍾馗氏，即武舉不捷之士也，誓與陛下除天下之妖孽。"夢覺，痁苦盡瘳，而體益壯。乃詔畫工吴道子，告之以夢，曰："試爲朕如夢寫之。"道子奉旨，恍若有睹，立筆圖訖以進。上瞠視久之，撫几曰："是卿與朕同夢耳，何肖若此哉！"道子進曰："陛下憂勞宵旰，以衡石妨膳，而痁得犯之，果有觸邪之物，以慰聖德。"因舞蹈上千萬歲壽。上大悦，勞之百金。熙寧五年，上令畫工摹拓鐫板，印賜兩府輔臣各一本。是歲除夜，遣入内供奉梁楷，就東西府給賜鍾馗之象。'觀此題相記，似始於開元時。皇祐中，金陵上元縣發一冢，有石志，乃宋征西將軍宗慤母鄭夫人墓。夫人，漢大司農鄭衆女也。慤有妹名鍾馗，後魏有李鍾馗，隋將喬鍾馗、楊鍾馗，然則鍾馗之名，從來亦遠矣，非起於開元之時。開元之時，始有此畫耳。鍾馗亦作鍾葵。"衡按，《説文》："馗，九達道也。"《六書故》、《爾雅》："九達謂之逵。"亦借作馗。據此則畫神取名鍾馗，蓋亦祓除四方不祥之義，如古所謂神荼、鬱儡者是。故自漢以來，人名每取用之。又案，《五代史·吴越世家》"歲除畫工獻鍾馗擊鬼圖"與《補筆談》所云熙寧五年除夜賜鍾馗像，此即大儺逐疫之説。檢《後漢·禮儀志》："先臘一日，大儺，謂之逐疫。黄門倡，侲子和，曰：'甲作食殃，胇胃食虎，雄伯食魅，騰簡食不祥，攬諸食咎，伯奇食夢，強梁、祖明共食傑死寄生，委隨食觀，錯斷食巨，窮奇、騰根共食蠱。凡使十二神追惡凶，赫女軀，拉女幹，節解女肉，抽女肺腸。女不急去，後者爲糧！'"此十二神疑與鍾馗相類。凡所謂食者，謂主此驅惡之事，即享此祀，如食於水、食於火之義。後世畫鍾馗啖鬼，蓋即所謂"解女肉，抽女肺腸”也。案,古來逐疫之事,皆於冬季除夕行之。今南方人祀鍾馗於五月五日,不知起自何時。又謂之判官,不知何據。判官唐置,想亦因唐明皇時始顯故云。其除夕帖於前門者,則謂之門神;帖於後門者,則謂之鍾馗。大抵皆荒唐之説。予謂馗與逵通,即《詩》所謂“施於中逵”者,故作“赳赳武夫”之狀,以禦凶惡耳。後世轉增而醜劣,殊不可耐。徐文靖《管城碩記》曰:“古鍾終、馗葵通用,終葵即鍾馗也。後漢有李鍾馗,《北史·宦者傳》有宫鍾馗,字皆作馗。《魏書》于勁字鍾葵。又魏中山公李先先子冏,冏子鍾葵,襲爵降爲子。《北史》張白澤本名鍾葵,獻文賜名白澤。《隋書·李景傳》漢王諒、嵐州刺史喬鍾葵攻景,字皆作葵。”衡案,《北史》又有堯暄,本名鍾葵,字辟邪,後賜名暄。

8.28 閩中多木綿,植之數千株,采其花,紡爲布,名吉貝。《南史》言林邑等國出古貝木。以古爲吉,訛也。舊聯上爲一。《玉芝堂談薈》卷三十六引。

【疏證】李時珍曰:“木綿有二種:似木者名古貝,似草者名古終。或作吉貝者,乃古貝之訛也。李延壽《南史》所謂林邑諸國出古貝,花中如鵝毳,抽其緒紡爲布;張勃《吴録》所謂交州永昌木綿樹,高過屋,實大如杯,花中綿軟白可爲緼絮及毛布者,皆指似木之木綿也。李延壽《南史》所謂高昌國有草,實如繭,中絲爲細纑,名曰白疊,取以爲帛,甚軟白;沈懷遠《南越志》所謂桂州出古終藤,結實如鵝毳,治出其核紡如絲綿,染爲斑布者,皆似草之木綿也。”

8.29 樅,松葉柏身;檜,柏葉松身。

【疏證】見《爾雅·釋木》。

8.30 黄公好謙,女有國色,而謙其美以爲醜也,女至難嫁。有鰥夫冒娶之,乃國色,果信黄公之謙。《御覽》三百八十一引《尹文子》曰:“齊有黄公者,好謙卑。有二女,皆國色。嘗謙辞毁之,以爲醜惡。醜惡之名遠布，年過而一國無取聘者。衛有鰥夫失時，冒娶之，果國色。”

【疏證】《白六帖》卷二十女：“黄公有女至美，其父常謙曰醜，人謂實然，故過時無娉者。”

8.31　魏田父耕於野而得玉，弗識也。鄰人陰欲得之，紿之曰：[①]“此怪石也。”田父置玉於室，其光燭夜，果以爲怪，棄之於野。鄰人從而盗之，以獻魏王。玉工望而拜之，[②]曰：“此無價之寶。”

【疏證】《尹文子》：“魏有田夫耕於野，得玉徑尺。弗知其玉也，置於廡下，其夜光射一室。家人大怖，棄之於野。鄰人取以獻魏王，王召相工相之，工望玉再拜，曰：‘敢賀大王得天下之寶。’王問價，工曰：‘此無價。當之以五城之都，僅可一觀。’”

8.32　陶隱居書自奇，世傳《畫板帖》及焦山下《瘞鶴銘》皆其遺迹。

【疏證】《畫板帖》俟考。《瘞鶴銘》在焦山西麓，題華陽真逸撰，但載甲子，不列朝代。其後崩墮江中，遂名雷轟石，亦不紀何歲月。《潤州圖經》以爲王逸少書，蘇子瞻、黄魯直以爲非右軍不能爲。歐陽公以唐顧況道號華陽居士，疑即况也，謂其書則近顔魯公。董逌書跋非之，謂得唐人詩在貞觀中，已列銘後，非顧況可知。《歷代名畫記》謂陶宏景居茅山，號華陽隱居。黄長睿《東觀餘論》謂陶宏景嘗居華陽，故自號華陽隱居。《西清詩話》云：“余讀《道藏・陶隱居外傳》，號華陽真人，晚號華陽真逸。”蔡佑《雜説》定爲陶隱居是也。元鄭杓《衍極》引曹士冕曰：“焦山《瘞鶴銘》，筆法之妙，爲書家冠冕。前輩慕其

① “之”，古今逸史本、四庫本無此字。
② “之”，古今逸史本、四庫本無此字。

字而不知其人，最後雲林子以華陽隱居爲陶宏景，及以句曲所刻隱居《朱陽館帖》參校，然後衆疑釋然，其鑒賞可謂真矣。”衡家有長沙陳鵬年滄洲先生所撰《瘞鶴銘考》一卷云：“於康熙五十二年冬，出此銘於江水淺涸之際，得七十餘字。”高似孫《緯略》十云：“歐公曰《瘞鶴銘》題云華陽真逸，撰刻於焦山之足。”按《潤州圖經》云“王羲之書”。然筆法不類羲之，而類顔魯公。華陽真逸，顧況道號，碑無年月，疑前後人有同斯號者。杜子美詩：“山陰不見换鵝經，京口空傳瘞鶴銘。”直作右軍書矣。按《陶隱居畫傳》曰：“隱居號華陽真人，晚號華陽真逸。”則《瘞鶴銘》爲隱居不疑。①

8.33 王會稽七子，凝、操、徽、涣、獻五人書迹傳世，惟玄、肅二人未見。而五子書各不同，蓋善學父書者。

8.34 郝氏夜祠佛，鬼車乘燭光而下，翼廣丈餘，九首互相低昂。其家呼犬持杖逐之，墜一羽，長三尺許，廣八九寸，色類鵝雁。《玉芝堂談薈》卷三十三引“雁”作“鶩”。《格致鏡原·鳥類》引。

8.35 江浙間有鳥，名飛生，狐首肉翅，四足如獸，飛而生子，即隨母後。人有難産，以其爪安胸腹間，立驗。《玉芝堂談薈》卷三十三引，《格致鏡原·鳥類》引。亦有得其皮者。

【疏證】《説文》：“鸓，鼠形飛走且乳之鳥也。”一名飛生，一名鼯鼠。《名醫别録》：“鸓鼠即鼯鼠，飛生鳥也，狀如蝙蝠，大如鴟鳶，毛紫色暗，夜飛，人取其皮毛與産婦持之令易生。”李時珍曰：“按郭氏注《爾雅》曰：‘鼯鼠狀如小狐，似蝙蝠，肉翅四足，翅尾項脅，毛皆紫赤色，背上蒼艾色，腹下黄色，喙頷雜白色，脚短爪長，尾長三尺許。飛

---

① 整理者按，“山陰不見换鵝經，京口空傳瘞鶴銘”爲宋蘇舜欽詩《丹陽子高得逸少於焦山之下來求詩因作長句以寄》之句，此云子美詩，蓋誤。

而乳子，子即隨母後。聲如人呼，食火烟，能從高赴下，不能從下上高，性喜夜鳴。'"衡按，不能從下上高，則何由從高赴下？此説有誤。附録宋葉夢得《避暑録話》云："舊嘗見杜任作《醫準》一卷，其一記郝貢子婦産四日，瘈瘲戴眼角弓反張，任以爲痓病，與大豆柴胡湯、獨活湯而愈。政和間，余妻纔分娩，猶在蓐中，忽作此症，頭足反接，相去幾二尺。家人驚駭，以數婢強拗之不直。適記此方，而藥囊有獨活，乃急爲之。召醫未至，連進幾劑，遂能直。醫至則愈矣，更不復用大豆柴胡湯。不可不廣告人。二方皆在千金第三卷。"

8.36　有異鳥鳴如嬰兒，巢於木，探得其雛，大如鵝，青首白面，觜爪類鷹鷂。或曰此鵬也。

【疏證】《太平廣記》四百六十引《幽明録》曰："楚文王好獵，有人獻一鷹，王見其殊常，故爲獵於雲夢。毛群羽族，爭噬共搏。此鷹瞪目遠瞻雲際，俄有一物鮮白不辨，其鷹便竦羽而升，矗若飛電。須臾羽墮如雪，血下如雨，有大鳥墜地，度其羽翅，廣數十里。時有博物君子曰：此大鵬雛也。"按此亦説鵬雛事，故附記於此。

8.37　高麗《人參贊》："正椏五葉，正，誤，當作三。[1] 背陽向陰，欲來求我，椵樹相尋。"椵木葉似桐甚大，[2] 參多生其陰。

【疏證】《名醫别録》："人參生上黨山谷及遼東。陶弘景曰：高麗即是遼東，形大而虛軟，不及白濟，並不及上黨者。其草一莖直上，四五相對，生花紫色。高麗人作《人參贊》云：'三椏五葉，背陽向陰，欲來求我，椵樹相尋。'椵音賈，樹似桐甚大，陰廣則多生。"

---

① 整理者按，四庫本正作"三"。
② "大"下，古今逸史本、四庫本並有"陰廣"二字。

8.38 王孫，一名黄孫，一名黄昏。孫思邈有黄昏散，注云：“黄昏木，或曰合歡、合昏、夜合花。”陳無已云：“探囊一試黄昏湯。”《草部》、《木部》黄昏爲二物，郭璞曰：“守宫槐，晝日聶合而夜舒布也。江東有木，與此相反，俗因名合昏。”《古今注》云：“合歡似梧桐，枝葉互相結，風來解，使人不忿。“解”上疑脱“自”字，或是“轍”字。嵇康種之於舍前。”

【疏證】案《本草·草部》有王孫，一名黄孫，一名黄昏，一名牡蒙，一名旱藕。又《木部》有合歡，一名合昏，一名夜合，一名青裳。陳藏器曰：“其葉至暮即合，故名合昏。”李時珍曰：“《木部》合歡，一名黄昏。《嫏嬛記》：孫真人有黄昏散，夫妻反目，服之必和，又名合歡。叔良製以爲丸。”《爾雅》：“守宫槐，葉晝聶宵炕。”郭璞曰：“守宫槐，晝日聶合而夜炕布者。”儒林祭酒杜行齊説，在明陵縣南有一樹似槐，晝聚合相着，夜則舒布，即守宫。江東有樹與此相反，俗因合昏曉晝夜異，其理等。聶，合也；炕，張也。晝合夜開。《古今注》曰：“欲蠲人之忿，則贈以青棠。青棠一名合歡，能忘忿，枝葉繁弱，互相交結，每一風來，輒自相解，不相牽綴。嵇康種之舍前。”蘇頌曰：“人家多植於庭除間，木似梧桐，枝甚柔弱，葉似皂角，極細而繁密。”寇宗奭曰：“合歡花如今之醮暈緑，上半白，下半肉紅，散垂如絲，其緑葉至夜則合也。”

續博物志卷九

宋李石撰　江都陳逢衡考證

9.1　南昌縣出然石。《異物志》云："色黄而理疏，以水灌之便熱，以鼎炊物可熟，置之則冷，如此無窮。"元康中，雷孔章入洛，齎以示張公，張公曰："此謂然石。"

【疏證】見《水經·贛水》注"南昌縣"引《異物志》。南昌縣，今江西南昌府首縣。元康，晋惠帝年號。按此事亦見劉敬叔《異苑》。

9.2　《晋書》曰："漢末博士燉煌侯瑾善内學。"①

【疏證】陳仁錫《潛確類書》文六十二引王隱《晋書》："漢末博士燉煌侯瑾善内學，語弟子曰：涼州城西有泉水當竭，有雙闕起其上。魏嘉平中，武威太守起學舍，築闕於此。"

9.3　弱水出流沙，流沙與水流行也，在西海郡。北山有赤石白色，以兩石相打則水潤，打之不已，則潤盡火出，山石

① "瑾"，原作"景"，古今逸史本、四庫本並作"瑾"。整理者按，下文疏證所引《晋書》亦作"瑾"，今據改。又古今逸史本、四庫本"内學"下不分條。

皆然。[1] 炎起數丈不滅，有大黑風，自流沙出，奄之乃滅。[2] 其石如初，不敢輕近耳。舊聯上爲一。

【疏證】《水經注》卷四十："弱水入流沙，流沙，沙與水流行也。亦言出鍾山西行，極崦嵫之山，在西海郡。北山有石赤白色，以兩石相打則水潤，打之不已，潤盡則火出，山石皆然。炎起數丈，經日不滅。有大黑風，自流沙出，奄之乃滅，其石如初。言動火之事，發疾經年，故不敢輕近耳。"

9.4　火井，以草爨之則烟騰火發；湯井，以草内之則露凝。[3]

【疏證】《水經·濕水》注："黄水又東，注武周川，又東歷故亭北，右合火山西溪水。水導源火山西北流，山上有火井，南北六十七步，廣減尺許，源深不見底，炎勢上升，常若微雷發響，以草爨之則烟騰火發。火井東五六尺，又東有湯井，廣輪與火井相狀，勢熱又同，以草内之則不然，皆沾濡露結，故俗以湯井爲目。"

9.5　鐸銷狀如刀戈殘刃，有孔旁達，出麗水。飾以金，所指無不洞。夷人尤寶，月以血祭之。俗謂天降，非人鑄。鬱刃鑄以毒藥，冶取躍如星者，[4]淬以馬血成之，傷一即死。一，當作人。[5] 刀劍以柔鐵爲莖幹，不可純用鋼，純鋼不折即缺。

---

① "然"，原作"炎"，古今逸史本、四庫本並作"然"。整理者按，作"然"義長，下文疏證引《水經注》亦作"然"，作"炎"蓋涉下文"炎起數丈"而誤，今改正。

② "奄"，四庫本作"掩"。

③ 古今逸史本、四庫本此處不分條。

④ "冶"，古今逸史本作"治"。

⑤ 四庫本正作"人"。

9.6 天寶中,交趾貢龍腦,如蟬蠶。老龍腦樹節方有,禁中呼爲瑞龍腦,上唯賜貴妃十枚,香氣徹十餘步。

【疏證】《酉陽雜俎·忠志篇》:"天寶末,交趾貢龍腦,如蟬蠶形。波斯言老龍腦樹節方有,禁中呼爲瑞龍腦,上唯賜貴妃十枚,香氣徹十餘步。上夏日嘗與親王棋,令賀懷智獨彈琵琶,貴妃立於局前觀之。上數子將輸,貴妃放康國猧子於坐側,猧子乃上局,局子亂,上大悦。時風吹貴妃領巾於賀懷智巾上,良久回身方落。賀懷智歸,覺滿身香氣非常,乃卸幞頭,貯於錦囊中。及上皇復宫闕,追思貴妃不已,懷智乃進所貯幞頭,具奏他日事。上皇發囊泣曰:此瑞龍腦香也。"

9.7 蓬萊山,使高麗者望之甚遠,前後下峭拔可愛。其島屬昌國縣,其上平廣,可以種蒔。島人云:蓬萊三仙人,人,當作山。① 越弱水三萬里,不應指顧間便見,此外不復見山。

【疏證】漢昌國縣,今山東濟南府淄川縣東北三十里。又南齊交州宋平郡置昌國縣,當在今占城境。又北魏青州齊郡置昌國縣,今山東青州府臨朐縣治。此云"使高麗者望之甚遠",當屬青州府。按蓬萊山在東海,弱水在西,島人説不可信。

9.8 馬緒謫潮,得巨蟻,長尺餘,鹽漬之,歸誇北人。②

【疏證】《潛確類書》引《五行志》:"後魏顯宗時,兖州有黑蟻與赤蟻鬥,長六十步,廣四寸,赤蟻斷頭而死。"據此則長尺餘之蟻,不足誇矣。

---

① 四庫本正作"山"。
② "歸"字原無,據古今逸史本、四庫本補。

9.9　兩頭蛇,馬鱉食牛血所化。《玉芝堂談薈》卷三十五引。

【疏證】《本草綱目》四十三誤以此爲茂先《博物志》。案《嶺南異物志》云:"兩頭蛇長不過三尺,或云蚯蚓所化。"

9.10　鳲鳩,毛氏云桔鞠,①郭璞謂布谷。雎鳩,毛氏云王雎,郭璞謂鶚。② 鸒斯,毛氏云卑居,又云烏鴉,郭璞云小雀,好群飛。毛云桑扈爲竊脂,郭璞云爲青雀好盗脂。

【疏證】桔鞠當作鴶鵴。《爾雅》:"鳲鳩,鴶鵴。"郭注:"今之布穀也,江東呼爲穫穀。"《詩傳》:"雎鳩,王雎也,鳥摯而有别。"鶚當作鶚。《爾雅》:"鵙鳩,王鵙。"郭注:"雕類,今江東呼之爲鶚,好在江渚邊食魚。《詩·小雅》:弁彼鸒斯。"《爾雅》:"鸒斯,鵯鶋。"郭注:"雅烏也,小而多群,腹下白。"《爾雅》:"桑扈,竊脂。"案,桑扈乃扈之在桑間者,其觜或淡白如脂,或凝黄如蠟,故古名竊脂,俗名蠟觜。淺色曰竊,郭璞以爲好盗脂,陸璣謂其好盗食脂肉,殆不然也。

9.11　海州有人持一束黑物,形如竹篾。其人云:"海魚腮中毛,可作屏風貼。"色似水牛角,頭似猪,鬃長三四寸,廣可一寸。

【疏證】《封氏見聞記》:封演客海州,見人持一束黑物,形如竹篾。問其人,乃海魚腮中毛,擬用作屏風貼。問其所得,云:數十年前,東海有大魚,死於岸上,收得此。色似水牛角,小頭似猪頭正方,髪長四五寸,廣可一寸。今人間大魚腮中翣毛,長不盈寸,此乃長四五寸,魚亦大矣。

---

① "云",古今逸史本、四庫本並作"曰"。
② "鶚",四庫本作"鶚"。

9.12 人家有小蟲,至微而響甚,尋之卒不可見,號竊蟲。大如半胡麻,形似鼠婦,有兩角,白色,振其頭則有聲。孟康朝作賦,比之鬼魅。

【疏證】《封氏見聞記》:"人家有小蟲,至微而響甚細,尋之卒不可見。俗人以其難見,號竊蟲,云有此者不祥。余曾睹此蟲,大如半胡麻,形類鼠婦,有兩角白色,振其頭則有聲,或時暫止,須臾復振。床壁窗户之間,暗黑之處多有之。拾遺孟匡朝貶賀州,作《竊蟲賦》,比之鬼魅,似都不識此蟲。"

9.13 海州有溝水通淮,過漕船。寶應中,堰破水涸。東海主修堰,堰成輒壞。或説:梁代築浮山堰,以鐵數萬斤,填積其下乃成。堰之壞如雷聲,至是聲聞上流。蓋鐵味辛,辛能害目,魚龍護目,故畏鐵也。有人淬劍於池,池魚皆浮去。

【疏證】《梁典》曰:"武帝令康絢築浮山堰。將合,淮水漂没,復决潰,衆患之。或謂江淮之間多蛟龍,能乘風雨,决壞崖岸。其性惡鐵,因是引東西二冶鐵器,大則釜鬲,小則钁鋤,數十萬斤,沉於堰所。至十五年四月,堰乃成。人謂絢曰:四瀆,天所以節宣其氣,不可久塞。既而堰决,殺萬人,其聲若雷,聞三百里,水中怪物,隨流而下。"

9.14 張勃《吴録》曰:彭澤有烏接食,團飯投之,高下無失。巫山迎船烏亦然。

【疏證】《格致鏡原·鳥類·烏》引《吴録》:"彭澤有烏,能接丸。行者丸飯投之,高下無失。"又巫山廟,上下數十里,有烏鳶無數,取食於行舟之上。見蘇東坡詩題,查慎行注:"《吴船録》:凝真觀前有馴鴉,客舟將來則迎於數里之外,舟過亦送數里,士人謂之神鴉。"《入蜀記》:"神女祠中有烏數百,送迎客舟。自唐夔州刺史李貽詩已云群烏幸胙餘矣。”衡按《唐・藝文志》載張勃《吴地記》一卷，即《吴録》也。《太平御覽》九百二十引《地理志》曰：“孤山正在江中，有烏飛入船，人以飯與之，烏且飛且啖。”案所引《地理志》，不知是何書也。

9.15　凡鳥三指向前，一向後。鸜鵒兩指向後。

【疏證】《南方異物志》：“鸜鵒，凡鳥四指，三向前，一向後，其目下瞼撿。眨劄。上，[①]此鳥兩指向前，兩指向後，四趾齊分；兩瞼俱動如人目。交州已南盡有之，五色者出杜薄州。”又説見《酉陽雜俎》。

9.16　漢明帝永平五年，長安迎取飛廉并銅馬，置上西門外。晋灼曰：“飛廉鹿身，頭如雀，有角，而蛇尾豹文。”應劭曰：“飛廉神禽，能致風氣。”

【疏證】飛廉亦作蜚廉。《史記・司馬相如傳》“推蜚廉”注：“蜚廉，龍雀也，鳥身鹿頭者。”《漢書・武帝紀》元封二年，“作甘泉通天臺、長安飛廉館”，注：“應劭曰：飛廉，神禽，能致風氣者也。明帝永平五年，至長安迎取飛廉并銅馬，置上西門外，名平樂觀。董卓悉銷以爲錢。晋灼曰：身似鹿，頭如爵，有角而蛇尾，文如豹文。”

9.17　宣王好射三石之弓，而自以爲九石。臣下從而悦之，以爲非大王不能用。[②] 其實三石也，九石名而已。

【疏證】《吕氏春秋・壅塞篇》：“齊宣王好射，説人之謂己能用強弓也。其嘗所用不過三石，以示左右。左右皆試引之，中關而止，皆曰：‘此不下九石，非王其孰能用是！’宣王之情，所用不過三石，而終身自以爲用九石，豈不悲哉？非直士其孰不阿主？世之直士，其寡不

---

① “眨”，原作“貶”，形近而誤，陳氏原注音爲“劄”可證，今據改。
② “以爲”，古今逸史本、四庫本無“爲”字。

勝衆數也，故亂國之主，患在用三石爲九石也。”

9.18 《周官》：“全羽爲旞，析羽爲旌。”道路用旌節，即此旌也。顧愷之畫蘇武所執之旌，上圓如幢，下復數層，紅羽駸駸然，如夜合花，此析羽也。今鹵簿中節頗類此，其首亦圓，相去尺餘，有數重圓板，以牦牛尾綴之，亦析羽遺法。然蘇武漢節，則旌節之制，至於龍節、虎節、玉節之類，則今虎符之類，但可合符，不必盡爲旌耳。顧畫節首一物若書卷，豈亦符乎？漢銅符以銅爲之，竹符以竹五寸，鐫刻篆書其上。

【疏證】《周禮·春官·司常》：“全羽爲旞，析羽爲旌。”注：“全羽、析羽，皆五采繫之於旞旌之上，所謂注旄於干首也。”又《地官·掌節》：“守邦國者用玉節。凡邦國之使節，山國用虎節，土國用人節，澤國用龍節，門關用符節，貨賄用璽節，道路用旌節。”《爾雅》：“注旄首曰旌。”注：“載旄於竿頭，如今之幢，亦有旒。”《史記·漢文帝紀》：“初與郡國守相爲銅虎符、竹使符。”集解：“應劭曰：銅虎符第一至第五，國家當發兵，遣使者至郡合符，符合乃聽受之。竹使符皆以竹箭五枚，長五寸，鐫刻篆書，第一至第五。”索隱曰：“漢儀，銅虎符發兵，長六寸，竹使符出入徵發。《古今注》云：‘金虎符銀錯書之。’張晏云：‘銅取其同心也。’”又《後漢書》杜詩上疏曰：“舊制發兵皆以虎符，其餘徵召竹使而已。”

9.19 《硯譜》載天下之硯四十餘品，以青州紅絲石硯爲第一，端州斧柯山石爲第二，歙州龍尾石爲第三。《毛西河文集箋》二十五云：“姜仲子邀予過鄰家觀宣和紅絲硯。按《博物志》載天下名硯四十有一，以青州紅絲石爲第一，而宣和尤紅絲之冠也。”衡按，此《續博物志》語，誤以爲《博物志》，又四十餘品誤作四十有一。

【疏證】説見歐陽公《硯譜》。又米史：“青州紅絲石，大抵色白而紋紅者慢發墨,亦漬墨,不可洗,必磨治之。紋理斑石赤者不漬墨,發墨有光,而紋大不入看。"又葉樾《端硯譜》斧柯山,蘇易簡《譜》云:"即觀棋之所在。大江南去州東三十里,與靈羊峽對,山峻峙壁立,下際潮水江之湄,山行三四里,即硯岩。先至者曰下岩,岩中水未嘗涸。下岩之上曰中岩,中岩之上曰上岩,自上岩轉山之背曰龍岩。自山之下,分路稍東,至半邊山諸岩,西南沿溪而上曰蚌坑。凡石以下岩爲上,中岩、龍岩、半岩次之,上岩又次之,蚌坑爲下。"《新安志》:"龍尾山在婺源東南。"曹昭《古硯論》:"歙溪龍尾溪,舊坑赤卵石,大者不過四五寸,多作月硯,就其材也。新坑石有極大者,盈二三尺。"又歐譜:"龍尾溪石堅勁發墨,金星爲貴,石理微粗,手摩之索索有鋒鋩者尤佳。在端溪上,端溪以北岩爲上,龍尾以深溪爲上,較其優劣,龍尾遠出端溪上。"

9.20　夜藏飲食於器中,覆之不密。鼠欲盜食不可,至環器而走,涙滴器中。食之得黄疾,通身如蠟。

9.21　鍮石類金,碔砆類玉,木蘭類桂,奚榼類檀,①蛇床類蘼蕪,人參類薺苨,檜類柏,狐狸類狗,鸑鷟類鳳,野馬類麟。

【疏證】鍮音偷,《玉篇》:"鍮石似金。"《太平御覽》八百十三引《廣志》曰:"鍮石似金,亦有與金雜者,淘之則分。"《一統志》:"答兒密,古之丹眉流國,産鍮石。"《格古要論》:"鍮石,自然銅之精也。金爐甘石煉成者,假鍮也。崔昉曰:銅一斤,爐甘石一斤,煉之成鍮石。真鍮生波斯國者,如黄金,燒之赤色不黑。"《稗史類篇》:"鍮,金屬也。而附以石者,爲其不皆天然自生,亦用蘆甘石煮煉而成者,故兼舉二物而

① "榼",古今逸史本、四庫本並作"醘"。

爲之名。"碔砆類玉,已見《博物志》。《名義考》:"世傳木蘭舟,不知木蘭是何物。陶隱居云:似欄,皮甚薄而味辛香。《相如傳》注:如椒而香,可作面膏。或云與桂同,或云桂中之一種。《玉篇》:櫰,木蘭也。"衡按,陶隱居所云"似欄",郎甸切,音煉,見《集韻》。《爾雅·釋木》:"魄,榽橀。"郭注:"魄,大木,細葉,似檀,今河東多有之。齊人諺曰:上山斫檀,榽橀先殫。"《廣雅》:"青檀似奚橀。"陸機詩疏:"檀木皮正青,滑澤與繫迷相似,又似駁馬。駁馬,梓榆,其樹皮青白駮犖,遥視似馬,故謂之駁馬。故里語曰:斫檀不諦得繫迷,繫迷尚可得駁馬。"《詩義疏》:"繫迷,一名挈橀。"蛇床類蘼蕪,人參類薺苨,已見《博物志》。《爾雅》:"檜,柏葉松身。"《格物總論》:"狐形似黄狗,鼻尖尾大。"《禽經》:"紫鳳謂之鷟。"張華注:"鳳之小者鸑鷟,五彩之文,三歲始備也。"《爾雅疏》:"并州界有麟,大小如鹿,非瑞麟也。"衡按,此即野馬之類。《説文》:"騊駼,野馬出北海,形似鹿。"《馬記》:"開元二十九年,滑州刺史李邕獻馬一匹,肉髮麟腮。"皆野馬之似麟者。

9.22 肅宗時,有告保定太守反者,令李泌乘千里馬往案之。千里馬,寧遠所獻,髮拳紫色,狀如八駿。乘者必衣裘冒絮,似胡兒抱持。[1] 早發扶風,初馳三十里,則皆旁側跳。三十里外,乃墜然而去,[2]唯聞耳傍風聲,飛飛字上下疑有脱誤。前蹄之土過耳。辰時達保定,申時歸奏事。

【疏證】《格致鏡原·獸類》引《續博物志》:"千里馬,寧遠所獻,髮拳紫色,狀如八駿,謂之紫驃。乘者必衣裘冒絮,似胡兒抱持。初馳三十里,則皆旁側難馴。又馭三十里外,乃駛然而去,唯聞耳傍風聲如飛箭。唐肅宗時,令李泌乘之,往按保定。早發扶風,辰達保定,申歸奏事。"案所引與今本不同。竊疑此事非實,乃小説家造言之耳。

---

① "胡兒",四庫本作"北人"。
② "墜",四庫本作"隤"。

9.23 顓帝有三子，生而亡去爲疫鬼。其一居江水爲疫鬼，其一居弱水爲魍魎，其一居人宮室樞堣，善驚人小兒。

【疏證】《禮斗威儀》："顓頊有三子，生而亡去爲疫鬼。一居江水，是爲瘧鬼；一居若水，爲魍魎；一居人宮室區隅，善驚人小兒，爲小鬼。於是常以正歲十二月，令禮官方相氏，掌蒙熊皮，黄金四目，玄衣纁裳，執戈揚盾，帥百隸及童子而時儺，以索室而驅疫鬼。以桃弧、葦矢、土鼓射之，以赤丸、五穀洒掃以除疾殃。"《論衡·訂鬼篇》："《禮》曰：顓頊氏有三子，生而死去爲疫鬼。一居江水，是爲虐鬼；一居若水，是爲魍魎；一居人宮室區隅漚庫，善驚人小兒。"又説見《解除篇》。《搜神記》十六："昔顓頊有三子，死而爲疫鬼。一居江水，爲虐鬼；一居弱水，爲魍魎；一居人宮室，善驚人小兒，爲小鬼。"《後漢書·禮儀志》注引《漢舊儀》曰："顓頊氏有三子，生而亡去爲疫鬼。一居江水，是爲虎；一居若水，是爲罔兩蜮鬼；一居人宮室區隅漚庾，善驚人小兒。"衡按，①"是爲虎"，"虎"當是"虐"字之誤。《文選·東京賦》注引《漢舊儀》曰："昔顓頊氏有三子，亡而爲疫鬼。一居江水，爲虐鬼；一居若水，爲罔兩蜮鬼；一居人宮室區隅，善驚人，爲小鬼。於是以歲十二月，使方相氏蒙虎皮，黄金四目，玄衣丹裳，執戈持盾，帥百隸及童子而時儺，以索室中而毆疫鬼也。"

9.24 脚弱病，用杉木爲桶濯足，排樟腦兩股間，以脚掤繫定，月餘即效。《本草綱目》三十四引"以脚"作"用帛"。

【疏證】朱震亨曰："杉木屬金，有火，其節煮汁浸捋脚氣腫滿尤效。"陳藏器以曲樟木，用之煎湯除脚氣。案，樟腦一名韶腦，出韶州漳州，狀似龍腦，白色如雪，樟樹脂膏也。

① 衡按，原作"按衡"。此等處全書均作"衡按"，今據乙正。

9.25 《雜令》曰:“蹄人者絆其足,齧人者截其耳。”《説文》:“牛觸者角著橫木。”

【疏證】《埤雅》卷五:“《雜令》曰:‘蹄人者絆其足,齧人者截其耳。’此謂犬馬之弗馴者,宜示幖幟曉人也。《説文》曰:‘牛觸人,角箸橫木,所以告人也。从口从牛。’然則示幖幟以告人,其來尚矣。”

9.26 有一狠子,生平多逆父旨。父臨死,囑曰:“必葬我水中。”意其逆命,得葬土中。至是狠子曰:“生平逆父命,今死,不敢違旨也。”破家築沙潭水心以葬。

【疏證】《水經·沔水》注:“沔水北岸數里,有大石激,名曰五女激。女嫁於陰縣狠子,家貲萬金,而自少小不從父語。父臨亡,意欲葬山上,恐兒不從,故命言葬我著渚下石磧上。佷子曰:‘我由來不奉教令,今從語。’遂盡散家財,作石冢磧土繞之,成一洲,長數百步。元康中始爲水所壞。今石皆如半埸許,數百枚聚水中。佷子是前漢人。”酈注又云:“漢水又東,爲佷子潭。潭中有石磧州,長六十丈,廣十八丈。世亦以此爲佷子葬父於斯,故潭得厥目焉。”

9.27 《本草經》曰:“虎嘯風生,龍吟雲起,磁石引針,琥珀拾芥。漆得蟹而散,麻得漆而涌,桂得葱而軟,樹得桂而枯。戎鹽累卵,獺膽分杯,其氣爽之相關感也。”

【疏證】《淮南·天文訓》:“虎嘯而谷風生。”高誘注:“虎,土物也;風,木風也。木生於土,故虎嘯而谷風生。”《易》曰:“雲從龍,風從虎。”磁石即慈石,一名熁鐵石,一名吸針石。陳藏器曰:“慈石取鐵,如慈母之招子,故名。”蘇頌曰:“慈州者歲貢最佳,能吸鐵,虛連數十鐵,或一二斤刀器,回轉不落者尤良。”雷斅曰:“凡使勿誤用玄中石,並中麻石。此二石俱似慈石,只是吸鐵不得。真慈石一片,四面吸鐵一斤者,此名延年沙;四面只吸鐵八兩者,名續采石;四面吸五兩者,名慈石。”琥珀一名江珠。陶弘景曰:“亦有煮毈雞子及青魚魫作者並非真,惟以手心摩熱拾芥爲真。”雷斆曰:“琥珀如血色,以布拭熱吸得芥子者真也。”李時珍曰:“琥珀拾芥,乃草芥,即禾草也。雷氏言拾芥子,誤矣。”漆本作桼。陶弘景曰:“仙方用蟹消漆爲水,煉服長生。”李時珍曰:“《淮南子》云:‘蟹見漆而不乾。’《相感志》云:‘漆得蟹而成水。’蓋物性相制也。”麻得漆而涌,俟考。葱有數種,曰茖葱、胡葱、凍葱、漢葱。《名醫別録》:“解藜蘆及桂毒。”陶弘景曰:“葱能化五石,消桂爲水。”桂,一名牡桂。陸佃《埤雅》曰:“又謂之梫,能梫害他木斃之。”《談苑》記江南後主患清暑閣前草生,徐鍇令以桂屑布磚縫中,宿草盡死。《吕氏春秋》云:“桂枝之下無雜木,蓋桂味辛螫故也。”《雷公炮炙論》云:“以桂爲丁,以釘木根,其木即死。一丁至微,未必能螫大木,自其性相制爾。”戎鹽即胡鹽。陶弘景曰:“戎鹽,虜中甚有,其形作塊片,或如雞鴨卵,或如菱米,色紫白,味不甚鹹。”獨孤滔曰:“戎鹽赤黑二色,能累卵乾汞制丹砂。”李時珍曰:“按《涼州異物志》云:姜賴之墟,今稱龍城,剛鹵千里,蒺藜之形,其下有鹽,累碁而生,出於胡國,故名戎鹽。”獺膽分杯,疑左慈之飲曹公,即用此法。寇宗奭曰:“古語云‘蟾肪軟玉,獺膽分杯’,謂以膽塗竹刀,或犀角篦上,畫酒中即分也。”嘗試之不驗,蓋妄傳耳。但塗杯唇,使酒稍高於盞面耳,不可不正之。《埤雅》卷三曰:“舊説蟾肪合玉,獺膽分卮,又曰熊食鹽而死,獺飲酒而斃。”此類之不推也。

9.28　一曰偏記,二曰小録,三曰逸事,四曰鎖言,五曰郡事,六曰家史,[①]七曰別傳,八曰雜記,九曰地理,十曰都邑簿。

【疏證】《史通·内篇·雜述第三十四》:“爰及近古,斯道漸繁,史氏流別,殊途並騖。榷而爲論,其流有十焉,一曰偏記。”以下同,唯

① “曰”,古今逸史本作“名”。

“郡事”作“郡書”。

9.29 唐大順元年六月，資州兵王全義妻如孕，覺物漸下，入股，至足，大拇痛甚。拆而生珠，如彈圓，漸長大如杯。

【疏證】大順是唐昭宗年號。資州今屬四川。《路史餘論》四引《唐志》：“大順元年，資州兵王全義妻孕，漸下至股，入足，拇指痛。拆生珠，漸大如杯。”案《法苑珠林》有七事受胎，一相觸受胎，二取衣受胎，四手摩受胎，五見色受胎，六聞聲受胎，七嗅香受胎，此類是也。

9.30 京相璠曰：“京”上舊衍“西”字。“京有小索亭，《世語》以爲本索氏兄弟居。又爲索水。”《晋志》京有大索、小索亭，《漢書》京索之間也。

【疏證】《水經·濟水》注：“其水北流，徑小索亭西。京相璠曰：京有小索亭，《世語》以爲本索氏兄弟居此，故號小索者也。又爲索水，索水又北屈，東徑大索城。《晋書·地道志》所謂京有大索、小索亭，《漢書》京索之間也。”衡案，京索之間，義當如“疆以周索”、“疆以戎索”之謂。

9.31 紀信冢在滎陽城西北三里。

【疏證】《太平寰宇記·河南道鄭州新鄭縣》：“紀信冢，以身紿楚，解漢祖之圍，羽怒燒之，高祖使葬於此，故冢存。”又《關西道雍州咸陽縣》：“紀信墓在縣北四十里。”衡案，既云燒之，則化爲烏有。此新鄭縣之墓，當是招魂葬此。若雍州之墓，疑有訛誤。

9.32 漢長安巧工丁緩，作卧褥香爐，爐體常平。又作七輪扇，連七輪，大皆徑尺，一人運之，滿堂寒戰。今二法並存。

【疏證】《西京雜記》:"長安巧工丁緩者,爲常滿燈,七龍五鳳,常雜以芙蓉蓮藕之奇。又作卧褥香爐,一名被中香爐,本出房風,其法後絶。至緩始更爲之,爲機環轉運四周,而爐體常平,可置之被褥,故以爲名。又作九層博山香爐,鏤爲奇禽怪獸,窮諸靈異,皆自然運動。又作七輪扇,連七輪,大皆徑丈,相連續。夏月使一人運之,滿堂寒顫。"

9.33 計然云:人受命於天地,變化而生,一月而膏,二月而脈,三月而胚,謂如水胞之狀。四月而胎,謂如水中蛤蟆胎也。五月而筋,六月而骨,謂血氣變爲肉,肉爲脂,脂爲骨也。七月而成形,八月而動,九月而躁,十月而生。

【疏證】計然姓辛,字文子,葵丘濮上人。《史記·貨殖傳》名研,《吴越春秋》作"計硯",《越絶書》又作"計倪","倪"蓋"硯"之訛。"硯"與"研"同,"研""然"音近。《索隱》謂倪研聲近相亂。宋高似孫《子略》謂計然姓章,名文子,《通志略四》謂姓宰,並非也。其書有《萬物録》,説見《史記正義》,今其書不傳。又《唐·藝文志》"《計然》十五卷",注"范蠡問計然答",今其書亦不傳。此志所述,蓋《萬物録》中逸文也。《太平御覽》三百六十引《文子》曰:"人之情欲平,嗜慾亂之。精氣爲人,人受天地變化而生。一月而膏,初形骸如膏脂。二月而脈,漸生筋脈。三月而胚,胚胞也。三月如水胞狀也。四月而胎,如水中蛤蟆之胎。五月而筋,氣積而成筋。六月成骨,血化肉,肉化脂,脂化骨。七月成形,四肢九竅所成。八月而動,動作。九月而躁,動數如前。十月而生。形骸乃成,五藏乃形。"案《淮南·精神訓》:"萬物背陰而抱陽,冲氣以爲和,故曰一月而膏,二月而胅,三月而胎,四月而肌,五月而筋,六月而骨,七月而成,八月而動,九月而躁,十月而生。形體以成,五藏乃形。"與此微異,其説蓋本之計然。

9.34 九章算法,方田一,粟米二,差分三,少廣四,均輸五,方程六,傍要七,盈足八,“盈足”,當作“盈不足”。鈎股九。

【疏證】《周禮·地官·保氏》“養國子以道,乃教之六藝”,“六曰九數”。注:“方田、粟米、差分、少廣、商功、均輸、方程、贏不足、旁要也。”衡案,《周禮》注有“商功”而無“鈎股”。《漢書》鄭康成通九章算術。《唐書·藝文志》:“劉向《九章重差》一卷。徐岳《九章算術》九卷。”案魏劉徽《九章算術》:方田第一,凡三十八問。粟米第二,凡四十六問。衰分第三,凡二十問。少廣第四,凡二十四問。商功第五,凡二十八問。均輸第六,凡二十八問。盈不足第七,凡二十問。方程第八,凡十八問。勾股第九。凡二十四問。則又有“勾股”而無“旁要”。劉徽《九章算術》又云:“徽尋九數有重差之名,凡望極高測極深而兼知其遠者,必用重差。勾股必以重差爲率,故曰重差也。”《晋書·天文志》:“髀,股也。股者,表也。天地各中高外下,日麗天而平轉,分冬夏之間。日前行道爲七衡六間,每衡周經里數,各依算術,用勾股重差推晷影極游,以爲遠近之數,皆得於表股者也。”

9.35 《語林》云:“王中郎以圍棋爲坐隱,或亦謂之手談,又謂之爲棋聖。”

【疏證】見《水經·滱水》注引《語林》。又《世説》:“王中郎以圍棋爲坐隱,支公以圍棋爲手談。”

9.36 寠藪,王叡云:“東方朔以爲寄生,賣餠人結茅爲經,以戴頭上,狀如環。”

【疏證】《漢書·東方朔傳》:“時有幸倡郭舍人,滑稽不窮,常侍左右,曰:‘朔狂,幸中耳,非至數也,臣願令朔復射。朔中之,臣榜百;朔不能中,臣賜帛。’乃覆樹上寄生,令朔射之。朔曰:‘是寠數也。’舍人曰:‘果知朔不能中也。’朔曰:‘生肉爲膾,乾肉爲脯,着樹爲寄生,盆下爲寠數。’上令倡監榜舍人。”注:“蘇林曰:寠音貧寠之寠,數音數錢之數。寠數,鈎灌,四股鈎也。師古曰:寠數,戴器也。以盆盛物,戴於頭者,則以寠數薦之。今賣白團餅人所用者是也。寄生者,芝菌之類,淋潦之日,着樹而生,形有周圓象寠數者。今關中俗呼爲寄生,非爲蔦之寄生寓木宛童有枝葉者也。故朔云‘着樹爲寄生,盆下爲寠數’,明其常在盆下。”又:“《楊惲傳》‘鼠不容穴,銜寠數也’,盆下之物有飲食氣,故鼠銜四股鐵鈎,非所銜也。”

9.37 蟹鬥精上有孔,其中有子有泥,食之殺人。

9.38 露布,捷書之别名,以帛書揭之竿,《魏武奏事》謂之露板。

【疏證】《封演聞見記》四云:“露布,捷書之别名也。諸軍破賊,則以帛書建諸竿上,兵部謂之露布,亦謂之露板。《魏武奏事》云‘有警急,輒露板插羽’是也。”洪《容齋四筆》云:“用兵獲勝,則上其功狀於朝,謂之露布。今博學宏詞科一以爲題。雖自晋魏以來有之,然竟不知所出。唯劉勰《文心雕龍》云:‘露布者,蓋露板不封,布諸觀聽也。’唐莊宗爲晋王時,擒滅劉守光,命掌書記王緘草露布。緘不知故事,書之於布,遣人曳之,爲議者所笑,然亦有所從來。魏高祖南伐,長史韓顯宗與齊戍將力戰,斬其裨將。高祖曰:‘卿何爲不作露布?’對曰:‘頃聞將軍王肅獲賊二三人,驢馬數匹,皆爲露布,私每哂之。近雖得推醜虜,擒斬不多,脱復高曳長縑,虚張功捷,尤而效之,其罪彌甚。臣所以斂毫卷帛解上而已。’以是而言,則用絹高懸久矣。”衡按,《春秋佐助期》“武露布,文露沈”注云:“甘露降其國,布散者人尚武,沈重者人尚文。”案此注非是。當謂武功則顯揚之,故曰“武露布”。“文露沈”者,如舞干羽於兩階,七旬有苗格,謂寢其事而潛消不覺,《管子》所謂“以文令”、“以武令”是也。後世是以有露布之名。

9.39 公孫龍以《書》有四目四聰，遂以聽天地人，爲臧之三耳。臧，善也。以白馬非白馬教也，其意若改其説，無以教人。

【疏證】公孫龍見《趙策》。《列子·仲尼篇》："中山公子牟悦趙人公孫龍。樂正子輿曰：'公孫龍之爲人也，行無師，學無友。'"又曰"髮引千鈞"，"白馬非白"，唐殷敬順《釋文》："平原君之客，字子秉，趙人。"又見莊子《秋水》、《天下》二篇。《史記·荀卿列傳》趙亦有公孫龍，爲堅白同異之辯，《索隱》以爲即孔子弟子，大誤。孔子弟子公孫龍，字子石，趙人。公孫龍字子秉，莊子謂惠子曰"儒墨楊秉所云"，秉者，龍也。按《孔叢子》有《公孫龍篇》："公孫龍與子高記論於平原君所，辨理至於臧三耳。子高曰：今爲臧三耳甚難而實非也，謂臧兩耳甚易而實是也。"又《孔叢子》云："公孫龍者，好形名，以白馬爲非白馬，唯以《書》有四目四聰等語。"案公孫龍與孔穿同爲平原君客，距孔子卒一百七十年。又《公孫龍子》有《白馬論篇》，極言白馬非馬之説。

9.40 易之生物，奇偶三才之數，三三而九，九九八十一，主日，日數十，故人十月而生。八九七十二，偶以承奇，奇主辰，辰主月，月主馬，馬十二月而生。七九六十三，三主斗，斗主狗，[1]狗三月而生。六九五十四，四主時，時主豕，豕四月而生。五九四十五，五主音，音主猿，猿五月而生。四九三十六，六主律，律主禽獸，《大戴禮》作"禽鹿"，《淮南》作"麋鹿"。故禽鹿六月而生。《家語》作"律主鹿，故鹿六月而生"，據此則上文"獸"字當作"鹿"。三九二十七，七主星，星主虎，虎七月而生。二九一十八，八主風，故蟲八日而化。[2]

---

① 二"斗"字，古今逸史本均作"升"。
② "日"，古今逸史本作"月"。

【疏證】此見《家語・執轡篇》,又見《大戴禮・本命篇》,又見《淮南・地形訓》。

9.41　陶答子妻曰:"南山有豹,霧雨七日不下食者,欲以澤其衣毛,而成其文章,故藏以遠害。"

【疏證】劉向《列女傳》:"陶答子妻者,陶大夫答子之妻也。陶答子治陶三年,名譽不興,家富三倍。其妻諫曰:'夫子能薄而官大,是謂嬰害;無功而家昌,是謂積殃。妾聞南山有玄豹,霧雨七日不下食者,何也? 飽其志,飢其腹,將欲以澤其毛衣而成其文章也,故藏以遠害。豕不擇食以肥,坐而須死。今夫子治陶,家日益富,而國日益貧,夫子之逢禍必矣。'"

9.42　《齊民要術》曰:"梧桐,山石間生者,爲樂器則鳴。"

【疏證】賈思勰《齊民要術》第五十:"白桐無子,成樹之後,任爲樂器。青桐則不中用。於山石之間生者,爲樂器則鳴。"

9.43　《周書》曰:"清明之日桐始華。桐若不華,歲有大寒。"

【疏證】見《逸周書・時訓解》。

9.44　太行即五行之異名。《淮南子》曰:"武王欲築宫於五行之山。"

【疏證】《淮南・氾論訓》:"武王克殷,欲築宫於五行之山。"高誘注:"五行山,今太行山也,在河内野王縣北上黨關也。"衡按,漢野王縣,今河南懷慶府河内縣。

9.45 猗頓，魯之窮士，耕則常飢，桑則常寒。"飢桑則常"四字舊缺，今從《孔叢子》補。聞朱公富，往問術焉。朱公曰："子欲速富，[①]常畜五牸。"

【疏證】《孔叢子·陳士義篇》："猗頓，魯之窮士也，耕則常飢，桑則常寒。聞陶朱公富，往而問術焉。朱公告之曰：'子欲速富，常畜五牸。'於是乃適西河，大畜牛羊於猗氏之南。十年之間，其滋息不可計，貲擬王公，馳名天下。以興富於猗氏，故曰猗頓。"衡按，牸音字，牝牛牝馬也。

9.46 童子操戈與孟賁戰，孟賁二字宜衍。必不勝。[②] 童子修禮盡敬，雖孟賁不忍犯。

【疏證】《論衡·非韓篇》："使童子變孟賁之意，孟賁怒之，童子操刃與孟賁戰，童子必不勝，力不如也。孟賁怒而童子修禮盡敬，孟賁不忍犯也。"

9.47 鳩食桑椹則醉，貓食薄荷則醉，虎食狗則醉。

【疏證】陸璣《詩疏》："鳩食桑葚多則醉。"冠宗奭曰："貓食薄荷則醉。"李時珍曰："戴原禮氏治貓咬，取其汁塗之有效，蓋取其相制也。陸農師云：'薄荷，貓之酒也，犬虎之酒也；桑椹，鳩之酒也；芮草，魚之酒也。'"衡按《埤雅》云："世云薄荷醉貓，死貓引竹。"《癸辛雜記》："虎食犬則醉，犬乃虎之酒也。"又按《留青日札》云："虎食楊梅而醉。"又陳繼儒《虎薈》云："虎食人後亦復醉，土人伺其醉，殺之。"又："雞以蜈蚣爲酒，蛇以茱萸爲酒，蜜蜂以蕎麥花爲酒。"見陳仁錫《潛確類書·飛躍十》。

---

① "速"字原無，據古今逸史本、四庫本補。
② "孟賁必不勝"，四庫本作"孟賁無不勝"，亦通。

9.48 管子曰:“聽宫,如牛鳴窌中。”

【疏證】《管子·地員篇》:“凡聽徵,如負猪豕覺而駭;凡聽羽,如鳴馬在野;凡聽宫,如牛鳴窌中;凡聽商,如離群羊;凡聽角,如雉登木以鳴,音疾以清。”衡按,“窌”音教,與“窖”同。

9.49 牛龍耳瞶,面牛鼓簧是也。[①] 舊作“牛聾瞶”,誤,今據《埤雅》改。

【疏證】《埤雅》卷三:“焦貢《易林》曰:牛龍耳瞶,蓋龍亦聾者也。先儒以爲面牛鼓簧,爲聾故也。”

9.50 積皂莢置油瓶其中永不蛀。踏雞子殼令人患白癜風,踐壞竈土令人害瘡。《本草綱目》四十八引李石《續博物志》云:踏雞子殼令人生白癜風。

9.51 桑柴灰取汁,煎白礬,治壁鏡蟲毒。[②] 石榴名天漿,[③]已乳石毒。

【疏證】《太平廣記》四百四十七引《酉陽雜俎》云:“一日江楓亭會衆説單方。段成式記治壁鏡用白礬,重訪許君,用桑柴灰汁,三度沸,取汁,白礬爲膏,塗瘡口即愈,兼治蛇毒。自商鄧襄州多壁鏡,毒人必死,身匾五足者是。客或云巳年不宜殺蛇。”衡按,壁鏡,一名壁錢,見《本草拾遺》。陳藏器曰:“壁錢蟲如蜘蛛,作白幕如錢,貼墻壁間,北人呼爲壁繭。”李時珍曰:“或云其蟲有毒,咬人至死。惟以桑柴灰取汁,調白礬末傅之,妙。”衡按,李説蓋本之段成式。又《酉陽雜俎續

---

① “牛龍耳瞶”,古今逸史本、四庫本並作“牛聾瞶”。

② “蟲”,古今逸史本、四庫本並作“蛇”。

③ “石”,原作“天”,古今逸史本、四庫本並作“石”。整理者按,作“石”當是,作“天”者蓋涉下文“天漿”而誤,今據改。

集・支動篇》云："衡公言石榴甜者謂之天漿，能已乳石毒。"

9.52 桃根爲印，可召鬼。

【疏證】《本草綱目》二十九、三十八兩引《博物志》："桃根爲印，可以召鬼。"今檢《博物志》無此語，蓋誤以李氏書爲茂先語也。鬼畏桃，故製爲印可召鬼，即桃符、桃板之類。

9.53 卧欲縮足，不欲左脅。

9.54 牖里在湯陰縣。《廣雅》稱："獄，犴也。夏曰夏臺，商曰羑里，周曰囹圄。"皆圜土也。①

【疏證】《水經・蕩水》注："羑水出蕩陰西北"，"又東流，徑羑城北，故羑里也。《史記音義》曰：'牖里在蕩陰縣。'《廣雅》稱：'獄，犴也。夏曰夏臺，殷曰羑里，周曰囹圄。'皆圜土。昔殷紂納崇侯虎之言，囚西伯於此"。衡按，圜土，見《周禮・秋官・大司寇》注："圜土，獄城也。"

① "圜"，古今逸史本作"圓"。

續博物志卷十

宋李石撰　江都陳逢衡考證

10.1　舊説千歲之龜,巢於蓮葉,游於卷耳之上。

【疏證】説已見《博物志》卷四。

10.2　按《乾鑿度》曰:“垂皇策者,《埤雅》“者”下有“羲”字,無“蓋”字。蓋伏羲用蓍卦已重矣。《埤雅》作“則卦固已重矣”。然而世質民淳,法惟用七八,六十四卦皆不動。若乾止於乾,坤止於坤,不能變也。夏商因之,皆以七八爲占,《連山》、《歸藏》是已。後世澆薄,《埤雅》作“後至文王世益澆薄”。始用九六爲占,不如是不足以應天下之變。

【疏證】此見《埤雅》卷十六,“之變”下有“也”字。下又云:“今《易》是已。六十四卦皆動,若乾六爻皆九,初九可變而之姤,九二可變而之同人,坤六爻皆六,初六可變而之復,六二可變而之臨,所謂重卦,於是爲至。《左氏》曰‘《周易》有之,在乾之姤曰潛龍勿用,其同人曰見龍在田’,又曰‘遇艮之八,是謂艮之隨’,傳曰‘《周易》以變者爲占’是也。然則伏羲重七八,文王重九六。由是觀之,伏羲亦重卦,而馬遷、楊雄但言伏羲作易八卦,文王六十四,蓋各以其盛者言之也。”

10.3　諸侯叛桀，關龍逢引《皇圖》以諫桀，桀殺之。伊尹諫桀，桀曰："天之有日，如吾之有民，日亡吾亦亡矣。"①原注："與前志小異。"

【疏證】説見《博物志》卷七。按前志：關龍逢諫桀言曰："吾之有民，如天之有日，日亡吾則亡。"以爲龍逢妖言而殺之。此以爲桀拒伊尹之辭，與《尚書大傳》、《新序・刺奢篇》合。

10.4　紂剖比干觀其心，桀殺龍逢無剖心之事。桀惟比之於日，紂乃詐命於天。

【疏證】《周書・泰誓》："剖賢人之心，謂比干也。"《史記》："比干强諫，紂怒曰：'吾聞聖人心有七竅。'遂剖比干觀其心。"《竹書紀年》："夏桀三十年，殺其大夫關龍逢。"《符子》謂"關龍逢就炮烙之刑，其慘死無異於剖心"。"桀惟比之於日"，説見《尚書大傳》、《新序・刺奢篇》。"紂乃詐命於天"，説見《商書・西伯戡黎》。

10.5　西伯軍至鮪水，紂使膠鬲候周師，問曰："西伯將焉之？"曰："之薛膠。"鬲曰："無我欺。"曰："不子欺也，將伐紂。"曰："何日至？"曰："以甲子。"膠鬲以是日報紂。是日雨甚，卒病，請休師。西伯曰："膠鬲已報其主，以雨進兵，救膠鬲之死也。"②

【疏證】《帝王世紀》："王軍至鮪水，紂使膠鬲候周師，見王，問曰："西伯將焉之？"王曰："將攻薛也。"膠鬲曰："然，願西伯無我欺。"王曰："不子欺也，將之殷。"膠鬲曰："何日至？"王曰："以甲子日，以是報矣。"膠鬲去而報命於紂，而雨甚，軍卒皆諫王曰："卒病，請休之。"王

① "亦"，古今逸史本、四庫本並作"乃"。
② 古今逸史本、四庫本此處不分條。

曰:“吾已令膠鬲以甲子報其主矣。吾雨而行,所以救膠鬲之死也。”衡案,此説已見《吕氏春秋·貴因篇》。

10.6　商容與殷民觀周師之入。見畢公,曰:“吾新君也。”容曰:“非也,其人將有急色,君子臨事而懼。”見太公,曰:“吾新君也。”容曰:“非也,其人虎踞而鷹趾,當敵將衆,威怒自倍。見利即前,不顧其後,故君子臨衆果於進退也。”①見周公,曰:“吾新君也。”容曰:“非也,其爲人忻忻休休,②志在除賊。是非天子,則周之相國,故聖人臨衆知之。”見武王,曰:“吾新君也。”容曰:“聖人爲海内討惡,見惡不怒,見善不喜,顔色相副,以是知之。”舊聯上爲一。

【疏證】見《帝王世紀》,唯“將有急色”上多“嚴乎”二字,餘俱同。

10.7　犀出越睒,以陷阱取之。每殺,天震雷暴雨。

10.8　野桑生石上,取以爲弓,不膠漆而利。

【疏證】《唐書》:“南詔永昌之西野,桑生石上,其材上屈,南向而下植,取以爲弓。”

10.9　《淮南子》曰:“鯀堙洪水,盗帝之息壤,帝使祝融殺之於羽淵。今荆州南門外有狀若屋宇,陷土中,而猶見其脊。旁有石記云:不可犯。畚锸所入,輒復如故。又頗以致雷雨。近代有妄意發掘,水坌出,不可制。”原注:“與前志小異。”

---

① “也”,古今逸史本、四庫本均無此字。
② “休休”,古今逸史本、四庫本並作“行休”。

【疏證】茂先《博物志》卷六止云："昔彼高陽，是生伯鯀，布土，取帝之息壤，以填洪水。"與此條迥不相同。原注何以云"與前志小異"也？想校者未經細閲耳。按自"今荆州南門外"以下，至"又頗以致雷雨"，見蘇東坡《息壤詩序》。上引"鯀堙洪水"云云，見《山海經・海内經》。此云出《淮南子》，俟考。《太平廣記》一百九十七引《玉堂閑話》云："江陵南門之外，雍門之内，東垣下有小瓦堂室一所，高尺許，具體而微。詢其州人，曰此息壤也。鞠其由，曰數百年前，此州忽爲洪濤所漫，未没者二三版。州帥惶懼，不知所爲。忽有人白之曰：州之郊墅間有一書生，博讀甚廣，才智出人，請召詢之。及召問之，此是息壤之地，在於南門。僕嘗讀《息壤記》云：禹湮洪水，兹有海眼，泛之无恒。禹乃鐫石造龍之宫室，置於穴中，以塞其水脈。後聞版築此城，毁其舊制，是以有此懷襄之患。請掘而求之。果於東垣之下，掘數尺，得石宫室，皆已毁損。荆帥於是重葺，以厚壤培之，其洪水乃絶。今於其上又起屋宇，志其處所，旋以息壤記驗之不謬。"又《玉芝堂談薈》二十四引《溟洪録》云："唐元和初，裴宇鎮荆州。掘之深六尺，得一石，規模楼櫓，悉仿江陵城制。其石中空，徑六尺八寸，甚工緻。命徙置藩籬間毁之。是春，淫雨四月不止，潦漲莫遏，人抱爲魚之憂。會洛中道士歐獻，博學多聞，來居楚山。馳問之，對以事迫，鑿石弗及，令陶範爲江陵城制，内廣六尺八寸，楼櫓門闕無少差，於南門外八十步，掘深六尺埋之，淫雨當止。裴從之。其夕土復隆起。其後高從誨鎮荆州，出經其處，問書記孫光憲。對曰：伯禹治水，自岷至荆，定彼原泉之穴，慮萬世下或有泛溢，爰以石屋鎮之耳。"按此二説俱可爲東坡詩序之證，不知禹所置者乃石屋，如後世李冰造犀牛之類以厭水，非息壤也。以息壤湮洪水是伯鯀，不是伯禹。自《淮南・地形訓》誤以爲禹，後人遂紛紛以石屋爲息壤矣。故王子融有《息壤記》，蘇子瞻有《息壤詩序》，高荷有《息石詩序》，《路史》發揮有息壤説，以及《溟洪録》、《玉堂閑話》所記，皆是不知石屋是石，息壤是土，一是禹置，一是鯀竊，烏可混而一之？余有辨，已見《博物志》及

《山海經》説。

10.10 佛樓沙國有佛鉢，受三升許，青玉也。或曰青石，或曰雜石而墨多。四際分明，厚可二分。貧人以少華投中即滿，富人以多華正復百千萬斛終不滿。或曰在月支國。

【疏證】《水經·河水》注："《法顯傳》曰：國有佛鉢，謂佛樓沙國。月氏王大興兵衆來伐此國，欲持鉢去。置鉢象上，象不能進。更作四輪車載鉢，八象共牽，復不進。王知鉢緣未至，於是起塔留鉢供養。鉢容二斗，雜色而黑多，四際分明，厚可二分，"分"，疑作"寸"。甚光澤。貧人以少華投中便滿，富人以多花供養，正復百千萬斛，終亦不滿。《佛圖》曰：佛鉢，青玉也，受三斗許，彼國寶之。供養時願終日香華不滿則如言，願一把滿則亦便如言。"

10.11 《穆天子傳》曰："天子賓於西王母，乃紀其迹於弇山，即西王母之山。"

【疏證】《穆天子傳》："甲子吉日，天子賓於西王母。乙丑，天子觴西王母於瑶池之上。天子遂驅升於弇山，乃紀其迹於弇山之石，而樹之槐，眉曰西王母之山。"案西王母是人，不是神仙。余有説，見《穆天子傳注補正》。

10.12 武王既勝紂，登邠之阜以望商邑，曰："自發未生六十年，麋鹿在牧，蜚鴻滿野。"徐廣乃引内史邊之言曰"夷羊在牧"，張華以爲文王之詞，曰"水潦東流，飛鴻滿野"，又曰"自發未生之十年"。原注："與前志小異。"

【疏證】《史記·周本紀》："武王徵九牧之君，登豳之阜，以望商邑。武王至於周，自夜不寐。周公旦即王所，曰：'曷爲不寐？'王曰：'告女：維天不饗殷，自發未生，於今六十年，麋鹿在牧，蜚鴻滿野。'"

《集解》:"徐廣曰:此事出《周書》及《隨巢子》,云'夷羊在牧'。牧,郊也;夷羊,怪物也。"此以爲内史邊之言,蓋據《周語》。案《逸周書·度邑解》正作"夷羊",余有説,見《逸周書補注》。又引張華以爲文王之詞,蓋未考前志之誤。按"水道東流"見《逸周書·武順解》,與"飛鴻滿野"之在《度邑解》各不相涉。茂先既誤於前,而李石復誤於後,皆未目睹《逸周書》故也。余有辨,見《博物志》卷八。

10.13 《淮南子》云:"亂之所生,皆在流遁。大興宫室,延樓棧道,雞栖井幹,儩木欂櫨,以相支持,木巧之飾,此遁於木也。"

【疏證】《淮南·本經訓》:"凡亂之所由生者,皆在流遁。流遁之所生者五:大構駕,興宫室,延樓棧道,雞栖井幹,標株欂櫨,以相支持;木巧之飾,盤紆刻儼,嬴鏤雕琢,詭文回波;淌游瀷淢,菱杼紾抱,芒繁亂澤,巧爲紛拏,以相摧錯,此遁於木也。鑿汙池之深,肆畛崖之速,來溪谷之流,飾曲岸之際;積牒璇石,以純修碕,抑淢怒瀨,以揚激波;曲拂邅回,以像湡浯,益樹蓮菱,以食鱉魚;鴻鵠鷫鷞,稻粱饒餘,龍舟鷁首,浮吹以娱,此遁於水也。高築城郭,設樹險阻,崇臺榭之隆,侈苑囿之大,以窮要妙之望;魏闕之高,上際青云,大厦曾加,擬於昆侖;修爲墻垣,甬道相連,殘高增下,積土爲山,接徑歷遠,直道夷險;終日馳騖,而无積蹈之患,此遁於土也。大鍾鼎,美重器,華蟲疏鏤,以相繆紾;寢兕伏虎,蟠龍連組,焜昱錯眩,照耀輝煌;偃蹇寥糾,曲成文章,雕琢之飾,鍛錫文鐃,乍晦乍明,抑微滅瑕;霜文沈居,若簟籧篨,纏錦經冗,似數而疏,此遁於金也。煎熬焚炙,調齊和之適,以窮荆吴甘酸之變;焚林而獵,燒燎大木,鼓橐吹埵,以銷銅鐵,靡流堅鍛,無猒足目,山無峻幹,林無柘梓;燎木以爲炭,燔草而爲灰,野莽白素,不得其時,上掩天光,下殄地財,此遁於火也。此五者一足以亡天下矣。"

10.14　魏軍南伐,朱修之守滑臺城不下。其母悲憂,乳汁驚出,乃號踊告家人曰:"我年老,非有乳時,今忽[1]疑脱"如此"二字。其不免。疑脱'矣'字。"是日城陷。

【疏證】《南史・朱脩之傳》:"脩之隨右軍到彦之北侵,留戍滑臺。被魏將安頡攻圍。糧盡,將士薰鼠食之。脩之被圍既久,母常悲憂,忽一日,乳汁驚出。母號慟告家人曰:'我年老,非復有乳汁時。今如此,兒必没矣。'魏果以是日剋滑臺囚之。"

10.15　《帝王世紀》:"堯時厨中自生肉脯,薄如翣,摇鼓則生風,使食物寒而不臭。"

【疏證】《帝王世紀》:"堯治天下大和,朱草生於郊,鳳凰止於庭。厨中自生肉脯,其薄如翣形,摇鼓自生風。"

10.16　堯緝獬豸之皮,以爲帝帳。

【疏證】《田俅子》:"堯時有獬廌,緝其毛爲帝帳。"衡按,堯未必如此,此語附會。

10.17　嶺南溪洞中往往有飛頭者,故有飛頭老子之號。"老"字誤,當作"獠"。頭將飛,一日前,頸有痕匝項如紅縷,妻子共守之,及夜生翼飛去,曉却還。

【疏證】《酉陽雜俎・境異篇》:"嶺南溪洞中往往有飛頭者,故有飛頭獠子之號。頭將飛一日前,頸有痕匝項如紅縷,妻子遂看守之。其人及夜狀如病頭患,生翼脱身而去,乃於岸泥尋蟹蚓之類食之。將曉飛還,如夢覺,其腹實矣。"衡按,頭既生翼,不知飛還安於頸上時,置翼於何所。

---

① "忽",四庫本作"出"。

10.18 梵僧菩薩勝言闍婆國中飛頭其俗所祠,[①]名曰蟲落,因曰落氏。[②]

【疏證】《酉陽雜俎·境異篇》:"梵僧菩薩勝又言闍婆國中有飛頭者。其人目無瞳子,聚落時有一人。據于氏"于"當作"干",謂干寶也。志怪,南方落氏,其頭能飛,其俗所祠者名曰蟲落,因號落氏。"衡按,蟲落已見前志。

10.19 《河圖》曰:"少室山大竹堪爲甑器。"《山海經》:"舜林中大竹,一節可以爲船。"漢竹大者一節受一斛,小者數升爲榑榼。《廣志》曰:"雲母竹,大竹也。欉竹細而多刺也。篙竹堪作笛。簹竹宜爲屋椽。[③] 篔竹皮青内白如雪,軟靭可爲索。"[④]"篔竹"十三字,《格致鏡原·木類》引。《竹譜》曰:"竹之別類六十有一。""竹譜"十一字,舊作另行,今合爲一。

【疏證】《太平御覽》九百六十二引《孝經河圖》曰:"少室之山,大竹堪爲釜甑。"《山海經·大荒北經》:"附禺之山,丘方圓三百里,丘南帝俊竹林在焉,大可爲舟。"郭注言"舜林中竹一節,則可以爲船也"。吴任臣曰:"案劉須溪説:南方荒中有涕竹,長數百丈,圍三丈五六尺,厚八九寸,可以爲船。又《神異經》云:'南方以篩竹爲船,亦作芾竹,其長百丈,圍二丈五六尺。'與此類。"衡按,《山海經》止云"大可爲舟",並無奇異。郭説則云一節可爲船,已不可信。至云長百丈、長數百丈,則更無此理矣。《廣志》:"雲母竹,大竹也。欉竹細而多刺。篙竹堪作笛。簹竹宜爲屋椽。篔竹皮青内白如雪,軟靭可爲索。漢竹大者一節受一斛,小者數升,爲椑榼。利竹蔓生實中堅靭。"《竹

① "中"下,古今逸史本、四庫本並有"有"字。
② "曰",古今逸史本、四庫本並作"號"。
③ "屋椽",原作"竹椽",據古今逸史本、四庫本改。
④ 古今逸史本、四庫本於"爲索"下分條。

譜》："竹之别類有六十一焉。有桂竹甚毒，傷人必死。"

10.20　南越以孔雀珥門户，昆山以璞玉抵烏鵲。

【疏證】《鹽鐵論·崇禮》篇："南越以孔雀珥門户，昆山之旁以璞玉抵烏鵲。"

10.21　燕避戊己，蝠伏庚申。①

【疏證】燕避戊己，見《酉陽雜俎·廣動植》篇。《埤雅》卷十引《變化論》曰："蝙蝠夜值庚申乃伏。"

10.22　一歲三蠶則桑弱馬秏。舊聯上爲一條。

【疏證】《周禮·夏官·馬質》："禁原蠶。"注："原，再也。天文辰爲馬。《蠶書》：蠶爲龍精，月直大火則浴其種，是蠶與馬同氣。物莫能兩大，禁原蠶者，爲傷馬與？"《格致鏡原·昆蟲類》引淮南王《蠶經》："《周禮》禁原蠶，歲再登，非不利也。然王者法禁之謂其殘桑也。"衡按，再蠶尚禁，况三蠶乎？然周都雍州北地重馬，故有原蠶之禁。若南方貴絲，則又不然，故日南有蠶八熟之説。《埤雅》曰："自世衰道微，先王之禁不行，而民間一歲至有三蠶者矣。是以桑弱而馬秏也。"

10.23　孔子曰："違山十里，蟪蛄之聲猶在於耳。政事惡嘩而善肅。"

【疏證】《詩含神霧》："昔孔子歌云：違山十里，蟪蛄之聲，猶尚在耳。政尚静而惡嘩也。"

---

① 古今逸史本、四庫本此處不分條。

10.24　蚯蚓長吟地中，江東謂之歌女。

【疏證】《古今注》："蚯蚓一名蜿蟺，今江東名寒蚓。善長吟於地中，今江東謂爲歌女。"

10.25　木瓜味酢，善療轉筋。陶隱居云："如轉筋時，但呼楙名及書上木瓜字，輒愈。"

【疏證】《爾雅》："楙，木瓜。"郭注："木實如小瓜，酢而可食。"陶弘景曰："木瓜最療轉筋。如轉筋時，但呼其名及書上木瓜字，皆愈。"此理亦不可解。俗人拄木瓜杖，云利轉筋也。

10.26　縠膠可以團丹砂，又曰爲金石之漆。

【疏證】楚人呼乳爲縠。其木中白汁如乳，故以名之。《埤雅》卷十三："《本草》曰：楮，一名縠。陶氏云即今構木，誤矣。先賢以皮班者是楮，皮白者是縠，有瓣者曰楮，無瓣者曰構。"按此非一種。《物類相感志》云："其膠可以團丹砂，語曰構膠爲金石之漆是也。"又案，《大明本草》曰："能合硃砂爲團，故名五金膠漆。"李時珍曰："構汁最粘，今人用粘金薄。"

10.27　橘柚彫於北徙，石榴鬱於東移。

【疏證】見《列子》，"石榴"作"若榴"。

10.28　《吕氏春秋》曰："善學者若齊王之食雞，必食其跖，數千而後可足也。"

【疏證】見《吕氏春秋·用衆》篇。高注："跖，雞足踵。喻學者取道衆多，然後優也。"又見《淮南·説山訓》，"數千"作"數十"，高注同。

10.29　慕容瘣有馬，跨四十九年，駿逸不虧。鑄銅爲之像，親爲銘贊。

【疏證】《北史》：昔慕容瘣有駿馬，赭白，有奇相逸力，至雋光壽元年，四十九矣，而雋逸不虧。雋奇之，比鮑氏驄，命鑄銅以圖其像，親爲銘贊，鎸頌其旁。像成而馬死矣。① 《御覽》八百九十五引《晋書·載記》曰："慕容瘣有駿馬曰赭白，②有奇相逸力。石季龍之伐棘成也，皝將出避難，欲乘之。馬悲鳴蹀齧，人莫能近。皝曰：'此馬見異先朝，孤常仗之濟難，今不欲者，蓋先君之意乎？'乃止。季龍尋退，皝益奇之。至是四十九歲矣，而雋逸不虧。③ 儁比之於鮑氏驄，命鑄銅以爲其象，親爲銘贊鎸其旁，置之薊城東掖門。是歲，象成而馬死。"

10.30　撥拔力國有異獸，名駝牛。皮似豹，蹄類牛，無峰，項長九尺，身高一丈餘。

【疏證】《太平廣記》四百八十二引《酉陽雜俎》："撥拔力國在西南海中。"《事物紺珠》："駝牛，皮如豹，蹄似牛，長九尺，高丈餘，出西域。"

10.31　水麝，天寶初虞人獲水麝，詔養之。臍中下水，瀝滴於斗水中，用洒衣，至敗香不歇。每取以針刺之，捉以真雄黄，④香氣倍於肉麝。此與前説小異，併録之。

【疏證】《香譜》："唐天寶中，漁人獲水麝，臍香皆麝也。每取以針

---

① "昔慕容"至"死矣"，今本《北史》無此語。按《水經注·濕水》云："城有萬載宫、光明殿，東掖門下，舊慕容儁立銅馬像處。昔慕容廆有駿馬，赭白，有奇相逸力。至雋光壽元年，齒四十九矣，而駿逸不虧。雋奇之，比鮑氏驄，命鑄銅以圖其像，親爲銘贊，鎸頌其旁，像成而馬死矣。"據此，"瘣"當作"廆"（《晋書》、《北史》有慕容廆）。"光壽"爲前燕昭帝慕容儁年號，則"至雋"、"雋奇之"之"雋"當爲"儁"之俗書。"雋逸不虧"之"雋"則通"俊"。

② "瘣"，《御覽》引《晋書》作"廆"。

③ "雋"，《御覽》引《晋書》作"駿"。

④ "捉"，四庫本作"投"，於義爲長。

刺之,流出如水,瀝一滴入斗水中,用灑衣物,香不歇,倍於肉麝。”按,前説卷九有“天寶中,交趾貢龍腦”一條,然與此事大不類。若謂前説是茂先前志,按前志無説水麝事。

10.32　張華爲黄門侍郎,博覽圖籍,千門萬户,畫地成圖。

【疏證】王隱《晋書》:“張華爲黄門侍郎,博覽圖籍,四海之内,若指諸掌。世祖問張華長安千門萬户,畫地便成。”

10.33　司馬遷欲自成一家,磓琢經傳之文,以從世變可也。至改《古文尚書》、《論語》,可乎?

【疏證】案改《尚書》如“平章”作“便章”,“嵎夷”作“郁夷”,“平秩”作“便程”之類,見《堯本紀》;“五流有宅”作“五流有度”,“直哉維清”作“直哉爲静潔”,“朕堲讒説”作“朕畏忌讒説”之類,見《舜本紀》;“覃懷厎績”作“覃懷致功”,“大陸既作”作“大陸既爲”,“九江孔殷”作“九江甚中”之類,見《夏本紀》。其見於魯、衛《世家》者尤多,兹不具述。又按《孔子世家》所用《論語》未嘗改字,李氏連而及之,疑誤。

10.34　楚王使屈原造爲憲令,屬草稿未定,上官大夫見而欲奪之,原不與。讒之曰:“王使屈平爲令,衆莫不知。每一令出,平伐其功,以爲非我莫能爲也。”王由是疏屈平。①

【疏證】《史記·屈原列傳》:“屈原者,名平,楚之同姓也,爲楚懷王左徒。博聞強志,明於治亂,嫻於辭令。入則與王圖議國事,以出號令;出則接遇賓客,應對諸侯,王甚任之。上官大夫與之同列爭寵,而心害其能。懷王使屈原造爲憲令,屈平屬草稿未定,上官大夫見而

① “由”,古今逸史本、四庫本並作“因”。

欲奪之。屈平不與,因讒之曰:‘王使屈平爲令,衆莫不知,每一令出,平伐其功,曰以爲非我莫能爲也。’王怒而疏屈平。”

10.35　《庚桑子》出山人王士源,源,當作“元”。采《莊子·庚桑》篇爲之,自云其先人於山中得古本。[①] 唐人疑之,竟不施行,今《亢倉子》三卷是也。三,當作“二”。

【疏證】《亢倉子》,《漢志》、《隋志》皆不著録。《唐書·藝文志》:“王士元《亢倉子》二卷。天寶元年,詔號《莊子》爲《南華真經》,《列子》爲《冲虚真經》,《文子》爲《通玄真經》,《亢桑子》爲《洞靈真經》。然《亢桑子》求之不獲,襄陽處士王世元謂:‘莊子作《庚桑子》,太史公、列子作“亢倉子”,其實一也。’取諸子文義類者補其亡。”衡按,高似孫《子略》誤以王士元爲王褒。《郡齋讀書志》:“《亢倉》二卷。”唐柳宗元曰:“劉向、班固録書,無《亢倉子》,而今之爲術者乃始爲之傳注,以教於世,不亦惑乎?”按此書乃士元補亡者,宗元不知其故,而遽掊擊之,可見其鋭於譏議也。其書多作古文奇字,豈内不足者,必假外飾與?何燦注《欽定四庫書簡明目録》云:“《亢桑子》一卷,唐王士元撰。”士元作《孟浩然集序》,嘗自述其事。舊本題周庚桑楚者,妄也。凡九篇,其文多雜掇古書,融以己意,亦頗亹亹有理致。

10.36　漢蜀人趙賓好異説,以氣無箕子。箕子者,萬物荄兹也。顔師古曰:“古皆、荄、箕同音。”

【疏證】《漢書·儒林·孟喜傳》:“蜀人趙賓好小數書,後爲《易》,飾《易》文,以爲‘箕子明夷,陰陽氣亡箕子。箕子者,萬物方荄兹也’。賓持論巧慧,易家不能難,皆曰‘非古法也’。云受孟喜,喜爲名之。”師古曰:“《易》明夷卦六五爻辭曰:‘箕子之明夷,利貞。’此箕子者,謂

---

① “自”,古今逸史本、四庫本並作“目”。

殷父師説洪範者也，賓妄爲説耳。荄兹，言其根荄方滋茂也。荄音該，又音皆。”金望欣曰：“陸氏《釋文》曰：蜀才箕作其。劉向云：今《易》箕子作荄滋。鄒湛云：訓箕爲荄，詁子爲滋，漫衍無經，不可致詰，以譏荀爽。”焦理堂循《周易補疏》曰：“古字箕即其，子通滋，《釋名》：“子，滋也。”滋通兹。王弼讀箕子爲其兹，故注云‘險莫如兹而在斯中’，以兹字解子字，以斯字解其字，若曰其兹之明夷，而猶暗不能没，明不可息，正不憂危，故利貞也。馬融以箕子爲紂諸父，王氏所不用也。正義失王義。”又曰：“弼之解箕子正用趙賓説，孔穎達不能申明之也。”衡按，惠棟《周易述》曰：“箕子，當從古文作其子。其，古音亥，亦作箕。劉向云‘今《易》其子作荄兹’，荀爽據以爲説，讀箕子爲荄兹。其與亥、子與兹，文異而音義同。《三統術》云：‘該閡於亥，孳萌於子。’該荄亦同物也。五本坤也，坤終於亥，乾出於子，用晦而明，明不可息，故云其子之明夷。馬融俗儒，不識七十子傳《易》之大義，讀其爲箕，蓋涉象傳而訛。五爲天位，箕子臣也，而當君位，乖於《易》例甚矣。謬種流傳，兆於西漢。博士施讐，讀其爲箕。蜀人趙賓述孟氏之學，以爲箕子明夷，陰陽氣無箕子。箕子者，萬物方荄兹也。賓據古義以難諸儒，諸儒皆屈，於是施讐、梁丘據皆嫉之。讐賀嫉賓而並及喜，劉向《别録》猶循孟學，故馬融俗説，荀爽獨知其非，復用賓古義。而晋人鄒湛譏荀謂，而《周易》之學晦。”衡按，其字當如字，讀作棋，蓋指物之辭。方與之明夷之字義串，子解作孳，亦當如字，讀作子丑之子。蜀才本正作“其子”。按《明夷》上六一爻至“不明晦”，則暗極矣，六五與之相近，見傷之意，方有根芽，萌於黄泉，所謂孳萌於子也。占者得之，當守之以正，故曰“其子之名夷利貞”。然以象曰“箕子之貞明，不可息也”觀之，仍當作紂諸父解爲是。六五君位是紂，言紂之晦不能息箕子之明，以箕子之明而貞也。不必泥定爻辭，是文王作亦通。

10.37　貴妃以假鬢爲首飾，曰義髻。僖宗内人束髮甚急，爲囚髻。唐末婦人梳髮，以兩鬢抱面爲拋家髻。

【疏證】《唐書·五行志》："楊貴妃常以假鬢爲首飾，而好服黄裙。時人爲之語曰：'義髻拋河裏，黄裙逐水流。'僖宗時，内人束髮極急，及在成都，蜀婦人效之，謂爲囚髻。唐末京都婦人梳髮，以兩鬢抱面，狀如椎髻，時謂之拋家髻。"

10.38　望梅生津，食芥墮淚，此五液之自外至也。慕而垂涎，愧而汗發，此五液之自内至也。

【疏證】見《埤雅》卷十五，"望梅"上有"今人"二字。①

10.39　良常山有熒火芝，大如豆，夜視有光。得食一枚，心中一孔明，食七枚七孔明，可夜書。《玉芝堂談薈》卷十七引。華陽洞亦有五種夜光芝，包山有白芝。

【疏證】《真誥》："羅江大霍有洞臺，中有五色隱芝。華陽洞亦有五種夜光芝。良常山有螢火芝，此物在地如螢火狀，其實似草而非也，大如豆形紫華，夜視有光。得食一枚，心中一孔明，食七枚七孔明，可夜書。得食四十七枚，壽萬年。"包山中有白芝，又見《酉陽雜俎·物異》篇，亦作"螢火芝"，此作"熒火"，似可通用。《後漢書·馮衍傳》注："夜光芝，其色青，其實正白如李。夜視其實如月光，照洞一室。服一株爲太清仙官。"又《酉陽雜俎》云："夜光芝一株九實，實墜地如七寸鏡，夜視如牛目。茅君種於句曲山。"

10.40　王叡云："有書契以來，便應有筆，世傳蒙恬制，非也。"崔豹曰："蒙恬以枯木爲管，以鹿毛爲柱，羊皮爲被，

---

① "二"，原作"而"，據文意徑改。

“羊皮”當作“羊毛”。[①] 所謂毫，非今之管兔也。”[②]

【疏證】崔豹《古今注》[③]：“牛亨問曰：‘自古有書契以來，便應有筆，世稱蒙恬造筆，何也？’答曰：‘蒙恬始作秦筆耳。以枯木爲管，鹿毛爲柱，羊皮爲被，[④]所謂蒼毫，非謂兔毫竹管也。’”《格致鏡原·文具類》引此作“馬縞”，《中華古今注》“枯木”作“柘木”。按《中華古今注》多與崔豹《古今注》相出入。《物原》云：“伏羲初以木刻字，軒轅易以刀書。虞舜造筆，以漆書於方簡。”衡按，蒼頡造字，未知所用何筆。又徐堅《初學記》云：“按《尚書中候》及《曲禮》，則秦之前已有筆矣。蓋諸國或未之名，而秦獨得其名，恬更爲之損益耳。”

10.41　元和中，元稹使蜀。營妓薛陶造十色彩箋以寄。“陶”當作“濤”，下同。元稹於松花紙上寄詩贈陶。蜀中松花紙、雜色流砂紙、彩霞金粉龍鳳紙近年皆廢，唯餘十色綾紋紙尚在。

【疏證】《南部新書》：“唐元和初，蜀妓薛濤好製小詩，惜其幅大，不欲長剩，乃狹小之，人以爲便，號薛濤箋。”《牧豎閑談》：“蜀中薛濤，製松花紙、金沙紙、雜色流沙紙、彩霞金粉龍鳳紙、綾紋紙，近年皆盡，惟十色箋尚在。”

10.42　《湘州記》：“蔡子池南有石臼，是蔡倫舂紙臼。”

【疏證】庾仲雍《湘州記》：“應陽縣蔡子池南有石臼，云是蔡倫舂紙臼。”衡按，蔡倫字敬仲，爲尚方令。用樹膚、麻頭、敝布、魚網以爲紙。安帝喜其能，天下稱蔡侯紙。見《後漢書·宦者傳》。又盛宏之

---

① 古今逸史本、四庫本正作“羊毛”。
② “管”，古今逸史本、四庫本并作“竹”。
③ “今”，原誤作“文”。《古今注》爲崔豹所著書名，據改。
④ “羊皮”，今本崔豹《古今注·問答釋義》作“羊毛”。

《荆州記》云:“棗陽縣百許步蔡倫宅,其旁有池,即名蔡子池。倫始以魚網造紙。縣人今猶多能作紙,蓋倫之遺業也。”

10.43 李司徒勉在汴州,得異骨一節,可爲硯。南海時得於海商,云是蜈蚣脊骨。《格致鏡原·昆蟲類》引無“南海”至“海商”七字。

【疏證】《封氏聞見記》:“李司徒勉在汀州,曾出異骨一節,上可爲硯,云在南海時,有遠方客所贈,云是蜈蚣脊骨。”衡案,《南越志》:“蜈蚣大者,其皮可以鞔鼓。”又云:“大者能啖牛。”又案封氏作“汀州”,此作“汴州”,誤。

10.44 蕭史與穆公煉飛雪丹第一轉,與弄玉塗之,今之女銀膩粉也。三代以降,塗紫草爲胭脂,周以紅花爲之,或曰出於閼氏。“周”當作“紂”。

【疏證】崔豹《古今注》:“三代以鉛爲粉。蕭史與秦穆公煉飛丹第一轉,與弄玉塗之,今之水銀膩粉是也。”《本草綱目》卷十五《燕脂》下引伏侯《中華古今注》云:“燕脂起自紂,以紅藍花汁凝作之。調脂飾女面,産於燕地,故名燕脂。或作‘䞓赦’,匈奴人名妻爲閼氏,音同燕脂.謂其顔色可愛如燕脂也。俗作‘胭肢’、‘胭支’者,並謬也。”衡按,《中華古今注》是唐馬縞著,非漢伏侯著。伏侯《古今注》多見於《續漢·五行志》,今其書已失傳,李氏引誤。《史記·匈奴傳》“閼氏”索隱注:“閼氏,匈奴皇后號也。習鑿齒與燕王書曰:‘山下有紅藍,北方人采取其花染緋黄,將取其上英鮮者作胭脂,婦人采將用爲顔色,因名妻作閼氏。’”

10.45 葛洪曰:沈義學道於蜀中,與妻共載。

【疏證】義,當作“羲”。按《神仙傳》:“沈羲者,吴郡人,學道於蜀中。但能消災治病，救濟百姓，不知服藥物。功德感天，天神識之。羲與妻賈共載詣子婦卓孔寧家，還逢白鹿車一乘，青龍車一乘，白虎車一乘。從者皆數十騎，皆朱衣仗矛帶劍，輝赫滿道。問羲曰：'君是沈羲否？'羲愕然不知何等客，答曰：'是也。何爲問之？'騎人曰：'羲有功於民，心不忘道，自少小以來，履行無過。壽命不長，年壽將盡，黃老今遣仙官來下迎之。'"按以下語多荒誕，不録。

10.46　管子曰："武王爲侈靡令曰：豹襜豹裘方得入廟。故豹皮百金，功臣之家裘千鍾而未得一豹皮。"[①]"裘"字誤，當作"糴"。

【疏證】案《管子·侈靡第三十五》無此語，惟《揆度》篇云："令諸侯之子將委贄者，皆以雙武之皮，卿大夫豹飾，列大夫豹幨。大夫散其邑粟與其財物，以市虎豹之皮。"並與此異。疑此是《管子》逸文。然不曰桓公而曰武王，不可解。此本《初學記》卷三十五。又《太平御覽》六百九十四引同，"廟"作"朝"，"裘"作"糴"。又八百九十八引"豹襜"作"貂襜"，"功臣之"作"臣家"，"裘"作"糶"。又《白六帖·豹》引《管子》"令"作"命"，無"曰"字，"故豹皮"下有"曰"字，"百金"作"千金"，"裘千鍾"作"糶千鍾"，下無"而"字。又《錦綉萬花谷後集》卷三十一引《管子》"裘千鍾"作"享千鍾"。《萬花谷》作於宋理宗時，蓋又在李石之後。

10.47　《陵陽子明經》云："春食朝霞，日欲出時黃氣也；秋食淪陰，日没以後赤黃氣也；冬食沆瀣，夜半氣也；夏食正陽，南方日中氣也。並天黃、地黃爲六氣。"

【疏證】《楚辭》"食六氣而飲沆瀣"注引《陵陽子明經》云："春食朝

---

① "裘"，四庫本作"粟"。

霞者，日始出赤氣也；秋食淪陰者，日没後赤黄氣也；冬食沆瀣者，北方夜半氣也；夏食三陽者，南方日中氣也。"

10.48 墨子作木鳶，①飛三日不集。公輸子之雲梯，墨子之飛鳶是也。② 今之紙鳶，引絲而上，令兒張口望視，③以泄内熱。

【疏證】《埤雅》卷六："昔墨子作木鳶，飛三日不集。列子所謂班輸之雲梯，墨翟之飛鳶是也。今人乘風放紙鳶，鳶輒引絲而上，令小兒張口望視，以泄内熱，蓋放於此。"《列子·湯問》："夫班輸之雲梯，墨翟之飛鳶，自謂能之極也。"按雲梯事見《國策》：楚攻宋，般爲設機械以攻之。墨翟聞之，百舍重繭，往見般曰："聞公爲雲梯，將以攻宋。敢問攻宋何義也？"般不答。九設攻城之機變，墨子九距之。般之攻械盡，墨子之守固有餘。木鳶事亦是公輸般。按《墨子》云："公輸子削竹木以爲鵲，成而飛之，三日不下。公輸子自謂至巧。墨子謂曰：'子之爲鵲也，不如翟之爲車轄。須臾斷三寸之木，而任五十石之重。'故所謂巧，利於人謂之巧，不利於人謂之拙。"據此則作木鳶三日不下，自是公輸子，非墨翟。豈有譏人而自爲之理？不知列子何以云墨翟之飛鳶。《論衡》亦云公輸班刻木作鳶，令之自飛，則木鳶爲般作審矣。又《酉陽雜俎》云："肅州燉煌人魯般，巧侔造化，作木鳶，乘之以歸。"又云六國時公輸般，亦爲木鳶以窺宋城，總以木鳶屬之公輸子。至《埤雅》所云"墨子作木鳶，三日不集"，則不知何所據也。又按紙鳶亦不因木鳶而作。金望欣曰：《通鑑·梁記·武帝太清三年》："臺城與援軍信命久絶，有羊車兒獻策作紙鴟，繫以長繩，寫敕於内，放以從風，冀達衆軍。題云得鴟送援軍，賞銀百兩。太子自出太極殿

① "木"，原作"大"，據古今逸史本、四庫本改。
② 古今逸史本、四庫本於"是也"以下分條。
③ "令"，原誤作"今"，據古今逸史本、四庫本改。

前，乘西北風縱之。賊怪之，以爲厭勝，射而下之。”胡三省注：“紙鴟即紙鳶也，今俗謂之紙鷂。”衡按，此事亦見《獨異志》，然則紙鳶與木鳶迥不相涉。惟《獨異志》又云：“侯景謀臣謂景曰：‘此紙鳶所至，即以事達外。’令左右善射者射之，及墮皆化爲鳥，飛入雲中，不知所往。”斯亦奇矣。又按《稗史類編》云：“紙鳶，俗謂之風箏。”又《事物原始》云：“紙鳶，古傳韓信所作。”按《六帖》云：“五代漢李業與隱帝爲紙鳶，於宫門之外放之，今春時小兒紙鷂是也。”又史虚白《釣磯立談》云韓熙載謂宋齊丘曰：“今日出郊，見群兒爲飛鳶之戲。”衡案，昔時但爲兒戲，今則三五成群，於清明前後郊野之外，競相誇耀，吾揚風俗尤甚。其形製有爲六角八角者，有爲扇面者，有爲板門者，有爲蜈蚣者，有爲和合二聖者，有爲美人者，爭新出巧，寖失紙鳶古意。又札一弓式加之於上，迎風而鳴，響入雲際。久矣不謂之紙鳶而謂之風箏矣，泰州人猶謂之放鷂子。

10.49 同光中，莊宗遣平蜀，得王衍金銀，命悉熔之爲金磚、銀磚，約重三百斤。一磚開一竅，二人擔之，上有匠人名曰馮高。過荆南，高季興曰：馮高主屬我坑官吏。持而有之，儲爲一庫。皇朝建隆中，金銀入京師，斤兩封緘如故。

【疏證】同光，後唐李存勖莊宗年號。同光三年，遣魏王繼岌郭崇韜伐蜀，十一月滅蜀，王宗衍降。① 荆南，五代時國名。同光元年，荆南高季興入朝唐，二年唐封爲南平王。建隆，宋太祖年號。

10.50 華俗謂上金爲紫磨金，夷俗謂上金爲“楊邁金”。②

---

① 王宗衍，即前蜀後主王衍，初名宗衍。

② 楊邁金，《南齊書·東南夷傳·林邑國》：“宋永初元年，林邑王范楊邁初産，母夢人以金席藉之，光色奇麗。中國謂紫磨金，夷人謂之‘楊邁’，故以为名。”

【疏證】《南史·邑林國傳》:"夷人謂金之精者爲楊邁,若中國言紫磨者。"《水經·温水注》:"初,楊邁母懷身,夢人鋪楊邁金席,與其兒落席上。華俗謂上金爲紫磨金,夷俗謂上金爲楊邁金。"《林邑記》:"林邑俗謂上金爲紫磨金,夷俗謂上金爲楊邁金。初,范楊邁母懷身,夢人鋪楊邁金席,與其生兒。兒落席上,金色光起,照席艷耀。及其生也,名曰楊邁,後襲王位,能得人情。"《庶物異名疏》:"南海扶南王楊邁,初在孕,其母夢生兒,有人以金席藉之,其色光麗。夷人因謂金之精者爲楊邁,若中國紫磨金者。紫磨,華之上金也。"

10.51 印子金,世傳淮南王安藥金上有印子篆文"劉主"字。壽州八公山土中,耕者往往得之,小餅重半兩有一印,大餅至七兩有二十許印。

【疏證】《夢溪筆談》:"壽州八公山側,土中及溪澗之間,往往得小金餅,上有篆文劉主字。世傳淮南王藥金,得之者至多,天下謂之印子金是也。然止於一印,重者不過半兩而已,鮮有大者。予嘗於壽春漁人處得一餅,言得於淮水中,凡重七兩餘,面有二十餘印。"

10.52 襄趙之間,故春陵白水之地,多得金麟趾、褭蹄金趾,中空,四旁有文刻工巧。褭蹄似於平物上滴成,如乾柿①,土人謂之柿子金。或曰此婁敬所爲藥金,和藥最良。

【疏證】《夢溪筆談》:"襄隨之間,衡按,《席上腐談》作"襄陽",《續博物志》作"襄趙",並誤。故春陵白水地,發土多得金麟趾、褭蹄金趾,中空,四傍皆有文刻,極工巧。褭蹄作團餅,四邊無模範,迹似於平地上滴成,如今乾柿,土人謂之柿子金。小説謂麟趾褭蹄,乃婁敬所爲藥金也,方家謂之婁金,和藥最良,《漢書》注亦云異於他金。衡按,此説又

① "成"字原無,據古今逸史本、四庫本補。

見《席上腐談》。又漢武帝詔:“往者泰山見黄金,有白麟神馬之瑞,其以金鑄麟趾裊蹄以叶瑞焉。”

10.53 古玉器有奇特,非雕琢人功者,多是昆吾刀,及蛤蟆肪所刻。肪可得,“可得”上脱“不”字。取肥者,銼煎膏塗玉亦軟滑易截。

【疏證】《格致鏡原·昆蟲類》引《本草》:“蟾蜍肪塗玉則刻之如蠟,故云能合玉石。但肪不可多得,取肥者銼煎膏以塗玉,亦軟滑易截。古玉器有奇特,非雕琢人工者,多是昆吾刀及蟾蜍肪所刻也。”衡按,所引不知是何《本草》。又按,《本草綱目》卷八引陳藏器曰:“術家取蟾蜍膏軟玉如泥,以苦酒消之成水。”

10.54 冬瓜仁七升,以絹袋盛之,投三沸湯中,暴乾,如此三度,苦酒浸一宿爲末。日服方寸匕,令人不老。

【疏證】《本草綱目》二十八引孟詵食療方:“取冬瓜仁七升,以絹袋盛之,沸湯中須臾,取爆乾,如此三度,又與清苦酒漬之,二宿曝乾爲末。日服方寸匕,令人肥悦明目,延年不老。”

10.55 通天犀,千歲者長且鋭,白星徹端,出氣通天,則能通神,可破水駭雞矣。《抱朴子》:有白理如綫者,以盛米,雞即駭;刻爲魚銜入水,水開三尺。

【疏證】陶弘景曰:“通天犀,角上有一綫,直上至端,夜露不濡,入藥至神驗。或云此是水犀角出水中。《漢書》所謂駭雞犀者,置米飼雞,皆驚駭不敢啄,置屋上烏鳥不敢集。”陳藏器曰:“通天犀者,腦上之角,經千歲長且鋭,白星出端,能出氣通天,則能通神破水駭雞,故曰通天。《抱朴子》言此犀刻爲魚,銜之入水,水開三尺是也。”

10.56　勒畢國人長三寸，有翼，善言語戲笑，因名語國。飲丹露漿。[1]　丹露者，日初出有露汁如珠也。[2]

【疏證】郭憲《洞冥記》："勒畢國人長三寸，有翼，善言語戲笑，因名善語。常群飛往日下自曝，身熱乃歸。飲丹露爲漿。丹露者，日初出有露汁如珠也。"衡案，此説妄誕之至。人長三寸而又有翼，是直鵝雁之不若矣。

10.57　漢武習水戰，作昆明池，釣魚綸絶而去，夢魚求去其鈎。明日帝戲於池，見魚銜索，爲去之。復游於池，得珠一雙。

【疏證】《三輔決録》："昆明池中有神池，通白鹿原。人釣魚絶綸而去，夢於漢武帝求去鈎。帝明日戲於池，見大魚銜索，帝曰：豈夢所見也？取而放之。後三日，池邊得明珠一雙，帝曰：豈魚之報耶？"又《三秦記》："昆明池有沼曰神池，舊説堯時治水停船於此，其地通白鹿原。有人釣魚綸絶而去，見夢武帝，求去其鈎。明日戲於池，見大魚銜鈎，曰：豈非昨所夢乎？去鈎放之。間三日，帝復游於池濱，得明珠一雙，帝曰：豈昔魚之報耶？"

10.58　東海員嶠山有冰蠶，長七寸，有鱗角，以霜雪覆之，始爲繭。其色五彩，織爲文錦，入水不濡，投火不燎。

【疏證】《拾遺記》："員嶠之山有冰蠶，長七寸，黑色，有角有鱗。以霜雪覆之，則作繭，長一尺。其色五彩，織爲文錦，入水不濡，以之投火，經宿不燎。唐堯之世，海人獻之，堯以爲黼黻。"衡按，縱有此物，堯斷不以爲黼黻。

---

① "丹露"下，古今逸史本、四庫本並有"爲"字。

② "珠"，原作"朱"，據四庫本改。

10.59 石决明亦名九孔螺。

【疏證】《後山叢談》:“石决明,登人謂之鰒魚,閩人謂之九孔螺。”

10.60 魚子合猪肝食之殺人。

【疏證】陶弘景曰:“鯉魚子合猪肝食,害人。”李時珍曰:“猪肝合魚膾食生癰疽,合鯉魚腸子食傷人神。”

10.61 陳藏器云:“蟹脚中髓,及腦殼中黄,並能續斷絶筋骨,碎之微熬,内創中筋即連。”

【疏證】《本草綱目》四十五載陈藏器云:“蟹能續斷絶筋骨,去殼同黄搗爛微炒,納入瘡中,筋即連也。”又載《唐瑶經驗方》云:“骨節離脱,生蟹搗爛,以熱酒傾入,連飲數碗,其渣塗之。半日内,骨内谷谷有聲即好,以乾蟹燒灰酒服亦好。”

10.62 《方言》云:“桂林之中,守宫能鳴者,[1]與蛤蚧相似。”

【疏證】《方言》:“桂林之中,守宫大而能鳴者,謂之蛤蚧。”又《本草》云:“蛤蚧狀類蝘蜓,螟首細鱗長尾。”又《物類相感志》云:“蛤蚧長二三尺許,小者一尺以下,其狀與守宫不殊。”衡按,“尺”字疑誤。

10.63 蜘蛛網纏贅疣,七日消爛,屢有驗。

【疏證】蘇恭曰:“蛛網以纏疣贅,七日消落,有驗。”又《簡便方》云:“疣瘤初起,取柳樹上花蜘蛛纏之,久則自消。”又李氏《三元書》云:“草上花蜘蛛最毒,能纏斷牛尾。有人遺尿,絲纏其陰,至斷爛也。”

---

① “守宫”上,古今逸史本、四庫本並有“謂”字。

10.64 柚似橙而大於橘。[①]

【疏證】蘇恭曰："柚之皮厚味甘，不似橘；柑皮味苦辛，其肉亦如橘，有甘有酸，酸者名胡柑。今俗謂橙爲柚，非矣。"案郭璞云柚似橙而實酢大於橘，孔安國云小曰橘大曰柚，皆爲柑也。

10.65 石蜜其實乳糖。舊聯上爲一。

【疏證】《本草》："石蜜一名石飴，味甘調五藏，益氣強志，療百病，服之不飢，即崖石間蜂蜜也。"衡按，此石蜜與乳糖不同。《廣志》："甘蔗，其餳爲石蜜。"蘇恭曰："石蜜即乳糖也，與蟲部石蜜同名。"李時珍曰："按萬震《涼州異物志》云：石蜜非石類，假石之名也，實乃甘蔗汁煎而曝之，則凝如石，而體甚輕，故謂之石蜜也。"衡按，疑即今所謂冰糖，亦謂之糖霜。《南中八郡志》云："笮甘蔗汁曝成飴，謂之石蜜。"

10.66 芎藭不可久服，令人暴死。

【疏證】《夢溪筆談》："予一族子，舊服芎藭。醫鄭叔見之云：'芎藭不可久服，多令人暴死。'後族子果無疾而卒。又予姻家朝士張子通之妻，病腦風，服芎藭甚久，亦一旦暴亡，皆目見者。"

10.67 藕與蜜同食，可以休糧。

【疏證】孟詵《食療方》曰："藕同蜜食，令人腹臟肥，不生諸蟲，亦可休糧。"

10.68 淮口揚州出身梨。[②]

【疏證】《酉陽雜俎》："曹州及揚州淮口出夏梨。""身梨"是"夏梨"

---

① "似"，原作"以"，據古今逸史本、四庫本改。古今逸史本、四庫本此處不分條。

② 古今逸史本、四庫本此處不分條。

之訛。案南方梨六月間即有，故曰夏梨。若北方梨至秋方熟。又《吴越備史》云："李升本徐氏，家有梨大如升，會鄰里共食。剖之，有赤蛇在實中，蛇驚走入母榻下。未幾母孕，生知誥。"則身與升疑字形之誤。

10.69　蘇合香一兩酒一斗同煮，極能調五臟。舊聯上爲一。

【疏證】《夢溪筆談》："太尉王文正公，氣羸多病。宋真宗面賜藥酒一瓶，令空腹飲之，可以和氣血，辟外邪。公飲之，大覺安健，次日稱謝。上曰：'此蘇合香酒也。每酒一斗，入蘇合香丸一兩同煎，極能調和五臟，却腹中諸疾。每冒寒夙興，則宜飲一杯。'自此臣庶之家皆仿爲之。"

10.70　薰渠者，婆羅門云阿魏，苗根似白芷。①

【疏證】《酉陽雜俎》："阿魏，出伽闍那國，即北天竺也，伽闍那呼爲形虞。亦出波斯國，波斯呼爲阿虞截。樹長八九丈，皮色青黄，三月生葉，葉似鼠耳，無花實。斷其枝，汁出如飴，凝堅乃成阿魏。"又云："西域中有合昔泥，即阿魏樹，有汁沾物即化，人多牽羊豕之類繫樹下，遥以物摇其樹，汁落則羊豕皆成阿魏矣，取其汁和米豆屑合釀而成。"蘇恭曰："阿魏生西番及昆侖，苗葉根莖酷似白芷。擣根汁日煎作餅者爲上，截根穿暴乾者爲次。體性極臭，而能止臭，亦爲奇物也。又婆羅門云薰渠即是阿魏，取根汁暴之如膠，或截根日乾，並極臭。"李時珍曰："夷人自稱曰阿，此物極臭，阿之所畏也。波斯国呼爲阿虞，天竺國呼爲形虞，《涅盤經》謂之央匱，蒙古人謂之哈昔泥。阿魏有草、木二種，草者出西域，可晒可煎，木者出南番，取其脂汁。按

① "薰"，古今逸史本、四庫本並作"董"，《本草綱目》作"熏"。

《一統志》所載有此二種，云：出火州及沙鹿海牙國者，草高尺許，根株獨立，枝葉如蓋，臭氣逼人，生取其汁，熬作膏，名阿魏。出三佛齊及暹羅國者，樹不甚高，土人納竹筒於樹内，脂滿其中，冬月破筒取之。或云其脂甚毒，人不敢近，每采時，以羊繫於樹下，自遠射之，脂之毒着羊，羊斃即爲阿魏。觀此則其有二種明矣。"

10.71　胡麻性與茯苓相宜，即巨勝。

【疏證】《名醫别録》："胡麻一名巨勝。"蘇東坡《與程正輔書》云："以九蒸胡麻同去皮茯苓，入少許白蜜爲麵食之，日久氣力不衰，而百病自去。"李時珍曰："用茯苓本陶氏注胡麻之説也。"

10.72　苦參爲齒藥，使人傷腎腰重。①

【疏證】《夢溪筆談》："予嘗苦腰重，久坐則旅距十餘步，然後能行。有一將佐見予曰：'得毋用苦參潔齒否？'予時以病齒，用苦參數年矣。曰：'此病由也。苦參入齒，其氣傷腎，能使人腰重。'後有太常少卿舒昭亮，用苦參揩齒，歲久亦病腰。自後悉不用苦參，腰病皆愈。此皆方書舊不載者。"

10.73　麵熱麩冷。舊聯上爲一。

【疏證】周密《癸辛雜識》："小麥性微寒，以爲麯則温，麵則熱，麩則冷。"

10.74　棗與棘相類，皆有刺。

【疏證】金望欣曰："《説文解字》：'朿，木芒也，讀若刺，七賜反。'

① 古今逸史本、四庫本此處不分條。

‘棗，羊棗也，从重朿。’‘棘，小棗叢生者，从並朿。’《埤雅》：‘大者棗，小者棘，於文並朿爲棘，重朿爲棗，蓋棗性重喬，棘則低矣。’”

10.75　粳粟米五穀中最硬，得漿水易化。倉粳米炊作乾飯，[①]食之止痢。

【疏證】糯米粘而軟，粳米疏通而硬，[②]故易消化。倉粳米一謂之陳米，亦謂之冬舂米。

10.76　采芸香葉置席下能去蚤、虱子。

【疏證】《聞見録》：“以芸香置席下即去虱。”

10.77　仙家謂醋爲華池左味。

【疏證】陶弘景曰：“醋酒爲用，無所不入，愈久愈良，亦謂之醯。以有苦味，俗呼苦酒。丹家又加餘物，謂爲華池左味。”

10.78　白髮鬚鑷去，消蠟點孔中，即生黑者。

【疏證】此甄權説。

10.79　松脂、杏仁、棗肉、茯苓等分，食後服五十粒，可不飢。

【疏證】唐甄權《藥性》曰：“蜜蠟和松脂、杏仁、棗肉、茯苓等分合成，食後服五十丸，便不飢。”

10.80　有黄連、桔梗，勿食猪肉；有茯苓，勿食酢物；有

① “粳”，原作“硬”，據古今逸史本、四庫本改。
② “粳米”，原作“硬米”，據上下文義改。

細辛,勿食生菜。

【疏證】甄權曰:"黄連忌猪肉。"雷斅曰:"服此藥至十兩,不得食猪肉;若服至三年,一生不得食也。"李時珍曰:"道書言服黄連,犯猪肉,令人泄瀉。而方家有猪肚黄連丸、猪臟黄連丸,豈只忌肉而不忌臟腑乎?"徐之才曰:"桔梗忌猪肉。"又曰:"茯苓忌米醋及酸物。"又曰:"細辛忌生菜。"

10.81　古無純銅作鏡者,皆有錫雜之。

【疏證】金望欣曰:"按西洋人造儀器,皆用紅銅六分鉛四分,煉銅之法,詳載《儀器考成》中。"衡按,《本草》下品有錫銅鏡鼻。陶弘景曰:"古無純銅作鏡,皆用錫雜之。"又馬志曰:"凡鑄鏡皆用錫,不爾即不明白,故言錫銅鼻鏡。今廣陵者爲勝。"李時珍曰:"錫銅相和,得水澆之極硬,故鑄鏡用之,《考工記》云'金錫相半謂之鑑燧之劑'是也。"

10.82　巴豆,神仙食一枚即死,鼠食三年重三十斤。

【疏證】鼠食巴豆三年重三十斤,説見前志卷九。按陶弘景曰:"道家亦有煉餌法,服之云可神仙,人吞一枚便死,而鼠食之三年重三十斤,物性乃有相耐如此。"即此説所本。案,"服之云可神仙"是一句,"人吞一枚便死"是一句,"神仙"二字句絶。今乃截去"人"字,竟云"神仙食一枚便死",何鹵莽至此。

10.83　麩金是毒蛇屎。

【疏證】劉恂《嶺表録異》:"廣州浛洭縣有金池,彼中居人忽有養鵝鴨,常於屎中見麩金片,遂多養,收屎淘之,日得一兩或半兩,因而致富矣。"《本草綱目》卷八:"李珣曰:黔南遂府吉州水中並産麩金。《嶺表録》云:五嶺内富州、賓州、澄州、涪縣江溪河皆産金,居人多養鵝鴨,取屎以淘金片,日得一兩或半兩,有終日不獲一星者,其金夜明。”按所引《嶺表録》與聚珍板所載異。又《格致鏡原·珍寶類》引《嶺表録》:“嶺南人云,生金是毒蛇屎中采之。”按此語聚珍板不載,今據《續博物志》有此説,似本之《嶺表録》,但“生金”作“麸金”耳。又按陳藏器曰:“生金生嶺南夷獠峒穴山中,如赤黑碎石金鐵屎之類。南人云毒蛇齒落在石中,又云蛇屎着石上,及鴆鳥屎着石上,皆碎,取毒處爲生金,有大毒殺人。其麸金出水沙中,氈上淘取,或鵝鴨腹中得之。”馬志曰:“皇朝收復嶺表,詢訪彼人,並無蛇屎之説。藏器傳聞之言非矣。”

10.84 徵姓舉事,當忌亥日,以火絶在亥。

【疏證】此推五行家言。

10.85 巳年巳日不殺蛇。[①]

【疏證】見《酉陽雜俎》。

10.86 段成式云:神荼、鬱壘領萬鬼。

【疏證】見《酉陽雜俎·諾皋記》。

10.87 瘧鬼小,不能病巨人,故曰壯士不病瘧。晉人曰:君子不病瘧。蜀人以痎瘧爲奴婢瘧。

【疏證】《世説》:“中朝有小兒,父病,行乞藥。主人問病,曰患瘧也。主人曰:‘尊侯明德君子,何爲病瘧?’答曰:‘來病君子,所以爲瘧耳。’”《説文》:“痎,一日一發之瘧。”[②]

---

① “巳年巳日”,古今逸史本、四庫本並作“巳日巳年”。
② “一日”,今本《説文》作“二日”。

10.88　沈懷遠《南越志》曰:"珠有九品:大寸五分以上至寸八九分爲大品,[1]《太平御覽》八百三引《南越志》作"大五分以上至一寸八分,分爲八品"。有光彩,一邊小平似覆金者,名璫珠。璫珠之次爲走珠,走珠之次爲滑珠,滑珠之次爲磊螺珠,磊螺珠之次爲官珠,[2]官珠之次爲税珠,税珠之次爲青珠。"[3]《太平御覽》八百三引《南越志》"磊螺珠"作"螺砢珠","官珠"作"官兩珠","青珠"作"苙符珠"。《錦繡萬花谷·後集》卷三十一引《南越志》"磊螺珠"作"磊砢珠","官珠"作"官兩珠","青珠"作"葱符珠"。《潛確類書·服御部》七、《格致鏡原·珍寶類》引《南越志》"磊螺珠"作"螺砢珠","青珠"作"苙符珠"。檢《佩文韻府》七虞引《南越志》九品珠與此條同。

【疏證】《唐·藝文志》沈懷遠《南越志》五卷。

10.89　元封三年,大秦獻花蹄牛,高六尺,尾環繞,角生四耳。[4] 案"生"當作"有"。

【疏證】元封,漢武帝年號。《洞冥記》:"元封三年,大秦國貢花蹄牛,其色駁,高六尺,尾環繞其身,角端有肉,蹄如蓮花,善走多力。帝使輦銅石,以起望仙宫,迹在石上皆如花形。"《廣志》:"花蹄牛,尾環繞,角有四耳。"

10.90　阿薩部多䗶蟲鹿,剖其肉,重叠以石壓之瀝汁。税波斯、鬱林等國,草子釀於肉汁中,經數日即變成酒,飲之可醉。舊聯上爲一。

【疏證】《酉陽雜俎·境異篇》:"阿薩部多獵蟲鹿,剖其肉以石壓

---

① "大",古今逸史本、四庫本均無此字。
② "官"下,古今逸史本、四庫本並有"兩"字,下句"官"下同。
③ "青",古今逸史本、四庫本並作"葱"。
④ 古今逸史本、四庫本此處不分條。

瀝汁。”又云:“税波斯、拂林等國,米即草子釀於肉汁之中,[1]經數日即變成酒,飲之可醉。”衡案,段氏自“税”字以下又作另行,不知何故,豈“税”字上有脱文耶?似當從《續博物志》聯接爲是。“税”字或是“取”字。

① “即”,今本《酉陽雜俎》作“及“,當是。

跋

方舟先生胸中有老氏藏室，取張華《博物志》仿而續之，蓋游戲引筆以占其胸中藏書何如耳。司馬子長叙孔子所以聖者，而記其辨商羊、專車之骨等事，或者謂此特子産之儔，不宜以此累夫子。遷則陋矣，而或者未之察也。夫道固絶學，然豈必漫不省識一物而頽然以獨造耶！《詩》識鳥獸草木之名，《易》知鬼神之情狀，於道與有力焉。子在川上所見者水，而所取者道也。具此見以觀此書，則幾矣。門人迪功郎眉山簿黄公泰謹跋。又方舟先生門人有劉伯龍，凡方舟所撰《易十例略》、《互體例》，又《左氏卦例》、《詩如例》、《左氏君子例》、《聖語例》、《詩補遺》，皆伯龍所編，見《浙江采進遺書目》。

後記

山珍海錯無補乎養生，而飲食者往往取之而不棄，蓋飽飫之餘，異味忽陳則不覺齒舌之爽，亦人情然也。小説雜記，飲食之珍錯也。有之不爲大益，而無之不可，豈非以其能資人之多識而怪癖不足論耶？是書在宋嘗有板刻，而今罕傳。予同年賀君志同近刻《博物志》訖工，復取而刻之，俾與前志並行。好古之士知其一染指也。弘治乙丑春三月工部主事姑蘇都穆記。